HEYNE
BÜCHER

TONY HILLERMAN

DIE SPRECHENDE MASKE

Roman

WILHELM HEYNE VERLAG
MÜNCHEN

HEYNE ALLGEMEINE REIHE
Nr. 01/8433

Titel der Originalausgabe
TALKING GOD
Aus dem Amerikanischen übersetzt von Peter Prange

Die Hardcover-Ausgabe ist in der Edition Weitbrecht
in K. Thienemanns Verlag,
Stuttgart und Wien, erschienen
Printed in Germany 1992
Umschlagillustration: Archiv für Kunst und Geschichte, Berlin
Umschlaggestaltung: Atelier Ingrid Schütz, München
Gesamtherstellung: Ebner Ulm

ISBN 3-453-05649-3

Dieses Buch ist Delbert Kedelty, Terry Teller, David Charley, Donald Tsosie und den anderen Kindern der Tsaile School gewidmet. Sie haben die Yeibichai-Bilder gemalt, die mich dazu veranlaßten, über Talking God nachzudenken.

Ferner ist es Will Tsosie, Tsosie Tsinijinnie, Melvin Bightumb, Mitglied des Stammesrates, und all den anderen zugeeignet, die darum kämpfen, Hajiinei-Dine'tah mit seinen Ruinen und Bildschriftzeichen für nachkommende Generationen zu bewahren.

1

Schon vom Eingang aus, der von ihrem Empfangsraum und Sekretariat in ihr eigenes Büro führte, fiel Catherine Morris Perry der Karton auf ihrem Schreibtisch auf. Er war ziemlich sperrig – ungefähr einen Meter lang und fast genauso hoch. Der aufgedruckte Schriftzug verriet, daß er ursprünglich einen Mikrowellenherd von General Electric enthalten hatte. Braune Klebestreifen waren kreuz und quer darum gewickelt. Es war ein schäbiger Karton, der kaum zu den blassen Pastelltönen und den Gegenständen von Catherine Perrys stilvollem Büro paßte.

»Wie war das Wochenende?« fragte Markie.

Catherine Morris Perry hängte ihren Regenmantel an den Haken, ihren Regenhut darüber, streifte die durchsichtigen Plastiküberzieher von ihren Schuhen und sagte: »Hallo, Markie.«

»Wie war's in Vermont?« wollte Markie wissen. »War's da oben auch so naß?«

»Woher ist das denn?« fragte Catherine und zeigte auf den Karton.

»Federal Express«, sagte Markie. »Ich hab's unterschrieben.«

»Habe ich denn etwas erwartet?«

»Nichts, was Sie mir gesagt hätten. Wie war's in Vermont?«

»Naß«, sagte Catherine. Sie wollte mit Markie Bailey nicht über Vermont oder irgend etwas sonst sprechen, was das Leben außerhalb dieses Büros betraf. Worüber sie mit Markie Bailey sprechen wollte, war Geschmack. Oder Mangel an Geschmack. Den großen, braunen, häßlichen Karton auf ihren antiken Schreibtisch zu stellen, wie Markie es getan hatte, war typisch für das Problem. Dort hatte er sich breit gemacht, häßlich und abstoßend fehl am Platz. So fehl am Platz wie Mrs. Bailey in diesem Büro. Aber sie loszuwerden würde fast unmöglich sein. Nur jede Menge Ärger mit den Bundesvorschriften für den öffentlichen Dienst. Mrs. Perrys juristisches Spezialgebiet betraf zwar nicht das Personalrecht, aber sie hatte einiges bei den Bemühungen gelernt, Henry Highhawk loszuwerden, den streitsüchtigen Konservator am Museum für Naturgeschichte. Was für ein endloses Fiasko das gewesen war.

»Es war ein Anruf für Sie da«, sagte Markie. »Das Büro des Kulturattachés von der chilenischen Botschaft. Er wollte einen Termin.«

»Später«, sagte Catherine. Sie wußte, um welches Problem es ging. Wieder ein Problem mit einem Indio-Ankauf. Ein General Soundso, der Stücke wiederhaben wollte. Er behauptete, sein Urgroßvater hätte sie irgendeinem hohen Tier von United Fruit nur geliehen, und der habe kein Recht gehabt, sie dem Smithsonian Museum weiterzugeben. Es handle sich um nationale Kunstschätze, und sie müßten zurückgeschickt werden. Inka-Kunst, wie sie sich erinnerte. Gold natürlich. Goldmasken, eingelegt mit Juwelen, und der General würde wahrscheinlich beschließen, daß sie zu seinem persönlichen Besitz gehörten, wenn er sie in die Hände bekommen konnte. Sie dachte, daß er ihr nicht allzuviel Arbeit bereiten würde, ein bißchen Aktenrecherche und internationales Privatrecht, das sie am besten gleich abarbeiten sollte.

Aber da stand der Karton mitten auf ihrem Schreibtisch. Er war an sie adressiert als »Pressesprecherin des Museums«. Catherine Morris Perry mochte nicht als »Pressesprecherin« tituliert werden. Daß sie so tituliert wurde, rührte wahrscheinlich von der Erklärung her, die sie der *Washington Post* über die Politik des Museums gegeben hatte. Die ganze Sache war mehr oder weniger ein Versehen gewesen. Der Anruf des Reporters war nur deshalb an sie weitergeleitet worden, weil jemand in der Presseabteilung krank war und jemand anderes gerade nicht an seinem Schreibtisch saß und derjenige, der den Anruf entgegengenommen hatte, zu dem Schluß gekommen war, ein Jurist müsse sich darum kümmern. Der Anruf betraf wieder Henry Highhawk, wenigstens indirekt. Er betraf den Ärger, den er um die Rückgabe der Überreste von Eingeborenenskeletten aufwirbelte. Und die *Post* hatte angerufen und fälschlicherweise Catherine für die Pressesprecherin gehalten, und man hatte sie zitiert, obwohl man eigentlich den Verwaltungsrat des Museums hätte zitieren sollen. Die Politik in der Skelettsache war schließlich die offizielle Politik des Verwaltungsrates. Eine übrigens vernünftige Politik.

Der Frachtbrief von Federal Express, der an dem Karton haftete, war, abgesehen von dem irrigen Titel, korrekt. Sie war »kommissarische Assistenz-Justitiarin, Öffentlichkeitsreferat«, abgestellt vom Innenministerium. Sie nahm Platz und sah rasch die übrige Post durch. Es war nicht viel. Das eine war allem Anschein nach eine Einladung von der Nationalen Ballettgesellschaft zu einer Wohltätigkeitsveranstaltung. Dann etwas von der American Civil Liberties Union. Ein Vermerk vom Chefkonservator des Museums mit der Mitteilung, warum es unmöglich für ihn sei, sich auf eine Personalklage einzulassen, wie das Gesetz es von ihm verlange. Ein weiterer Brief betraf die Versicherung von Leihgaben für eine Ausstellung, die nächste Woche eröffnet würde, und drei Briefe schienen von privaten Absendern zu stammen, die sie nicht kannte.

Catherine Morris Perry schob alle Umschläge ungeöffnet beiseite, schaute auf den Karton und schnitt eine Grimasse. Sie zog die Schreibtischschublade auf und holte ihren Brieföffner hervor. Dann drückte sie auf den Summer, um Mrs. Bailey zu rufen.

»Ja, Madam.«

»Mrs. Bailey. Wenn Pakete wie dieses ankommen, bringen Sie sie bitte nicht herein und stellen Sie sie nicht auf meinen Schreibtisch. Machen Sie sie auf und holen Sie den Inhalt heraus.«

»In Ordnung«, sagte Mrs. Bailey. »Ich mach's gleich auf. Ganz schön schwer, das Ding.« Sie machte eine Pause. »Mrs. Paterson wollte immer, daß ich ihr alle Post auf den Schreibtisch legte.«

»Ich mach's schon selbst auf«, sagte Catherine. »Ich meinte, von jetzt an. Und Mrs. Paterson ist im Urlaub. Sie ist zur Zeit nicht im Dienst.«

»In Ordnung«, sagte Mrs. Bailey. »Haben Sie die Telefonnotizen gesehen? Zwei? Auf ihrem Schreibtisch drüben?«

»Nein«, sagte Catherine. Sie waren wahrscheinlich unter dem Karton.

»Dr. Hebert rief an und sagte nur, er wolle Ihnen gratulieren, wie Sie die Skelettsache gedeichselt hätten. Und dazu, was Sie der *Post* gesagt haben.«

Mit dem Brieföffner in ihrer freien Hand schlitzte Catherine Perry den Klebestreifen auf. Sie dachte, der Karton sei eine Reaktion auf den Artikel in der *Washington Post*. Jedesmal, wenn das Museum in die Zeitungen kam, erinnerten sich Tausende alter Damen an Sachen auf ihrem Dachspeicher, die für die Nachwelt aufbewahrt werden mußten. Da sie zitiert worden war, hatte eine Leserin vermutlich dem Museum ihren Krempel unter Catherines Namen zugeschickt. Was würde es wohl sein? Ein verstaubtes altes Butterfaß? Ein Stoß Familienalben?

»Der andere Anruf war von einer Kollegin aus der anthropologischen Abteilung. Ich habe ihren Namen auf den Zettel geschrieben. Will Sie zurückrufen. Meinte, es wäre wegen der Indianer, die ihre Skelette zurückhaben wollen.«

»Gut«, sagte Catherine. Sie zog die oberen Kartonlaschen hoch. Darunter war eine Ausgabe der *Washington Post*, und zwar so gefaltet, daß sie den Artikel zeigte, in dem sie zitiert worden war. Ein Teil davon war schwarz eingerahmt: *Museum bietet in altem Knochenstreit Kompromiß an.*

Catherine ärgerte sich über die Schlagzeile. Es hatte keinen Kompromiß gegeben. Sie hatte schlicht und einfach die Politik des Museums erklärt. Wenn ein Indianerstamm die Gebeine von Vorfahren wiederhaben wollte, mußte er nur einen Antrag stellen und irgendeinen akzeptablen Beweis beibringen, daß die in Frage stehenden Gebeine tatsächlich einer Grabstätte des Stammes entnommen waren. Der ganze Streit war lächerlich und entwürdigend. Im Grunde war es schon entwürdigend, sich überhaupt auf diesen Highhawk einzulassen. Auf ihn und seine Paho Society. Ein kleiner Museumsangestellter und eine Organisation, die, soweit bekannt war, nur in seiner Einbildung existierte. Und alles nur, um Ärger zu machen. Sie schaute auf den eingerahmten Abschnitt.

»Mrs. Catherine Perry, eine Justitiarin des Museums und dessen Pressesprecherin in dieser Angelegenheit, ließ verlautbaren, daß der Antrag der Paho Society auf die Wiederbestattung der vollständigen Museumssammlung von über 18.000 Skeletten amerikanischer Ureinwohner ›mit Blick auf die Aufgabe des Museums einfach nicht möglich‹ sei.

Ferner sagte sie, das Museum sei sowohl eine Forschungseinrichtung als auch eine Galerie für öffentliche Ausstellungen, und die Museumssammlung von alten menschlichen Gebeinen sei eine potentiell wichtige Quelle anthropologischer Erkenntnisse. Sie meinte, Mr. Highhawks Vorschlag, das Museum möge Gipsabdrücke von den Skeletten nehmen und die Originale wieder bestatten, sei nicht praktikabel, ›aufgrund von Forschungsbelangen ebenso wie aufgrund der Tatsache, daß die Öffentlichkeit Anspruch auf Authentizität hat, statt nur Reproduktionen gezeigt zu bekommen‹.«

Die Formulierung »Anspruch auf Authentizität« war unterstrichen. Catherine Morris Perry runzelte die Stirn, denn sie spürte einen Vorwurf darin. Sie nahm die Zeitung hoch. Darunter lag auf einem Bogen braunem Packpapier ein Umschlag. Ihr Name stand fein säuberlich darauf geschrieben. Sie machte das Kuvert auf und zog ein einzelnes Blatt Schreibmaschinenpapier hervor. Während sie las, räumte ihre freie Hand die Schicht Packpapier beiseite, die den Umschlag vom übrigen Inhalt des Kartons getrennt hatte.

Sehr geehrte Mrs. Perry, Sie wollen die Gebeine unserer Vorfahren nicht beisetzen mit der Begründung, die Öffentlichkeit habe Anspruch auf Authentizität, wenn sie in das Museum komme, um sich Skelette anzuschauen. Deshalb schicke ich Ihnen hiermit einige authentische Skelette verstorbener Vorfahren. Ich bin zum Friedhof in den Waldungen hinter der Episkopalkirche von St. Lukas gegangen. Ich benutzte authentische anthropologische Methoden, um die Grabstätten authentischer weißer Angelsachsen aufzuspüren...

Mrs. Morris Perrys Finger waren jetzt unter dem Packpapier. Sie tasteten Dreck, tasteten glatte, kalte Oberflächen.

»Mrs. Bailey!« rief sie. »Mrs. Bailey!« Aber ihre Augen wanderten hinunter an das Briefende. Es war unterzeichnet mit *Henry Highhawk vom Bitter Water Klan.*

»Ja?« rief Mrs. Bailey. »Was ist denn?«

...und um sicherzustellen, daß sie vollkommen authentisch sind, habe ich zwei ausgewählt, deren Identität Sie persönlich bestätigen können. Ich möchte Sie deshalb bitten, daß Sie diese beiden Skelette als authentische Exponate für Ihr Publikum annehmen und dafür die Gebeine von zweien meiner Vorfahren herausgeben, damit sie an ihren rechtmäßigen Platz im Schoß von Mutter Erde zurückgebracht werden können. Die Namen dieser beiden authentischen...

Mrs. Bailey stand jetzt neben ihr. »Kindchen«, sagte sie, »was ist los?« Mrs. Bailey stutzte. »Das sind ja Knochen in dem Karton«, sagte sie dann. »Und alle so dreckig.«

Mrs. Morris Perry legte den Brief auf den Schreibtisch und schaute in den Karton hinein. Durch ein Wirrwarr hindurch, das aus Arm- und Beinknochen zu bestehen schien, starrte sie eine einzelne leere Augenhöhle an. Sie sah, daß Mrs. Bailey den Brief aufgehoben hatte. Sie sah den Dreck. Feuchte, häßliche kleine Klümpchen lagen über die polierte Schreibtischplatte verstreut.

»Mein Gott«, sagte Mrs. Bailey. »John Neldine Burgoyne. Jane Burgoyne. Waren das nicht – sind das nicht Ihre Großeltern?«

2

Am letzten Donnerstag im August teilte der Arzt, der Agnes Tsosie im öffentlichen Krankenhaus von Fort Defiance behandelte, seiner Patientin mit, daß sie sterben müsse und niemand etwas daran ändern könne.

»Ich wußte es«, sagte Agnes Tsosie. Und sie lächelte ihn an, tätschelte seine Hand und bat ihn, im Reservationsbüro von Lower Greasewood anzurufen und dort eine Nachricht für ihre Familie zu hinterlassen, damit ihre Angehörigen kämen und sie holten.

»Ich werde Sie nicht entlassen können«, sagte der Arzt. »Wir müssen Ihnen weiter Medikamente verabreichen, um die Schmerzen unter Kontrolle zu halten, und das muß überwacht werden. Sie können nicht nach Hause gehen. Noch nicht.«

»Überhaupt nicht«, sagte Agnes Tsosie und lächelte immer noch. »Aber richte die Nachricht trotzdem für mich aus. Du brauchst dich deshalb nicht schlecht zu fühlen. Der Gott Born for Water hat Monster Slayer gesagt, er soll den Tod am Leben lassen, um alte Leute wie mich loszuwerden. Du mußt Platz schaffen für die neuen Babys.«

Agnes Tsosie kehrte aus dem Krankenhaus von Fort Defiance am letzten Montag des August heim, indem sie sich über die Einwände ihres Arztes und des Krankenhauspersonals hinwegsetzte kraft ihrer notorischen Willensstärke.

In diesem Teil der Navajo-Reservation westlich der Chuska Gebirgskette und nördlich der Wüste Painted Desert wußte fast jeder von Agnes Tsosie. Old Woman Tsosie war zweimal Abgeordnete des Reservationsbezirks Lower Greasewater beim Navajo-Stammesrat gewesen. Die Zeitschrift *National Geographic* hatte ihr Bild in einem Artikel über das Volk der Navajos benutzt. Mit ihrem eisernen Willen hatte sie viel dazu beigetragen, daß Stammesprogramme in Angriff genommen wurden, Brunnen zu bohren und Wasserreservoirs in jedem Bezirk anzulegen, wo die Brunnenförderung von Trinkwasser problematisch war. Über Jahre hinweg war ihre unbeugsame Weisheit von großem Wert für die Mitglieder ihres Klans gewesen, des Bitter Water Volks. Beim Bitter Water Stammesrat setzte sie ihre strengen Friedensregeln durch. Einmal hatte sie eine Versammlung zweier Familien zu einer elftägigen Sitzung ausgedehnt, bis die beiden Parteien – vor Hunger und Erschöpfung – eine Fehde um Weiderechte beilegten, die hundert Jahre lang geschwelt hatte.

»Zu viele Menschen kommen tot aus den *belagaana*-Krankenhäusern des Weißen Mannes heraus«, hatte Agnes Tsosie ihrem Arzt gesagt. »Ich will lebend herauskommen.« Und niemand war überrascht, daß sie das tat. Sie kam auf ihren eigenen Füßen heraus, unterstützt von ihrer Tochter und ihrem Mann. Sie setzte sich auf den Beifahrersitz des Lieferwagens ihrer Tochter und machte Witze wie immer, voll von spitzen Bemerkungen und komischen Geschichten über das Gehabe im Krankenhaus. Aber auf der langen Fahrt durch die Sagebrush-Ebenen in Richtung Lower Greasewood verebbte das Lachen. Schwer lehnte sie gegen die Wagentür, und ihr Gesicht war grau von Krankheit.

Ihr Schwiegersohn wartete vor ihrem Hogan. Sein Name war Rollie Yellow, und Agnes Tsosie, die fast jeden Menschen mochte, mochte Yellow sehr. Sie hatten das Navajo-Tabu ignoriert, wonach Schwiegersöhne die Begegnung mit ihren Schwiegermüttern vermeiden mußten. Agnes Tsosie hatte beschlossen, daß diese Regelung nur gemeine Schwiegermütter mit schlechten Schwiegersöhnen betraf. Mit anderen Worten, sie betraf Leute, die nicht miteinander auskommen konnten. Agnes Tsosie und Yellow waren dreißig Jahre lang wunderbar miteinander ausgekommen, und jetzt half Yellow ihr in ihren Sommer-Hogan. Dort verbrachte sie den ganzen Nachmittag und die Nacht in einem unruhigen Schlaf.

Am nächsten Morgen machte Rollie Yellow die lange holprige Fahrt um das Tafelland herum zum Reservationsbüro von Lower Greasewood, um zu telefonieren. Er rief das Büro von Many Farms an und hinterließ dort die Nachricht, daß Nancy Yabenny gebraucht werde.

Nancy Yabenny war Sekretärin im Büro der Navajo Timber Industries und Hellseherin. Sie gehörte zu den Navajo-Schamanen, die sich darauf verstanden, schwierige Fragen zu beantworten, verlorene Gegenstände wiederzufinden, Hexen auszumachen und Krankheiten zu diagnostizieren, damit die geeigneten Heilungszeremonien eingeleitet werden konnten.

Nancy Yabenny kam am Donnerstagnachmittag am Steuer ihres blauen Dodge Ram Lieferwagens an. Sie war eine dickliche Frau mittleren Alters und hatte einen gelben Hosenanzug an, der ihr früher, als sie noch schlanker gewesen war, besser gepaßt hatte. Sie trug ihren Kristall, ihr Vierbergebündel und die anderen Utensilien ihres Standes in einer Aktentasche bei sich. Sie rückte einen Küchenstuhl in den Schatten neben Agnes Tsosies Bett. Yellow hatte das Bett aus dem Hogan in die Heckenlaube gestellt, so daß Agnes Tsosie zusehen konnte, wie die Gewitterwolken über den Spitzkuppen der Hopi Berge sich bildeten und davonzogen. Yabenny und Old Woman Tsosie redeten über eine Stunde miteinander. Dann legte Nancy Yabenny ihre Kristallscheibe auf die Erde, nahm ihr *jish* mit den geheiligten Gegenständen aus ihrer Tasche und holte daraus eine Arzneiflasche mit Getreidepollen hervor. Damit bestäubte sie den Kristall, sang dazu den vorgeschriebenen Segen, hielt den Kristall so, daß das Himmelslicht auf ihn einfiel, und starrte hinein.

»Ah«, sagte sie und drehte den Kristall, damit auch Agnes Tsosie sehen konnte, was sie gerade sah.

Als die Sonne unterging, trat Nancy Yabenny aus der Heckenlaube ins Freie. Sie sprach mit Tsosies Mann, ihrer Tochter und mit Rollie Yellow. Sie sagte ihnen, daß Agnes Tsosie ein Yeibichai brauche.

Rollie hatte das zwar halb erwartet, dennoch war es ein ziemlicher Schlag. Die Weißen sagten Nachtgesang dazu, aber die Zeremonie wurde nach ihrem wichtigsten Teilnehmer benannt – nach Yeibichai, dem großen Talking God, dem Sprechenden Gott der Navajo-Religion. Es war eine kostspielige Zeremonie; neun Tage und Nächte lang mußten die zuschauenden Stammesmitglieder und Freunde beköstigt, der Medizinmann mitsamt seinen Gehilfen versorgt werden, dazu nicht weniger als drei Gruppen von *yei*-Tänzern. Viel schlimmer aber als die Kosten war in Rollie Yellows Augen die Bedeutung von Yabannys Worten, daß nämlich der *belagaana*-Arzt wahrscheinlich recht hatte. Agnes Tsosie war sehr, sehr krank. Gleichgültig, was es kostete, er mußte einen Sänger finden, der den Nachtgesang beherrschte. Es war Zeit genug. Das Yeibichai durfte nicht vor dem ersten Frost aufgeführt werden, erst wenn die Schlangen ihren Winterschlaf hielten, erst in der Zeit, da der Donner ruhte.

3

»Wie ich hörte, hast du dich entschieden, doch nicht zu kündigen«, sagte Jay Kennedy. »Stimmt's?«

»So ungefähr«, antwortete Lieutenant Joe Leaphorn.

»Freut mich zu hören. Hast du gerade viel zu tun?«

Leaphorn zögerte. Seine Augen glitten über den Stapel Papierkram auf seinem Schreibtisch, während er im Geiste den Klang von Kennedys Stimme am Telefon analysierte.

»Nicht mehr als gewöhnlich«, sagte er.

»Hast du von der Leiche draußen vor Gallup gehört?«

»Hab davon läuten hören«, sagte Leaphorn – das hieß, ein Bericht aus zweiter Hand von dem, was der Funkstellenleiter unten überhört hatte. Gerade genug, um zu wissen, daß es kein alltäglicher Leichenfund war.

»Es dürfte zwar kaum ein Fall für das FBI sein«, meinte Kennedy. »Aber er ist interessant.«

Das war Kennedys Art zu sagen, daß etwas seiner Meinung nach sehr bald sein Fall sein würde. Kennedy leitete das FBI-Büro von Gallup und war lange genug mit Leaphorn befreundet, daß solche Dinge nicht mehr ausdrücklich erklärt werden mußten.

»Soweit ich gehört habe, fanden sie ihn neben der Eisenbahnlinie«, sagte Leaphorn. »Das würde heißen, außerhalb der Reservation. Also auch kein Fall für uns.«

»Nein, könnte aber einer werden«, meinte Kennedy.

Leaphorn wartete auf eine Erklärung. Doch es kam keine.

»Wie das denn?« fragte er. »Und ist es Mord?«

»Wir wissen die Todesursache noch nicht«, sagte Kennedy. »Und wir haben auch noch nicht die Identität festgestellt. Aber es sieht so aus, als ob irgendeine Verbindung zwischen dem Burschen und einem Navajo besteht.« Er machte eine Pause. »Es gab eine Notiz. Nun, keine richtige Notiz.«

»Was ist das Interessante daran? Ist es das?«

»Nun, das ist schon eigenartig. Aber was mich interessiert, ist die Frage, wie die Leiche dorthin gekommen ist.«

Leaphorns Gesicht entspannte sich allmählich zu einer Art Lächeln. Er schaute über die Arbeit auf seinem Schreibtisch. Durch das Fenster seines Büros im zweiten Stock des Navajo Tribal Police Building, Sitz der Indianer-Polizei der Reservation, sah er wattige weiße Herbstwolken über der Sandsteinformation, die dem Ort Window Rock, Arizona, seinen Namen gab. Es war ein herrlicher Morgen. Hinter dem Schreibtisch, jenseits der Fensterscheibe, war die Welt kühl, klar und freundlich.

»Leaphorn. Bist du noch dran?«

»Willst du, daß ich nach Spuren suche? Ist es das?«

»Ihr sollt angeblich gut darin sein«, meinte Kennedy. »Das erzählt ihr uns doch immer.«

»In Ordnung«, sagte Leaphorn. »Zeig mir, wo es ist.«

Die Leiche lag unter dem schützenden Blätterdach eines Dickichts Wüstensträucher, abgeschirmt von der schräg einfallenden Morgensonne durch einen angrenzenden Busch. Von der Stelle aus, wo er auf dem mit Schotter befestigten Straßendamm stand, konnte Leaphorn die

Sohlen zweier Schuhe sehen, deren spitz zulaufenden Zehen nach oben zeigten, zwei dunkelgraue Hosenbeine, ein weißes Hemd, einen Schlips, ein noch zugeknöpftes Anzugjackett und darüber ein blasses schmales Gesicht mit seltsam ausgebeulten Wangen. In Anbetracht der Umstände wirkte die Leiche bemerkenswert ordentlich.

»Adrett und gepflegt«, sagte Leaphorn.

Vizesheriff Delbert Baca nahm an, er meine den Schauplatz des Verbrechens, und nickte mit dem Kopf.

»Pures Glück«, sagte er. »Ein Bursche, der mit seinem Güterzug hier vorbeikam, hat ihn zufällig gesehen. Der Zug war in Fahrt, deshalb konnte er nicht runterspringen und hier auf allem herumtrampeln. Jackson da« – Baca deutete mit dem Kinn auf einen dicklichen jungen Mann in der Uniform eines Hilfssheriffs von McKinley County, der auf den Schienen stand – »fuhr hier auf der Autobahn vorbei.« Er zeigte in Richtung des Highways, des Interstate 40, der eine Viertelmeile weiter westlich das schwache Gebrumm von Lastwagenverkehr hören ließ. »Er stieg hier aus, bevor die Staatspolizei alles durcheinander bringen konnte.«

»Dann hat also keiner die Leiche angerührt?« fragte Leaphorn. »Was ist mit der Notiz, von der du gesprochen hast? Wie habt ihr sie gefunden?«

»Baca hat ihn nach Ausweispapieren untersucht«, sagte Kennedy. »Dabei hat er unter ihn gegriffen, um die Gesäßtaschen zu durchsuchen. Er hat zwar keine Brieftasche oder so was gefunden, dafür aber das da in der äußeren Brusttasche seines Jacketts.« Kennedy hielt ihm einen kleinen, zusammengefalteten Zettel aus gelbem Papier hin. Leaphorn nahm ihn.

»Ihr wißt also nicht, wer er ist?«

»Keine Ahnung«, sagte Kennedy. »Die Brieftasche fehlt. In seinen Taschen war nichts, außer einem bißchen

Kleingeld, einem Kugelschreiber, ein paar Schlüsseln und einem Taschentuch. Und dann war diese Notiz in seiner Jackentasche.«

Leaphorn faltete den Notizzettel auseinander.

»Man denkt nicht daran, in dieser Jackentasche nachzuschauen, wenn man jemandem die Papiere wegnimmt«, meinte Baca. »Nun, so ist es wenigstens meiner Meinung nach gewesen.«

Die Notiz sah aus, als sei sie mit einem Kugelschreiber mit sehr feiner Mine geschrieben worden. Sie lautete: »Yeabechay? Yeibeshay? Agnes Tsosie (korrekt). Angeblich in der Nähe von Windowrock, Arizona.«

Leaphorn drehte den Zettel herum. *Stic Up* war oben darauf gedruckt, der Markenname eines Herstellers von Notizblöcken, die an Schwarzen Brettern haften blieben.

»Kennst du die?« fragte Kennedy. »Agnes Tsosie. Klingt mir irgendwie vertraut.«

»Tsosies gibt's hier wie Kennedys in Boston«, meinte Leaphorn. Er runzelte die Stirn. Ja, er kannte eine Agnes Tsosie. Nur ein kurzes Stück Weg zurück. Eine alte Frau, die vor langer Zeit am Stammesrat teilgenommen hatte. Als Abgeordnete des Bezirks Lower Greasewood, wenn er sich richtig erinnerte. Eine gute Frau, aber inzwischen wahrscheinlich tot. Und es mußte andere Agnes Tsosies geben, in und außerhalb der Reservation. Agnes war ein gebräuchlicher Name, und Tsosies kamen zu Tausenden vor. »Vielleicht können wir sie trotzdem finden. Und zwar sogar ziemlich leicht, wenn sie etwas mit einem Yeibichai zu tun hat. Davon werden nicht mehr viele abgehalten.«

»Das ist doch die Zeremonie, die auch Nachtgesang heißt, stimmt's?« wollte Kennedy wissen.

»Oder Nachtweg«, sagte Leaphorn.

»Die neun Tage lang dauert?« meinte Kennedy. »Und wo diese maskierten Tänzer auftreten?«

»Genau«, sagte Leaphorn. Aber wer war der Mann mit den spitzen Schuhen, der allem Anschein nach eine Agnes Tsosie kannte? Leaphorn ging hinter das Dickicht aus Wüstensträuchern und setzte dabei seine Füße vorsichtig auf, um nicht zu zerstören, was Baca noch nicht beschädigt hatte, während er die Taschen des Opfers durchsuchte. Er hockte sich hin, die Absätze am Gesäß, und stöhnte über den Schmerz in seinen Knien. Er sollte sich mehr bewegen, dachte er. Diese Gewohnheit hatte er seit Emmas Tod vernachlässigt. Sie waren früher immer zusammen gelaufen – fast jeden Abend, wenn er vom Büro nach Hause kam. Laufen und reden. Doch jetzt...

Das Opfer hatte keine Zähne. Sein ohnehin schmales Gesicht hatte das eingefallene, spitze Aussehen zahnloser Greise. Dabei war der Mann gar nicht besonders alt. Sechzig vielleicht. Und keiner von der Sorte, die zahnlos herumläuft. Sein Anzug, nachtblau mit mikroskopisch feinen, grauen Nadelstreifen, wirkte zwar altmodisch, aber teuer, die Kleidung jener sozialen Schicht, die über ausreichend Zeit und Geld verfügt, um ihre Zähne fest zwischen den Kiefern zu behalten. Bei diesem nahen Abstand bemerkte Leaphorn, daß die Anzugjacke einen kleinen Flicken in der Nähe des mittleren Knopfes hatte und das Revers abgetragen aussah. Auch das Hemd sah abgetragen aus. Aber teuer. Ebenso ein schlichter, breiter Goldring am Mittelfinger seiner linken Hand. Sogar das Gesicht selbst machte einen edlen Eindruck. Leaphorn hatte seit fast vierzig Jahren mit Weißen zu tun, und Leaphorn studierte Gesichter. Der Mann hatte zwar einen dunklen Teint – trotz der Totenblässe –, doch es war ein aristokratisches Gesicht. Eine schmale, arrogante Nase, feine Knochen, hohe Stirn.

Leaphorn wechselte seine Position und untersuchte die Schuhe des Opfers. Das Leder war teuer, und unter dem dünnen Staubfilm vom Tage glänzte es von tausendmaligem Polieren. Handgemachte Schuhe, glaubte Leaphorn. Aber vor langer Zeit angefertigt. Und jetzt waren die Absätze abgelaufen, und eine Sohle war vom Schuhmacher erneuert worden.

»Sind dir die Zähne aufgefallen?« fragte Kennedy.

»Ihr Fehlen ist mir aufgefallen«, sagte Leaphorn. »Hat jemand ein Gebiß gefunden?«

»Nein«, meinte Baca. »Aber es hat auch keiner richtig nachgeschaut. Noch nicht. Ich dachte, als erstes müßte die Frage untersucht werden, wie der Kerl hierher gekommen ist.«

Leaphorn fragte sich, warum das Büro des Sheriffs wohl das FBI verständigt hatte. War Baca am Tod dieses ordentlichen Mannes irgend etwas aufgefallen, das auf einen Fall für das Bundesamt schließen ließ? Er blickte sich um. Die Gleise liefen endlos nach Osten, endlos nach Westen – die Santa-Fe-Hauptlinie vom Mittleren Westen nach Kalifornien. Im Norden die roten Sandsteinwälle des Iyanbito Tafellands, im Süden die Piñon Hügel, die zum Zuñi Plateau und den Zuñi Bergen hin anstiegen. Und direkt hinter den belebten Fahrbahnen des Interstate 40 Highways stand Fort Wingate. Das alte Fort Wingate, in dem die US Army seit dem spanisch-amerikanischen Krieg Munition hortete.

»Wie kam er hierher? Das ist die Frage«, sagte Kennedy. »Vom Amtrak Zug wurde er jedenfalls nicht runtergeworfen, das ist mal klar. Und der sieht mir auch nicht nach einem Burschen aus, der auf einem Güterzug mitfährt. Also würde ich meinen, daß ihn wahrscheinlich jemand hierhergebracht hat. Aber warum zum Teufel sollte das einer tun?«

»Könnte das mit Fort Wingate zu tun haben?« fragte Leaphorn. Ungefähr eine halbe Meile an der Hauptlinie konnte er das Nebengleis sehen, das in die Richtung des Militärstützpunkts abzweigte.

Baca lachte und zuckte die Schultern.

»Wer weiß«, sagte Kennedy.

»Ich habe gehört, sie wollen das Fort schließen«, sagte Leaphorn. »Es ist veraltet.«

»Das habe ich auch gehört«, meinte Kennedy. »Glaubst du, daß du irgendwelche Spuren finden kannst?«

Leaphorn versuchte es. Er ging den Bahndamm gut zwanzig Schritte hinab und setzte zu einem Kreis durch das Dickicht von Sagebrush, Natternwurz und Wüstensträuchern an. Der Boden hier war typisch für eine Sagebrush-Ebene: locker, leicht und mit genügend feinen Kalkpartikeln, um eine Kruste zu bilden. Ein früher Herbstschauer war vor einer Woche über das Gebiet niedergegangen und erleichterte nun die Spurensuche. Leaphorn kehrte im Kreis zum Damm zurück, doch ohne etwas zu finden außer den Spuren, die Nagetiere, Echsen und Schlangen zurückgelassen hatten. Er war überzeugt, daß es nichts zu finden gab. Er lief noch ein weiteres Dutzend Schritte das Gleis hinunter und setzte zu einem weiteren, diesmal größeren Kreis an. Wieder fand er nichts, was nicht zu alt war oder von einem Tier herrührte. Dann ging er im Zickzack durch den Sagebrush rund um die Leiche, mit langsamen Schritten, die Augen auf den Boden geheftet.

Kennedy, Baca und Jackson warteten auf ihn auf dem Damm oberhalb der Leiche. Hinter ihm, weit unten am Gleis, hatte ein Krankenwagen geparkt, dahinter eine weiße Limousine – der Wagen, den der Pathologe vom öffentlichen Krankenhaus in Gallup fuhr. Leaphorn schnitt eine Grimasse und schüttelte den Kopf.

»Nichts«, sagte er. »Wenn ihn jemand von dieser Seite hergebracht hat, dann haben sie ihn über die Schienen heraufgebracht.«

»Oder über die Schienen herunter«, sagte Baca mit einem Grinsen.

»Wonach hast du gesucht?« fragte Kennedy. »Außer nach Spuren.«

»Nach nichts Besonderem«, meinte Leaphorn. »Man schaut eigentlich nach nichts Besonderem. Wenn man das tut, übersieht man die Dinge, nach denen man nicht sucht.«

»Also glaubst du, daß er über die Schienen hergebracht wurde?« fragte Kennedy.

»Ich weiß nicht«, sagte Leaphorn. »Warum sollte das jemand tun? Das ist ein hartes Stück Arbeit. Und dann das Risiko, dabei gesehen zu werden. Warum sollte dieses Gestrüpp besser als irgendein anderes Gestrüpp sein?«

»Vielleicht haben sie ihn von der anderen Seite herübergeschleppt«, meinte Kennedy.

Leaphorn blickte auf die andere Seite der Schienen. Auch drüben gab es keine Straße. »Vielleicht haben sie ihn von einem Zug runtergelassen?«

»Der Amtrak kommt hier mit ungefähr fünfundsechzig Meilen durch«, sagte Kennedy. »Erst Meilen später fängt er an, für Gallup die Fahrt zu verlangsamen. Auf einem Güterzug kann ich mir den Mann nicht vorstellen, und hier draußen halten sie auch nicht an. Das bin ich alles schon mit der Eisenbahn durchgegangen.«

Sie standen auf dem Damm oberhalb des Mannes mit den spitzen Schuhen, die Gegenwart des Todes ließ sie für einen Moment verstummen. Die Krankenwagenfahrer kamen mit einer Bahre die Schienen herauf, gefolgt von dem Pathologen, der eine Tasche trug. Er war ein kleiner, junger Mann mit einem blonden Schnurrbart. Leaphorn kannte ihn nicht, aber er stellte sich auch nicht vor.

Der Pathologe hockte sich neben die Leiche, untersuchte die Haut am Hals, die Erstarrung der Handgelenke, bog die Fingergelenke herum, blickte in den zahnlosen Mund.

Dann schaute er zu Kennedy hoch. »Wie ist er hierhergekommen?«

Kennedy zuckte die Schultern.

Der Arzt knöpfte die Anzugjacke und das Hemd auf, schob das Unterhemd hoch, inspizierte Brust und Unterleib. »Es gibt nirgendwo Blut. Nicht die kleinste Spur.« Er schnallte den Gürtel auf, machte die Hosenträger los, fühlte. »Wißt ihr Brüder, woran er gestorben ist?« fragte er, ohne einen Bestimmten zu meinen.

»Was?« erwiderte Baca. »Woran er gestorben ist?«

»Zum Teufel, ich weiß es jedenfalls nicht«, sagte der Arzt, immer noch mit der Leiche beschäftigt. »Ich bin gerade erst angekommen. Ich habe Sie gefragt.«

Er stand auf und trat einen Schritt zurück. »Legt ihn auf die Bahre«, ordnete er an. »Gesicht nach unten.«

Mit dem Gesicht auf der Bahre wirkte der Mann mit den spitzen Schuhen noch kleiner. Der Rücken seines dunklen Anzugs war mit grauem Staub gepudert, seine Würde geschrumpft. Der Arzt ließ seine Hand über den Körper gleiten, die Wirbelsäule hinauf, tastete den Hinterkopf ab, massierte den Nacken.

»Aha«, sagte er. »Da haben wir's ja.«

Der Arzt teilte das Haar des Mannes an der Stelle des Hinterkopfs, die Rückgrat und Schädel verband. Das Haar, bemerkte Leaphorn, war struppig und verfilzt. Der Arzt richtete sich auf und schaute mit einem glücklichen Grinsen zu ihnen hoch. »Sehen Sie?«

Leaphorn konnte nur sehr wenig sehen – nur eine kleine Stelle, wo der Nacken in den Schädel überging und wo er schwarzes, geronnenes Blut zu erkennen glaubte.

»Was ich sehe?« fragte Kennedy mit verärgerter Stimme. »Nicht die Bohne, verdammt noch mal.«

Der Pathologe wischte sich im Stehen die Hände ab und schaute auf den Toten hinunter. »Was Sie sehen, ist die Stelle, wo jemand, der mit einem Messer umzugehen versteht, einen sehr schnell töten kann«, sagte er. »Blitzschnell. Man sticht in den kleinen Spalt zwischen dem letzten Rückenwirbel und der Schädelbasis. Schneidet das Rückenmark durch.« Er lachte in sich hinein. »Zip.«

»Das ist also geschehen?« fragte Kennedy. »Wie lange ist das her?«

»Sieht ganz so aus«, meinte der Arzt. »Ich würde sagen, wahrscheinlich gestern. Aber wir werden eine Autopsie machen. Dann bekommen Sie Ihre Antwort.«

»Eine Antwort«, sagte Kennedy. »Oder zwei. Wie und wann. Bleibt aber noch wer.«

Und warum, dachte Leaphorn. *Warum* war immer die Frage, die ins Herz der Dinge führte. Das war die Antwort, nach der Joe Leaphorn immer suchte. Warum hatte dieser Mann – der offensichtlich kein Navajo war – den Namen einer Navajo-Frau auf einen Notizzettel in seiner Tasche geschrieben? Und den falsch buchstabierten Namen einer Navajo-Zeremonie? Das Yeibichai. Das war die Zeremonie, bei der die großen mystischen, mythischen, magischen Geister, die die Kultur der Navajos geformt und ihre ersten vier Klane geschaffen hatten, in Erscheinung traten, personifiziert durch die Masken der Tänzer. War der Ermordete unterwegs zu einem Yeibichai? Aber das konnte er nicht gewesen sein. Dafür war es Wochen zu früh. Das Yeibichai war eine Winterzeremonie. Es konnte erst aufgeführt werden, wenn die Schlangen ihren Winterschlaf hielten, erst in der Jahreszeit, da der Donner ruhte. Aber warum sonst sollte er die Notiz bei sich tragen? Leaphorn dachte nach, ohne daß ihm eine plausible Antwort einfiel. Er würde Agnes Tsosie ausfindig machen und sie fragen.

Die Agnes Tsosie, an die Leaphorn sich erinnert hatte, war offensichtlich die richtige. Als Leaphorn Fragen nach ihr stellte – als erster Schritt einer Untersuchung, von der er fürchtete, daß sie zu einer zeitverschlingenden Jagd ausarten würde –, erfuhr er immerhin, daß die Familie eine Yeibichai-Zeremonie für sie vorbereitete. Er verbrachte ein paar Stunden mit Telefonrecherchen, dann kam er zu dem Schluß, daß er einen Glückstreffer gelandet hatte. Bis jetzt schienen erst drei große Nachtgesang-Zeremonien geplant. Eine würde auf der Navajo Nation Fair in Window Rock für einen Mann namens Roanhorse abgehalten, und eine andere war im Dezember unweit von Burnt Water für ein Mitglied der Gorman-Familie vorgesehen. Damit blieb Agnes Tsosie aus Lower Greasewood als die einzige Möglichkeit übrig.

Die Fahrt von seinem Büro in Window Rock nach Lower Greasewood führte Leaphorn in westlicher Richtung durch die Goldkieferwälder des Defiance Plateaus, über die Piñon Juniper Hügel in der Umgebung von Ganado und dann südöstlich in die Sagebrush-Landschaft, die zur Wüste hin abfiel. Vor der Internatsschule von Lower Greasewood stiegen gerade die Kinder, die nah genug wohnten, um jeden Tag zur Schule zu kommen, in einen Bus, um nach Hause zu fahren. Leaphorn fragte die Busfahrerin, wo er Agnes Tsosie finden würde.

»Zwölf Meilen weiter bis zur Kreuzung nördlich von Beta Hochee«, sagte die Fahrerin. »Dann fahren Sie ungefähr zwei Meilen zurück nach Süden in Richtung White Cone und nehmen die unbefestigte Straße hinter der Na-Ah-Tee-Niederlassung. Ungefähr drei, vier Meilen danach kommt rechts eine Straße, die zur Rückseite der Tesihim Spitzkuppe abbiegt. Das ist die Straße, die zu Old Lady Tsosies Verein führt. Ungefähr zwölf Meilen, schätze ich.«

»Straße?« fragte Leaphorn.

Die Busfahrerin war eine hübsche junge Frau von vielleicht dreißig Jahren. Sie wußte genau, was Leaphorn meinte, und grinste.

»Nun ja, eigentlich sind's eher zwei Fahrspuren durchs Gestrüpp. Aber es ist leicht zu finden. Es gibt dort jede Menge blühende Astern. Gleich oben auf einem Hang.«

Die Wegkreuzung zu Tsosies Hogan war leicht zu finden. Astern blühten überall entlang der unbefestigten Straße nach der Na-Ah-Tee-Niederlassung, aber die Stelle, wo der Weg von der Straße abbog, war außerdem durch einen Pfosten markiert, den die Busfahrerin nicht erwähnt hatte. Ein alter Stiefel war oben an dem Pfosten festgemacht, um zu signalisieren, daß jemand zu Hause war. Leaphorn schaltete einen Gang herunter und bog in den Weg ein. Er fühlte sich ausgezeichnet. Alles bei dieser Untersuchung, warum ein toter Mann Agnes Tsosies Namen in seiner Tasche bei sich trug, klappte wie am Schnürchen.

»Ich habe keine Ahnung, wer das sein könnte«, sagte Agnes Tsosie. Dünn und grauhaarig lag sie, aufgestützt auf Kissen, in einem Metallbett unter einer Heckenlaube neben ihrem Haus und hielt eine Polaroidaufnahme des Mannes mit den spitzen Schuhen in der Hand. Sie reichte sie an Jolene Yellow weiter, die neben ihrem Lager stand. »Tochter, kennst du diesen Mann?«

Jolene Yellow blickte prüfend auf das Foto, schüttelte den Kopf und gab Leaphorn das Bild zurück. Er war schon zu lange in dem Geschäft, um Enttäuschung zu zeigen.

»Haben Sie vielleicht eine Idee, warum ein Fremder hierher zu Ihrem Yeibichai kommen könnte?«

»Nein.« Sie schüttelte den Kopf. »Nicht dieser Fremde.«

Nicht dieser Fremde. Leaphorn dachte über die Antwort nach. Agnes Tsosie würde sie ihm zu gegebener Zeit erklären. Jetzt schaute sie von ihm fort, hinaus über den sanften Hang, der von der Tesihim Spitzkuppe abfiel und dann nach und nach in westlicher Richtung vor der kantigen Silhouette der Nipple Spitzkuppe wieder anwuchs. Der Sagebrush war vom Herbst grau und silber, der späte Nachmittag verwob ihn mit den schräg fallenden Schatten, und überall leuchteten das Gelb des blühenden Natternwurzes und das Purpurrot der Astern. Sie hat Schönheit vor ihren Augen, dachte Leaphorn. Schönheit rings um sich her. Aber Agnes Tsosies Gesicht zeigte keinerlei Anzeichen, daß sie die Schönheit genoß. Es sah angespannt und krank aus.

»Wir haben einen Brief«, sagte Agnes Tsosie. »Er ist im Hogan.« Sie blickte Jolene Yellow an. »Meine Tochter holt ihn, damit du ihn anschauen kannst.«

Der Brief war auf normalem Bankpostpapier geschrieben:

13. September
Sehr geehrte Mrs. Tsosie, ich habe über Sie in einer alten Ausgabe des ›National Geographic‹ gelesen – der mit dem langen Artikel über das Volk der Navajos. Darin hieß es, daß Sie ein Mitglied des Bitter Water Klans sind. Das war auch der Klan meiner Großmutter, und auf dem Bild, das dort von Ihnen gezeigt wurde, ist mir aufgefallen, daß Sie beide sich ähnlich sehen. Ich schreibe Ihnen, weil ich Sie um einen Gefallen bitten möchte. Ich bin nach meiner Abstammung zu einem Viertel ein Navajo. Meine Großmutter sagte mir, daß sie eine reinblütige Navajo-Frau war. Aber sie heiratete einen weißen Mann, und dasselbe tat meine Mutter. Ich aber fühle, daß ich ein Navajo bin, und ich möchte gern feststellen, was ich tun kann, um offiziell ein Mitglied des Stammes zu werden. Ich würde auch gern nach Arizona kommen und

mit Ihnen über meine Familie sprechen. Ich erinnere mich, daß meine Großmutter mir gesagt hat, sie selber sei die Enkeltochter von Ganado Mucho und bei dem Bitter Water Volk geboren, und der Klan ihres Vaters sei das Streams Come Together Volk gewesen. Lassen Sie mich bitte wissen, ob ich kommen und Sie besuchen darf, sowie alles, was Sie mir darüber sagen können, wie ich ein Navajo werde.
Hochachtungsvoll
Henry Highhawk
P.S. Anbei ein frankierter und an mich adressierter Rückumschlag.

Leaphorn las den Brief nochmals durch und versuchte, diese Worte, diese merkwürdige Bitte mit dem arroganten Gesicht des Mannes mit den spitzen Schuhen in Verbindung zu bringen.

»Haben Sie darauf geantwortet?«

»Ich habe ihm gesagt, er soll kommen«, erwiderte Agnes Tsosie. Mit einem Seufzer verlagerte sie ihr Gewicht und verzog das Gesicht.

Leaphorn wartete.

»Ich habe ihm gesagt, nach dem ersten Frost würde es ein Yeibichai für mich geben. Wahrscheinlich Ende November. Dann sollte er kommen. Es würden andere Leute vom Bitter Water Klan da sein, mit denen er reden kann. Ich sagte, er könnte mit dem *hataalii* reden, der dort singen wird. Vielleicht wäre es gut für ihn, durch die Maske zu sehen und eingeweiht zu werden, wie sie es mit den Jungen in der letzten Nacht des Singens tun. Ich sagte, ich wüßte das alles nicht. Er müßte das alles den *hataalii* fragen. Und dann könnte er nach Window Rock gehen und schauen, ob er als richtiges Stammesmitglied aufgenommen werden kann. Er könnte von den Leuten da erfahren, welche Beweise er braucht.«

Leaphorn wartete. Aber Agnes Tsosie hatte gesagt, was sie zu sagen hatte.

»Hat er auf Ihren Brief geantwortet?«

»Noch nicht«, sagte sie. »Oder vielleicht hat er, und sein Brief ist noch nicht angekommen, unten in Beta Hochee. Da holen wir unsere Post ab.«

»Niemand ist in letzter Zeit bei der Handelsstation gewesen«, sagte Jolene Yellow. »Nicht seit letzter Woche.«

»Haben Sie eine Ahnung, wer die Großmutter dieses Mannes war?« fragte Leaphorn.

»Vielleicht«, sagte Agnes Tsosie. »Ich erinnere mich, daß es hieß, meine Mutter hätte eine Tante, die in die Internatschule gegangen war und nie zurückkam.«

»Auf jeden Fall«, meinte Jolene Yellow, »ist es nicht derselbe Mann.«

Leaphorn schaute sie überrascht an.

»Er hat uns ein Bild geschickt«, sagte sie. »Ich hole es.«

Es war ungefähr fünf Zentimeter im Quadrat, ein Farbfoto von der Art, wie sie von Fotoautomaten aufgenommen und in Pässe eingeklebt werden. Es zeigte ein langes mageres Gesicht, große blaue Augen und langes blondes Haar, das zu zwei festen Zöpfen geflochten war. Es war ein Gesicht, das immer jungenhaft aussehen würde.

»Der sieht ganz bestimmt nicht wie ein Navajo aus«, sagte Leaphorn. Und im stillen dachte er, daß dieser Henry Highhawk erst recht nicht aussah wie der Mann mit den spitzen Schuhen.

4

Hinter sich im Medizin-Hogan hörte Officer Jim Chee die ersten Tänzer singen, während sie sich die Zeremonienbemalung auflegten. Das interessierte Chee. Er hatte sich eine Stelle ausgesucht, von der aus er durch den Eingang des Hogans schauen und den Darstellern zusehen konnte, wie sie sich vorbereiteten. Es waren acht Männer mittleren Alters aus dem Reservationsdistrikt Naschitti in New Mexico, der weit fort im Osten von Agnes Tsosies Hogan unter der Tesihim Spitzkuppe lag. Sie hatten sich zuerst ihre rechten Hände angemalt, dann von der Stirn an abwärts ihre Gesichter und schließlich ihre Körper, um die Heiligen Wesen der Navajo-Mythologie zu verkörpern, die *yei*, die mächtigen Geister. Die Zeremonie des Nachtgesangs hoffte Chee eines Tages selber zu erlernen. Yeibichai nannte sein Volk sie nach Talking God, dem Sprechenden Gott und Großvater mütterlicherseits von allen Geistern. Die Aufführung dauerte neun Tage und umfaßte fünf komplizierte Sandmalereien und Gesangsfolgen. Sie zu lernen würde viel, viel Zeit brauchen, genauso wie das Finden eines *hataalii*, der bereit war, ihn als Schüler anzunehmen. Wenn es soweit sein würde, müßte er bei der Indianerpolizei, der Navajo Tribal Police, seinen Abschied einreichen. Aber das lag irgendwo in ferner Zukunft. Jetzt war es sein Job, nach dem Verrückten aus Washington Ausschau zu halten. Henry Highhawk lautete der Name auf dem Haftbefehl des FBI.

»Henry *Highhawk...*«, hatte Captain Largo gesagt, als er ihm den Aktendeckel reichte. »...*Edler Falke*. Normalerweise, wenn sie beschließen, Indianer zu werden und sich Weiße Wolke oder Sitzender Bär oder Edler Falke nennen, wollen sie Tscherokesen werden. Oder Mitglied von irgendeinem anderen würdevollen Stamm, den jeder kennt. Aber dieser Heini mußte sich unbedingt die Navajos aussuchen.«

Chee las die Akte durch. »Flucht über die Staatsgrenze, um sich der Strafverfolgung zu entziehen«, sagte er. »Strafverfolgung wegen was?«

»Grabschändung«, antwortete Largo. Er lachte und schüttelte seinen Kopf, zutiefst amüsiert über die Ironie der Dinge. »Ist das nicht das ideale Verbrechen für einen Mann, der von sich behauptet, ein Navajo zu sein?«

Chee war etwas aufgefallen, was ihm noch ironischer vorkam als ein weißer Grabräuber, der von sich behauptete, ein Navajo zu sein – also Mitglied eines Stammes, der zufällig eine heftige Abneigung gegen Leichen hegte und alles, was mit dem Tod in Verbindung stand.

»Ist er ein Grabräuber?« fragte Chee. »Sollte das FBI wirklich einmal versuchen, einen Grabräuber zu fangen?« Das Öffnen von Gräbern zu dem Zweck, präkolumbianische Töpferwaren für den Sammlermarkt zu stehlen, war seit Generationen auf der Hochebene von Colorado sowohl ein FBI-Delikt als auch ein großes Geschäft, und die Apathie der Bundesbehörde in dieser Sache war ebenso unerschütterlich wie allseits bekannt. Chee stand vor Largos Schreibtisch und versuchte, sich vorzustellen, was die FBI-Agenten wohl aus dieser schon sprichwörtlichen Trägheit aufgeschreckt haben könnte.

»Er war kein Grabräuber«, sagte Largo. »Das ist ein

Politischer. Er hat *belagaana*-Skelette drüben im Osten ausgegebuddelt.« Largo erklärte, was Highhawk mit den Skeletten angestellt hatte. »Das waren also nicht nur Skelette von Weißen, sondern VIP-*belagaana*-Skelette.«

»Oh«, sagte Chee.

»Na, egal. Sie brauchen darüber nicht mehr zu wissen, als daß Sie rausfahren zum Reservationsbüro von Lower Greasewood und rauskriegen, wo sie dieses Yeibichai abhalten. Wahrscheinlich bei Agnes Tsosie. Das ist die Frau, für die sie den Nachtgesang veranstalten. Na, egal. Dieser Spinner Highhawk soll angeblich dahin kommen. Wahrscheinlich ist er schon da. Das FBI sagte, daß er bei Avis in Washington einen Ford Bronco gemietet hat. Einen weißen. Sie glauben, daß er damit hierhergefahren ist. Also, sehen Sie zu, daß Sie zu Old Woman Tsosie kommen. Wenn er da ist, bringen Sie ihn her. Und wenn er noch nicht da ist, bleiben Sie da und warten auf ihn.«

»Neun Tage?«

»Heute ist die letzte Nacht des Yeibichai«, meinte Largo. »Dann, hat Mrs. Tsosie ihm gesagt, sollte er kommen.«

»Weshalb sollen wir glauben, daß der Bursche den ganzen Weg für ein Yeibichai hierhergekommen ist? Hört sich in meinen Ohren komisch an.« Chee hatte auf das Blatt in dem Aktendeckel geschaut, während er das sagte. Als er aufblickte, sah Captain Largo ihn knurrig an.

»Sie werden nicht dafür bezahlt, Mutmaßungen darüber anzustellen, ob die FBI-Fritzen zum Teufel wissen, was sie tun«, sagte der Captain. »Sie werden dafür bezahlt zu tun, was ich Ihnen sage. Aber wenn es Sie glücklich macht, so hat dieser Highhawk angeblich in Washington erzählt, daß er in die Navajo-Reservation rausfahren würde, um an eben diesem ganz speziellen Agnes-Tsosie-Yeibichai teilzunehmen. Reicht Ihnen das?«

Das hatte gereicht. Und so hatte Chee die letzten vier Stunden damit verbracht, bei Agnes Tsosie darauf zu warten, daß Henry Highhawk auf der Yeibichai-Zeremonie auftauchte, damit er ihn festnehmen konnte. Chee war gut im Warten. Er wartete an seiner Lieblingsstelle unweit des Baby Rocks Plateaus und lauerte darauf, daß die endlosen, leeren Meilen des Interstate Highway 160 Autofahrer zu Geschwindigkeitsüberschreitungen provozierten. Er wartete am Rand von Rodeoveranstaltungen auf unvorsichtige Schwarzhändler und in den Gängen draußen vor den Sitzungssälen im Justizgebäude der Reservationsverwaltung auf seinen Aufruf, um eine Zeugenaussage zu machen. Hilfssheriff Cowboy Dashee, sein Kollege und Freund, der ihn bei diesem Fall begleitete, jammerte unaufhörlich über die Warterei, die ihr Beruf verlangte. Chee störte sie nicht. Er war einer von den Menschen, in denen die Neugier sich fortwährend aufs neue regte. Wo er auch wartete, wanderten Chees Augen umher. Immer fanden sie etwas, das ihn interessierte. Während er hier darauf wartete, daß der weiße Ford Bronco auftauchte – oder auch ausblieb –, war Chee vor allem von der Zeremonie fasziniert. Und dann bemerkte er Bad Hands, den Mann mit den schlimmen Händen.

Bad Hands war allerdings dazu angetan, Neugier zu wecken.

Er war früh gekommen, genauso wie Chee, kurz vor Sonnenuntergang in der Pause zwischen dem Nachmittagssingen im Medizin-Hogan und dem Tanz der *yei*, der erst bei völliger Dunkelheit beginnen würde. Er fuhr einen grünen, viertürigen Cherokee Jeep, der den Aufkleber der Autoverleihfirma Farmington trug. Chee hatte ihn zuerst unter der Rubrik *belagaana* eingestuft, jene Sammelrubrik sozio-ethnischer Klassen, die Weiße ebenso umfaßte wie alle Menschen, die weder Mitglieder der

Dineh (Navajos) oder Nakai (Mexikaner) waren, noch Zuñis, Hopis, Apachen, Utes oder Mitglieder irgendeines anderen Indianerstammes, der nah genug lebte, um einen Namen in der Navajo-Sprache zu verdienen – die keine Bezeichnung für »Indianer« kannte. Insofern war Bad Hands ein *belagaana* mangels Alternativen. Bad Hands war nicht der einzige Weiße, den die Zeremonie anzog, aber er war der einzige, der Chees persönliches Klassifikationssystem in Frage stellte.

Die Handvoll anderer Weißer, die um die Feuerstellen herumstanden oder sich in ihren Wagen aufwärmten, fügten sich ziemlich ordentlich ins Bild. Zwei waren »Freunde«: ein schlaksiger, kahlköpfiger Mann, von dem Chee manchmal Heu in einer Futterhandlung in Gallup kaufte, und Ernie Bulow, ein baumlanger, graubärtiger Wüstenläufer, der in der Großen Reservation aufgezogen worden war und ein Buch über Tabus bei den Navajos geschrieben hatte. Bulow sprach fließend die Navajo-Sprache und unterhielt enge persönliche Beziehungen zu Navajo-Familien. Heute hatte er in seinem schmutzigen Kombi einen dicken Navajo-Mann und drei weiße Frauen mittleren Alters mitgebracht, die alle neben dem Wagen standen und durchgefroren, nervös und unbehaglich aussahen. Chee steckte die Frauen in die »Touristen«-Kategorie. Der Rest der *belagaana*-Abordnung bestand hauptsächlich aus »Einzelkämpfern« – von der Sorte der Liberalen und Intellektuellen. Sie waren in das Territorium von Navajo Mountain hereingeschneit und hatten sich selber zu den Sprechern und Beschützern der Navajo-Familien erklärt, die der Zwangsevakuierung von ihrem Land in jene Gegend, die nun das Hopi-Gebiet der alten gemeinsamen Reservation war, entgegensahen. Die Einzelkämpfer waren eine Landplage, aber auch ein Quell für Anekdoten und Unterhaltung. Drei von ihnen waren da, zwei

Männer, kaum älter als Chee, und eine hübsche junge blonde Frau, die ihr Haar auf dem Kopf zu einem Knoten eingerollt hatte. Alle trugen sie die zerfetzten Jeans, die Jeansjacken und Pferdedecken-Uniform ihrer Clique.

Bad Hands' Krawatte, sein gutsitzender Geschäftsanzug, sein weißes Hemd, seine schwarzen, feinen Lederhandschuhe, sein Filzhut mit geschweifter Krempe, sein pelzbesetzter Mantel, all das disqualifizierte ihn als Einzelkämpfer. Wie die Einzelkämpfer war zwar auch er ein Stadtmensch, doch ohne die übliche Verkleidung. Sein völliges Desinteresse an der Zeremonie schloß ihn als Touristen aus. Auch schien er niemanden sonst hier zu kennen – die meisten waren Bitter Water People vom Mutterklan der Patientin. Wie Jim Chee wartete Bad Hands einfach nur. Doch für Bad Hands war Warten ein ödes Geduldsspiel. Er zeigte keinerlei Anzeichen, Freude daran zu haben.

Chee hatte ihn erstmals bemerkt, als er aus seinem Cherokee Jeep stieg. Er hatte den Jeep in einem Haufen schäbigerer Wagen abgestellt, in höflichem Abstand vom Tanzbezirk. Er hatte sich gestreckt, die Schultern in seinem Mantel kreisen lassen, die Knie angezogen, den Rükken gebeugt und all die anderen Verrenkungen von Leuten gemacht, die zu lange in einem Auto eingezwängt waren. Er hatte kaum einen Blick für die Männer übrig, die gerade Abfallholz von der Sägemühle des Stammes abluden, um die Feuer in Gang zu halten, die in der Nacht die Zuschauer aufwärmen und den Tanz beleuchten sollten. Er interessierte sich mehr für die geparkten Wagen. Sorgfältig nahm er sie in Augenschein, einen nach dem anderen. Er hatte bemerkt, daß Chee ihn beobachtete, und er hatte Chees Polizeiuniform registriert, aber er ließ kein besonderes Interesse erkennen. Nachdem er seine Muskeln gestreckt hatte, stieg er wieder in seinen Wagen und setzte sich hin. In diesem Augenblick fielen Chee seine Hände auf.

Er hatte die Tür geöffnet, indem er den Griff mit zwei Fingern seiner linken Hand packte und dann den Knopf mit einem Finger seiner rechten drückte. Das war offensichtlich ein eingeübter Bewegungsablauf. Trotzdem wirkte er unbeholfen. Und während der Mann ihn ausführte, bemerkte Chee, daß der Daumen und der kleine Finger des rechten Handschuhs starr hervorragten. Entweder fehlten dem Mann dieser Finger und Daumen, oder sie waren steif. Aber warum machte er dann die Tür nicht mit der anderen Hand auf? Chee konnte sie nicht sehen.

Doch jetzt hatte Chees Neugier Klick gemacht. Er streifte um den Tanzbezirk herum, den Tsosies Familie hergerichtet hatte, redete Leute an, schaute den Männern an den Feuern zu, wie sie Scheite und Abfallholz aufschichteten, die, in Brand gesetzt, den Tanzbereich markieren würden. Er sprach mit dem Ehemann der Frau, deren Mutter die Patientin war. Yellow war sein Name. Yellow kümmerte sich darum, daß alles funktionierte.

Chee half Yellow dabei, die Verkabelung des kleinen Generators zu überprüfen, den er ausgeliehen hatte, um die elektrische Beleuchtung zu versorgen, die er hinter dem Medizin-Hogan angebracht hatte. Chee behielt dabei fünf Jungs im Auge, die Jacken mit dem Aufdruck des Many Farms Football Clubs trugen und vielleicht Ärger machen könnten, wenn ihre Gruppe groß genug würde, um die bei Teenagern kritische Anhäufung zu erreichen. Chee streifte zwischen den abgestellten Wagen hindurch und hielt Ausschau nach Betrunkenen oder Trinkenden. Er blieb an der Stelle stehen, wo Cowboy Dashee in seinem Streifenwagen des Apache County Sheriff's Department parkte, um nachzusehen, ob Cowboy noch schlief. (»Weck mich, wenn dein Ganove auftaucht, und weck mich auch, wenn das Tanzen losgeht«, hatte Dashee gesagt. »Ansonsten brauche ich mein Nickerchen.«) Doch immer wieder ging er zu der Stelle zurück, von wo aus er den Cherokee Jeep und dessen Fahrer sehen konnte.

Manchmal saß der Mann darin, manchmal lehnte er daran, manchmal stand er daneben.

Er ist nervös, fand Chee, aber keiner von der Sorte, die es sich leistet, Nervosität auf die übliche Weise zu zeigen. Als der Scheinwerfer eines ankommenden Autos sein Gesicht erleuchtete, sah Chee, daß er wahrscheinlich Indianerblut hatte. Oder vielleicht auch asiatisches Blut. Bestimmt war er kein Navajo oder Apache oder Pueblo. Im selben Licht sah er auch wieder seine Hände in den Handschuhen, die nun lose auf dem Lenkrad ruhten. Die Daumen und kleinen Finger beider Hände ragten starr hervor, als wären die Gelenke eingefroren.

Chee stand neben dem Medizin-Hogan und dachte über diese seltsamen Hände nach, was wohl mit ihnen geschehen sein mochte, als Henry Highhawk eintraf. Chee sah, wie der Wagen über dem Rand des Tafellandes auftauchte und auf den Parkplatz zugeholpert kam. Im Widerschein der Feuer hatte er den Eindruck, als ob es ein kleines, weißes Auto sei. Als es stehenblieb, sah er, daß es der weiße Ford Bronco war, auf den er gewartet hatte.

»...Wind Boy, der heilige Junge, malt seine Form«, sangen die Stimmen hinter ihm in rhythmischen Navajo-Lauten.

»Mit der dunklen Wolke malt er seine Form. Mit dem Regenschleier malt er seine Form...«

Der Wagen verschwand in einer ungeordneten Reihe, die hauptsächlich aus Kleinlastern bestand, aus seinem Sichtfeld. Chee schlenderte zu der Stelle hinüber und hielt sich dabei so gut es ging aus dem Feuerschein. Es war ein

Bronco, noch neu unter der dicken Schmutzschicht. Der Fahrer schien der einzige Insasse zu sein. Er machte die Tür auf, wobei die Innenbeleuchtung anging. Dann schwang er seine Beine heraus, streckte sich, trat mit steifen Bewegungen ins Freie und warf die Tür hinter sich zu. Ohne Eile offensichtlich.

Genausowenig wie Jim Chee, der an der Seite einer alten Limousine lehnte und wartete.

Die kühle Brise strich durch die Salbeisträucher um ihn her, die gerade laut genug raschelten, um die Gesänge des Zeremoniells zu verschleiern. Die Feuer, die die Grenzen des Tanzbezirks zwischen dem Hogan und der kleinen, mit Gestrüpp gedeckten Medizinhütte markierten, brannten jetzt hoch. Das Licht brach sich in Henry Highhawks Gesicht. Oder, dachte Chee, im Gesicht des Mannes, in dem ich Henry Highhawk vermute. Des Mannes, der den beschriebenen weißen Bronco fuhr. Er trug ein Hemd aus dunkelblauem Samt mit Silberknöpfen – ein Hemd, wie es ein traditionsbewußter Navajo wahrscheinlich um 1920 voller Stolz getragen hätte. Auf dem Kopf hatte er einen altmodischen schwarzen Filzhut mit einer hohen Krone und einem Band großer Silbernieten – einen »Reservationshut«, der ebenso altmodisch war wie das Hemd. Ein Gürtel mit schweren Silbernieten hing um seine Hüfte, und darunter trug er Jeans und Stiefel. Der linke Stiefel, stellte Chee jetzt fest, war mit einer Metallschiene und einer dicken Sohle verstärkt. Lange Zeit stand er in Hemdsärmeln neben dem Auto, ohne auf die Kälte zu achten, ganz versunken in den Anblick vor ihm. Im Unterschied zu Bad Hands war dieser Besucher offensichtlich fasziniert von dem zeremoniellen Ereignis. Schließlich griff er ins Innere, zog eine Lederjacke hervor und streifte sie über. Die Jacke hatte Lederfransen. Natürlich, dachte Chee. Hollywood-Indianer.

Chee schlenderte hinter ihm her zu Cowboys Streifenwagen und klopfte an die Scheibe.

Cowboy richtete sich auf und sah ihn an. Chee öffnete die Tür und glitt hinein.

»Fangen sie an zu tanzen?« fragte Cowboy, wobei die Frage halb in einem Gähnen erstickte.

»Jede Minute«, sagte Chee. »Und unser *bandido* ist angekommen.«

Cowboy tastete um sich nach seinem Pistolengürtel. Dann fand er ihn und streckte sich, um ihn anzulegen. »Okay«, sagte er. »Also los.«

Hilfssheriff Cowboy Dashie stieg aus seinem Streifenwagen und folgte dem Indianerpolizisten Jim Chee zu der Menschenmenge, die sich um die Feuer versammelt hatte. Dashee war ein Bürger von Mishhongnovi auf dem Hopi Second Tafelland, ein Sohn des vornehmen Side Corn Klans und wertvolles Mitglied der altehrwürdigen Hopi Antelope Gesellschaft. Aber er war auch ein Freund von Jim Chee, schon seit ihren Tagen in der High School.

»Hier ist er«, sagte Chee. »Der Kerl mit dem Reservationshut und der Lederjacke mit den Buffolo-Bill-Fransen.«

»Und den Zöpfen«, sagte Dashee. »Will er etwa eine neue Mode bei euch Brüdern einführen? Zöpfe statt Knoten?«

Der Fahrer des Bronco stand ganz nah bei einem untersetzten älteren Mann in einer roten, karierten Jacke. Er beugte sich erst über ihn, während er sprach, dann hörte er aufmerksam zu. Chee und Dashee drängten sich durch die Menge zu ihm.

»Nicht jetzt«, sagte der Mann in der Karojacke gerade. »Old Lady Tsosie ist krank. Sie ist die Patientin. Niemand darf mit ihr reden, bis das Singen vorbei ist.«

Warum wollte dieser *belagaana*-Grabräuber Agnes Tsosie treffen? Chee hatte keine Ahnung. Das ärgerte ihn. Die hohen Tiere verrieten den Frontbullen kein verdammtes Sterbenswort. Captain Largo ganz bestimmt nicht. Keiner. Eines Tages würde er in irgendein Schlamassel hineingeraten und den Kopf weggepustet kriegen, bloß weil keiner ihm einen Ton gesagt hatte. Dafür gab es absolut keine Entschuldigung.

Bad Hands ging hinter ihm her, näherte sich Highhawk, wartete den passenden Moment ab und berührte den Mann an der Schulter. Highhawk schien verblüfft. Bad Hands stellte sich jetzt offenbar vor. Highhawk streckte eine Hand aus, sah Bad Hands' Handschuh, hörte zu, wie der andere etwas sagte, vielleicht eine Erklärung, und schüttelte schwungvoll den Handschuh. »Schnappen wir ihn«, sagte Dashee. »Los jetzt.«

»Was soll die Eile?« fragte Chee. »Der Bursche läuft uns nicht weg.«

»Wir nehmen ihn fest, stecken ihn in den Streifenwagen und brauchen uns keine Sorgen mehr um ihn zu machen«, meinte Dashee.

»Wir nehmen ihn fest und dürfen dann Babysitter bei ihm spielen«, sagte Chee. »Wir müssen ihn runter nach Holbrook verfrachten und einbuchten. Wir verpassen den Yeibichai-Tanz.«

Dashee gähnte mit weit geöffnetem Mund, rieb sich mit beiden Handflächen das Gesicht und gähnte noch einmal. »Um die Wahrheit zu sagen«, fing er an, »ich habe ganz vergessen, wie du mich dazu herumgekriegt hast, überhaupt hierher rauszukommen. Schließlich veranstalten wir Hopis die großen Zeremonien, die die Touristen anlocken. Doch nicht ihr Brüder. Was habe ich hier überhaupt zu suchen?«

»Ich glaube, ich habe dir doch von all diesen Miss Navajo- und Miss Indian Princess-Teilnehmerinnen erzählt, die immer zu den Yeibichais kommen«, meinte Chee. »Die karren sie in Bussen von Albuquerque und Phoenix und Flagstaff herbei.«

»Stimmt«, sagte Dashee, »du hast allerdings etwas von Mädchen erzählt. Wo zum Teufel sind sie?«

»Müssen jede Minute da sein«, sagte Chee.

Dashee mußte wieder gähnen. »Da wir gerade von Frauen reden, wie läuft's mit deiner Freundin?«

»Freundin?«

»Der gutaussehenden Rechtsanwältin.« Dashee malte mit den Händen Kurven in die Luft. »Janet Pete.«

»Sie ist nicht meine Freundin«, meinte Chee.

Dashee zog ein skeptisches Gesicht.

»Ich bin ihr Vertrauter«, sagte Chee. »Die Schulter, an der sie sich ausweint. Sie hat schon einen Freund. In Washington. Ihr alter Juraprofessor an der Universität von Arizona hat beschlossen, den Unterricht aufzugeben und Millionär zu werden. Sie ist jetzt wieder bei ihm und arbeitet für ihn.«

Dashees Enttäuschung war nicht zu verkennen. »Ich mochte sie«, sagte er. »Ich meine, für eine Navajo. Und für eine Anwältin. Wenn man sich vorstellt, eine Anwältin zu mögen. Aber ich glaubte, ihr beide hättet da was am Laufen.«

»Nein«, meinte Chee. »Sie erzählt mir ihre Probleme. Und ich ihr meine. Dann geben wir uns schlechte Ratschläge. Eine von den Kisten.«

»Eure Probleme? Du meinst doch nicht die kleine Lehrerin mit den blauen Augen? Ich dachte, die hätte dir den Laufpaß gegeben und wäre wieder nach Milwaukee oder sonstwohin gezogen. Ist sie immer noch dein Problem?«

»Mary Landon«, sagte Chee.

»Das hat sich allerdings lange hingeschleppt«, meinte Dashee. »Ist sie wieder hier draußen?«

»Sie ist wirklich nach Wisconsin zurückgezogen«, sagte Chee und dachte, daß er keine besondere Lust hatte, darüber zu reden. »Aber wir schreiben uns. Nächste Woche werde ich wieder dort sein und sie treffen.«

»Gut«, sagte Dashee. Die Brise hatte aufgefrischt und kam jetzt von Norden, noch kälter als sie schon gewesen war. Dashee schlug seinen Mantelkragen hoch. »Das geht mich nichts an, schätze ich. Ist deine Beerdigung.«

Die Deckenwand war über dem Eingang des Patienten-Hogans herabgelassen worden, und alle Heilungszeremonien gingen nun im Verborgenen vor sich. Die Feuer, die den hergerichteten Tanzbezirk markierten, loderten hell auf. Zuschauer kauerten um sie herum, wärmten sich auf, plauderten miteinander, erneuerten Freundschaften. Lachen wurde laut, als ein Pinienscheit in sich zusammenfiel und die aufstiebende Funkenexplosion eine Horde Teenager auseinandertrieb. Mr. Yellow hatte ein Küchenzelt hinter dem Hogan gebaut, mit Hilfe von abgesägten Telegrafenmasten als Dachpfosten, Vierkantbalken und Tafeln aus Preßholz für die Wände. Durch den Eingang konnte Chee Dutzende von Mitgliedern aus Mrs. Tsosies Bitter Water Klan sehen, die Kaffee tranken und sich bei den Stapeln Fladenbrot und dem dampfenden Kessel mit Hammeleintopf bedienten. Highhawk hatte auch diesen Weg eingeschlagen, mit Bad Hands im Schlepptau. Chee und Dashee folgten Highhawk in das Küchenzelt und behielten ihn im Auge. Sie probierten von dem Eintopf, fanden ihn aber nur mäßig.

Dann wurde der Vorhang aufgezogen, und der *hataalii* kam rückwärts daraus hervor. Er ging den Tanzbezirk hinunter zum *yei* Hogan. Einen Augenblick später kehrte er denselben Weg zurück, mit langsamen Schritten und singend. Old Woman Tsosie tauchte aus dem Medizin-Hogan auf. Sie war in eine Decke eingeschnürt, das Haar auf traditionelle Weise zu einem Knoten gebunden. Sie stand auf einer anderen Decke, die auf dem gestampften Boden ausgebreitet lag, und hielt ihre Hand in Richtung Osten. Das Küchenzelt leerte sich, je mehr Gäste sich vom Essen dem Zuschauen zuwandten. Das Hallo an den Feuern verebbte. Dann hörte Chee den typischen Ruf von Talking God.

»Huu tu tu. Huu tu tu. Huu tu tu. Huu tu tu.«

Talking God führte eine Reihe maskierter *yei* an, die sich langsam mit den komplizierten, abgehackten, schleppenden Schritten der Geistertänzer voranbewegten. Die Geräusche der Menschenmenge verstummten. Chee konnte das Klingeln der Glöckchen an den Beinen der Tänzer hören, den Gesang der *yei* in Lauten, die kein menschliches Wesen verstand. Der Fächer starrer Adlerfedern oben auf Talking Gods weißer Maske blähte sich in der frischen Brise. Staub wirbelte um die nackten Beine der Tänzer auf, als sie in ihren Kilts heranrückten. Chee blickte hinüber zu Henry Highhawk, neugierig auf seine Reaktion. Er sah, daß der Mann mit den verkrüppelten Händen inzwischen an Highhawks Seite getreten war.

Highhawks Lippen bewegten sich, das Gesicht voller Ehrfurcht. Er schien zu singen. Chee drängte sich dichter heran. Highhawk hatte nur Augen für Talking God, der langsam auf sie zu tanzte. »Er rührt sich. Er rührt sich«, sang Highhawk. »Er rührt sich. Er rührt sich. Schreitend nun in hohem Alter, er rührt sich.« Die Worte waren übersetzt aus der Zeremonie, die das Maskenschütteln genannt wurde. Der Ritus war vier Tage früher, während der Zeremonie, aufgeführt worden, um die Geister, die in den Masken lebten, aus ihren kosmischen Träumen aufzuwecken. Dieser Weiße mußte ein Anthropologe oder sonst ein Gelehrter sein, wenn er eine Übersetzung gefunden hatte.

Talking God und sein Gefolge waren jetzt ganz nah, und Highhawk hatte aufgehört zu singen. Er hielt etwas in seiner rechten Hand. Etwas aus Metall. Ein Tonbandgerät. Der *hataalii* gab nur selten die Erlaubnis für Aufnahmen. Chee fragte sich, was er tun sollte. Es war ein absolut unpassender Augenblick, um eine Störung zu verursachen. Er beschloß, der Sache ihren Lauf zu lassen. Man hatte ihn nicht hierher geschickt, um für die Einhaltung zeremonieller Regeln zu sorgen, und ihm war auch nicht danach, den Polizisten zu spielen.

Bei dem kehligen Ruf des Yeibichai wanderten Chees Gedanken zurück zu dem Mythos, den die Zeremonie wieder auferstehen ließ. Es war die Geschichte von einem verkrüppelten Jungen und seinem Pakt mit den Göttern. Ja, so mochte es in jenen mythischen Zeiten gewesen sein, dachte Chee. Der Feuerschein, die hypnotischen Klänge der Glöckchen und Handtrommeln, die Schatten der Tänzer, die sich rhythmisch vor dem rosafarbenen Sandstein der Bergwände hinter dem Hogan bewegten.

Plötzlich lag ein neuer Geruch in der Luft, vermischt mit dem Duft der brennenden Pinienscheite und dem Nebel. Es war der Geruch von Feuchtigkeit, von bald fallendem Schnee. Und während er das feststellte, ging ein Schauer kleiner Schneeflocken zwischen ihm und dem Feuer nieder, um genauso rasch wieder zu verschwinden, wie er aufgetaucht war. Chee blickte zu Henry Highhawk hinüber, um zu sehen, wie der Grabräuber das aufnahm.

Highhawk war fort. Ebenso Bad Hands.

Chee schaute sich nach Cowboy Dashee um. Aber wo war Cowboy schon, wenn man ihn einmal brauchte? Nie in Sichtweite. Da war er. Redete gerade mit einer jungen Frau, die in eine Daunenjacke eingemummt war. Grinste dabei wie ein Affe. Chee zwängte sich durch die Menge. Er packte Dashee beim Ellbogen.

»Los, komm«, sagte er. »Ich hab ihn verloren.«

Hilfssheriff Dashee war augenblicklich wieder im Amt.

»Ich überprüfe Highhawks Auto«, sagte er und rannte davon.

Chee lief zu dem Wagen von Bad Hands. Die beiden Männer standen daneben und redeten.

Jetzt ist Schluß mit Warten, dachte Chee. Er konnte sehen, wie Dashee näherkam.

»Mr. Highhawk?« fragte er. »Mr. Henry Highhawk?«

Die beiden Männer drehten sich herum. »Ja«, sagte Highhawk. Bad Hands machte große Augen, während er sich gleichzeitig nervös auf die Unterlippe biß.

Chee zeigte seinen Ausweis vor.

»Ich bin Officer Chee, Reservationspolizei. Wir haben einen Haftbefehl für Sie, und ich nehme Sie hiermit in Gewahrsam.«

»Und weshalb?« fragte Highhawk.

»Flucht über die Staatsgrenze, um sich der Strafverfolgung zu entziehen«, sagte Chee. Er spürte Dashee an seinem Ellbogen.

»Sie haben das Recht, die Aussage zu verweigern«, fing Chee an. »Sie haben das Recht, einen ...«

»Weil ich die Skelette ausgegraben habe, stimmt's?« meinte Highhawk. »Es ist in Ordnung, Knochen von Indianern auszugraben und sie dann auszustellen. Aber wenn man Knochen von Weißen ausgräbt, dann ist es ein Verbrechen.«

»...kann und wird vor Gericht gegen Sie verwandt werden«, schloß Chee.

»Ich hatte schon gehört, daß die Bullen hinter mir her sind«, sagte Highhawk. »Aber mir war nur nicht so ganz klar, weshalb. Etwa weil ich die Skelette mit der Post verschickt habe? Das habe ich aber nicht getan. Ich habe sie mit Federal Express geschickt.«

»Ich habe nicht die blasseste Ahnung«, sagte Chee. »Ich weiß nur, daß Sie Henry Highhawk sind und ich hier einen Haftbefehl für Sie habe. Soweit ich weiß, haben Sie achtzehn Menschen in Albuquerque niedergeschossen, die Bank ausgeraubt, Flugzeuge entführt, Ihren Bewährungshelfer angelogen, Landesverrat begangen. Uns erzählen sie kein verdammtes Sterbenswort.«

»Was haben Sie mit ihm vor?« fragte Bad Hands. »Wo bringen Sie ihn hin?«

»Wer sind Sie?« wollte Dashee wissen.

»Wir bringen ihn runter nach Holbrook«, sagte Chee, »und dann überführen wir ihn ins Büro des Sheriffs, und die halten ihn fest für die FBI-Agenten auf dem Haftbefehl, und dann geht er zurück, was weiß ich wohin. Wo immer er was auch immer getan hat. Dort kommt er vor Gericht.«

»Wer sind Sie?« wiederholte Dashee.

»Ich heiße Gomez«, sagte Bad Hands. »Rudolfo Gomez.«

»Ich bin Jim Chee«, erwiderte Chee und streckte seine Hand aus.

Bad Hands schaute sie an. Dann auf Chee.

»Entschuldigen Sie den Handschuh«, sagte er. »Ich hatte einen Unfall.«

Während er sie schüttelte, spürte Chee durch das dünne schwarze Leder einen Zeigefinger und vielleicht noch einen Teil des Mittelfingers. Alles andere sonst fühlte sich steif und künstlich an.

Das war die rechte Hand. Wenn er sich richtig erinnerte, war die rechte Bad Hands' bessere Hand.

5

Leroy Fleck freute sich, wenn seine Schuhe geputzt wurden. Sie waren von Florsheim – also für seine Verhältnisse teure Schuhe – und hatten Pflege verdient. Doch der Hauptgrund, warum er sie jeden Morgen an dem kleinen Stand unten an der Straße vor seiner Wohnung putzen ließ, war beruflicher Art. Fleck, der selber oft hinter anderen Leuten her war, hatte das Bedürfnis zu wissen, ob jemand hinter ihm her war. Die paar Minuten, die er hier oben auf Captains Schuhputzthron saß, gaben ihm die beste Gelegenheit, die Straße noch einmal in Gedanken durchzugehen. Jeden Morgen, außer sonntags, überprüfte Fleck alle Fahrzeuge, die entlang der düsteren Straße abgestellt waren, an der sein Apartmenthaus lag. Er verglich, was er sah, mit dem, woran er sich von ähnlichen Kontrollgängen vorausgegangener Tage, Wochen und Monate erinnerte.

Aber er freute sich auch über den Glanz. Captain war ihm nach und nach als Mensch ans Herz gewachsen. Fleck empfand ihn nicht mehr wie einen Nigger, nicht mal mehr wie einen von *denen*. Captain war für ihn nach und nach etwas anderes geworden – ja, aber was eigentlich? Jemand, der ihn kannte? Was immer es war, Fleck freute sich jedenfalls auf das tägliche Schuheputzen.

An diesem Morgen hatte Fleck allerdings andere Dinge

im Kopf. Dinge, die er erledigen, eine Entscheidung, die er treffen mußte. Aus Gewohnheit überprüfte er die Straße. Die Autos waren ihm vertraut. Zum Beispiel der Lieferwagen der Bäckerei, der gerade seine Waren bei dem Imbiß ablieferte. Der alte Mann, der den Bürgersteig entlanghinkte, war auch früher dort entlanggehinkt. Die magere Frau war eine weitere Bekannte, die ihren Hund ausführte. Nur das weiße Corvette Cabrio, das neben der Texaco Tankstelle unten an der Straße parkte, und die dunkelgrüne Ford Limousine direkt gegenüber vom Eingang des Apartmenthauses waren hier fremd. Der Corvette war kein Auto von der Art, die Fleck interessierte. Den Ford aber würde er sich genauer ansehen, um ihn sich einzuprägen. Das war eins von diesen nichtssagenden Modellen, wie sie Bullen mit Vorliebe benutzten.

Fleck schaute hinunter auf den Kopf des Schuhputzers. Das Haar war eine Masse von dichten grauen Locken. Negerhaar, dachte Fleck. »Wie weit bist du, Captain?«

»Gleich soweit.«

»Siehst du den grünen Ford da drüben? Auf der anderen Straßenseite? Weißt du, wem der gehört?«

Der Mann blickte auf, sah den Ford und musterte ihn. Früher war sein Gesicht einmal glänzend und kaffeeschwarz gewesen. Mit dem Alter war es grau geworden und hatte sich in eine Wüste von Runzeln und Furchen verwandelt. »Kenne ich nicht«, sagte Captain. »Ist mir noch nie aufgefallen.«

»Ich werd mal das Kennzeichen auf dem Präsidium überprüfen lassen«, meinte Fleck. »Und du sagst mir, wenn du ihn hier in der Gegend noch mal siehst.«

»Klar«, sagte Captain. Er wienerte mit seinem Putzlappen ein letztes Mal über Flecks rechte Schuhspitze, schnappte den Lappen in der Luft auf, erhob sich und trat einen Schritt zurück. »Fertig«, sagte er.

Fleck reichte ihm einen Zehn-Dollar-Schein. Captain faltete ihn und steckte ihn in seine Hemdtasche.

»Schau mal zu, ob du nicht ins Visier kriegen kannst, wer darin einsteigt«, sagte Fleck.

»Ihr Mann vielleicht?« fragte Captain, wobei sein Gesicht zwischen einer skeptischen und sardonischen Miene schwankte. »Glauben Sie, das ist der Dealer, hinter dem Sie her sind?«

»Möglich«, sagte Fleck.

Er ging die fünf Straßen hinunter zu der Telefonzelle, die er heute benutzen wollte, und dachte über Captains Gesichtsausdruck nach, und über Mama, und darüber, was er seinem Auftraggeber, The Client, erzählen sollte. Captains Miene gab deutlich zu erkennen, daß er nicht wirklich glaubte, Fleck sei ein Undercover-Agent. Der Alte hatte letzten Sommer ziemlich überzeugt gewirkt, als Fleck diesen Job angenommen und in die Wohnung eingezogen war. Am dritten Morgen, den er sich die Schuhe putzen ließ, hatte er Captain seine Ausweispapiere als Kriminalbeamter der Polizei von Columbia gezeigt. Der Mann schien damals ziemlich beeindruckt gewesen zu sein. Aber schon vor Wochen – wie viele es waren, konnte Fleck nicht so recht entscheiden – begann Fleck im Unterbewußtsein ein paar Besonderheiten zu registrieren. Inzwischen war er ziemlich sicher, daß der Alte nicht glaubte, Fleck sei ein Bulle. Aber er war auch einigermaßen sicher, daß Captain sich einen Dreck darum scherte. Der Alte spielte den Beobachter zum Teil, weil ihm das Spiel Spaß machte, zum Teil wegen des Geldes. Captain stand zwischen den Lagern. Er scherte sich einen Dreck darum, ob Fleck ein Teil des Gesetzes war oder ein Gesetzesbrecher oder der Mann im Mond.

An dem Punkt hatte Fleck sogar in Betracht gezogen, mit Captain über Mama zu reden. Er war zwar ein Nigger, aber er war alt und wußte eine Menge über Menschen. Vielleicht hätte er ein paar Ideen. Aber über Mama zu reden war kompliziert. Und peinlich. Er wußte nicht, was er mit ihr tun sollte. Was konnte er tun? Sie war nicht glücklich gewesen drüben in Bluewater Home draußen in Cleveland, und sie war auch nicht glücklich an diesem Ort, wohin er sie gebracht hatte, als er nach Columbia kam – das Altenheim Eldercare Manor. Vielleicht würde sie nirgendwo glücklich sein. Aber darum ging es im Augenblick ja gar nicht. Es ging vielmehr darum, daß das Heim sie los sein wollte. Und zwar auf der Stelle.

»Wir können uns das einfach nicht gefallen lassen«, hatte der dicke Heimleiter, Fat Man, zu ihm gesagt. »Wir können das einfach nicht dulden. Wir müssen an unsere anderen Gäste denken. Für ihr Wohlergehen sorgen. Wir können nicht hinnehmen, daß diese Frau sie dauernd belästigt.«

»Daß sie was tut?« hatte Fleck gefragt. Aber er wußte genau, was Mama tat. Mama rechnete ab.

»Nun«, hatte Fat Man gesagt und überlegt, wie er es ausdrücken sollte. »Nun, gestern schubste sie Mrs. Oliver und brachte sie dadurch ins Straucheln. Sie fiel direkt auf den Boden. Hätte sich die Knochen brechen können.« Die Hände von Fat Man verkrampften sich ängstlich bei dem Gedanken. »Alte Knochen brechen leicht, wissen Sie. Vor allem bei alten Damen.«

»Mrs. Oliver hat Mama etwas getan«, sagte Fleck. »Das kann ich Ihnen schwören, todsicher.« Aber er wußte, daß er nur seinen Atem verschwendete, während er das sagte.

»Nein«, sagte Fat Man. »Mrs. Oliver ist ein äußerst liebenswürdiger Mensch.«

»Sie hat etwas getan«, beharrte Fleck.

»Nun«, sagte Fat Man. »Nun, eigentlich wollte ich die Sache überhaupt nicht erwähnen, denn alte Menschen machen oft komische Sachen, und das ist auch nicht weiter ernst, und man kommt damit klar. Aber Ihre Mutter stiehlt das Silberbesteck vom Tisch. Schiebt sich Messer und Gabeln und was weiß ich in den Ärmel und in ihr Kleid und läßt sie in ihrem Zimmer verschwinden.« Mit einem wegwerfenden Lächeln gab Fat Man Fleck zu verstehen, daß das nicht weiter ernst sei. »Jemand sammelt sie ein und bringt sie wieder, wenn sie schläft. Also macht es nichts aus. Aber das weiß Mrs. Oliver nicht. Sie petzt es uns dann. Vielleicht war das der Grund.«

»Mama stiehlt nicht«, sagte Fleck und dachte, daß dies bestimmt der Grund war. Mama mußte gehört haben, wie die alte Frau sie verpetzte. Sie würde niemals dulden, daß jemand sie verpfiff, sie oder irgend jemanden der Familie. Verpfeifen konnte nicht geduldet werden. Das war etwas, wofür abgerechnet werden mußte.

»Mrs. Oliver fiel erst gestern hin«, sagte Fleck. »Sie haben mich aber vorher angerufen.«

»Nun«, sagte Fat Man. »Das kam noch hinzu. Habe ich Ihnen am Telefon gesagt, daß sie Mr. Riccobeni Haare ausreißt?«

»So etwas hat sie nie getan«, meinte Fleck erschöpft und fragte sich, was Mr. Riccobeni wohl getan hatte, um eine solche Vergeltung zu rechtfertigen. Und er fragte sich, ob nun, nachdem sie dem alten Mann Haare ausgerissen hatte, Mamas Rachegelüste befriedigt waren.

Aber es hatte keinen Sinn, über das alles zu grübeln. Jetzt mußte er darüber nachdenken, was er mit Mama tun konnte, denn Fat Man hatte sich in der Sache stur gezeigt. Mama mußte bis Ende nächster Woche dort raus sein, oder er würde sie auf der Veranda aussperren. Fat Man hatte das ernst gemeint, und daß er überhaupt so viel Zeit aus dem Scheißkerl rausgeschlagen hatte, lag nur an der ganz ruhigen, gemeinen Art zu reden, die er kurz hatte anklingen lassen. Die Art zu reden, bei der man nicht viel sagt, und erst recht nicht laut, aber bei der der Bursche gegenüber weiß, daß er gleich eins in die Eier kriegt.

Als er die Telefonzelle vor sich sah, verlangsamte Fleck seinen raschen Schritt zu einem Schlendern, wobei er alles prüfend im Auge behielt. Er blickte auf seine Uhr. Ein bißchen früh, aber so mochte er es. Die Zelle befand sich vor einem kleinen Kino. Auf dem Grundstück stand ein einzelnes Auto, ein alter Chevy, den Fleck schon früher registriert hatte und der vermutlich dem Mann gehörte, der morgens sauber machte. Auch auf der Straße war nichts Auffälliges. Fleck ging in die Zelle, tastete unter der Ablage, fand dort aber nichts Bedrohlicheres als ein paar alte vertrocknete Kaugummis. Er überprüfte das Telefon. Dann setzte er sich hin und wartete. Er mußte der Sache mit Mama realistisch ins Auge sehen, dachte er. Es gab einfach keinen Weg, wie er sie bei sich behalten konnte. Er mußte die Idee eben aufgeben. Er hatte es wieder und wieder versucht, aber jedesmal hatte Mama mit diesem oder jenem abgerechnet, und alles war vergeblich, und er hatte mit ihr umziehen müssen. Beim letzten Mal war die Polizei ihm zuvorgekommen, und wenn sie nicht abgehauen wären, wäre Mama wohl eingewiesen worden.

Das Telefon klingelte. Fleck nahm den Hörer ab.

»Ich bin's«, sagte er und nannte The Client seinen Decknamen. Er fühlte sich ziemlich dämlich dabei – wie Kinder, die Emil und die Detektive spielen.

»Stone«, sagte die Stimme. Es war eine Stimme mit Akzent, die in Flecks Ohren nicht zu einem amerikanischen Namen wie Stone paßte. Ein spanischer Akzent. »Was haben Sie heute für mich?«

»Nicht viel«, sagte Fleck. »Sie dürfen nicht vergessen, daß ich einer gegen sieben bin.« Er machte eine Pause und kicherte in sich hinein. »Oder vielmehr sechs inzwischen.«

»Uns interessieren mehr als nur sechs«, sagte die Stimme. »Uns interessiert, mit wem sie es zu tun haben. Verstanden?«

Fleck mochte den Ton der Stimme nicht. Sie klang arrogant. Der Ton eines Mannes, der es gewohnt war, Untergebenen Anordnungen zu erteilen. Mama würde The Client einen von *denen* nennen.

»Nun«, sagte Fleck, »ich tue, was ich kann. Schließlich bin ich allein. Also, mir ist nichts Interessantes aufgefallen. Nicht, daß ich wüßte.«

»Sie bekommen eine Menge Geld, hören Sie. Das wird nicht für Ausreden gezahlt.«

»Wenn wir schon darauf zu sprechen kommen«, sagte Fleck, »Sie schulden mir noch Geld. In dem Päckchen am Montag waren nur zweitausend. Sie schulden mir noch zehn Riesen.«

»Die zehn gibt's, wenn der Job erledigt ist«, sagte The Client. »Davon haben wir bis jetzt noch nichts gehört.«

»Was zum Teufel wollen Sie damit sagen? Es ist jetzt fast einen Monat her, und es stand noch kein einziges Wort darüber in den Zeitungen.« Fleck war normalerweise sehr gut darin, seine Gefühle in seiner Stimme zu unterdrükken. Das war eine der Fertigkeiten, auf die er sich eine Menge zugute hielt, einer der Tricks, die er während der Rundgänge in Gefängnissen und Zuchthäusern und schließlich in Joliet gelernt hatte. Aber jetzt konnte man seinen Ärger heraushören. »Ich brauche das Geld. Und ich werde es kriegen.«

»Sie werden es kriegen, wenn wir entschieden haben, daß bei dem Job nichts schiefgelaufen ist«, sagte The Client. »Und jetzt Schluß damit. Ich will jetzt mit Ihnen über Santero reden. Wir wissen immer noch nicht, wohin er gegangen ist, als er den Distrikt verließ. Das macht uns Sorgen.«

Also redete der Mann, der sich Stone nannte, über Santero, und Fleck hörte mit halbem Ohr hin, während er vor Ärger die Lippen zusammenpreßte. Stone skizzierte einen Plan. Fleck nannte ihm die Nummer des Münzfernsprechers, wo er nächsten Dienstag zu erreichen sei. Er platzte regelrecht damit heraus, denn er hatte diesem arroganten Scheißkerl noch ein paar Reihen zu erzählen. Ein paar Regeln, die es einzuhalten galt, und ein paar Takte, um klarzustellen, daß Fleck niemandes Nigger war.

»Das ist also die Nummer, und jetzt will ich, daß Sie mal die Ohren aufmachen...«, fing Fleck an, aber dann hörte er, wie die Leitung unterbrochen wurde. Er starrte das Telefon an. »Du Scheißkerl«, sagte er. »Du dreckiger Scheißkerl.« Seine Stimme quiekte vor Ärger. Genau das hatte Mama ihnen gesagt. Ihm und Delmar. Über die herrschende Klasse. Die Art, wie sie einen runterputzten. Einen wie Nigger behandelten. Und die einzige Art, den Kopf aufrecht zu halten, die einzige Art, nicht zu einem Penner oder Säufer zu verkommen, bestand darin, mit ihnen abzurechnen. Immer die Rechnung ausgeglichen zu halten. Immer seinen Stolz zu bewahren.

Als er zurück zu seiner Wohnung ging, dachte er darüber nach, wie er weiter verfahren sollte. Eine Menge Arbeit mußte erledigt werden. Sie wußten, wer er war, darauf würde er eine Million Dollar wetten. Der Winkeladvokat behauptete zwar etwas anderes. Elkins behauptete, ihre sogenannte »Schutzisolation« würde in beide Richtungen funktionieren. Aber Anwälte logen. Anwälte gehörten zu *denen*. Leroy Fleck konnte geschlachtet und der Polizei zum Fraß vorgeworfen werden, wenn er nicht mehr nützlich war. Es war für jeden sicherer, wenn Fleck tot war oder wieder hinter Schloß und Riegel. Aber von The Client kam das Geld herein, also würde The Client erfahren, was er erfahren wollte.

Es gab jede Menge Zeit, um diese Rechnung zu begleichen, dachte Fleck, denn er konnte nichts tun, bevor er sich nicht um Mama gekümmert hatte. Er brauchte einen anderen Platz für sie, und das bedeutete immer eine große Vorauszahlung. Während er sich um einen Platz für Mama bemühte, würde er herauskriegen, wer The Client war und wo er ihn finden konnte. Inzwischen war er sich fast sicher, daß sein Auftraggeber eine Botschaft war. Von einem spanisch sprechenden Land. Ein Land, das Revolutionsprobleme hatte, der Arbeit nach zu schließen, die sie ihm auftrugen.

6

Das Dumme war, daß sich niemand dafür interessierte. Aus November war Dezember geworden, und Pointed Shoes, der Mann mit den spitzen Schuhen, blieb ohne Namen, ein ungelöstes Problem. Irgendwo machten sich irgendwelche Leute Sorgen und warteten auf ihn. Oder – wenn sie sein Schicksal ahnten – trauerten um ihn. Der Mann hatte in Joe Leaphorns Vorstellung eine Persönlichkeit angenommen. Früher hätte er mit Emma über ihn geredet, und Emma hätte etwas Vernünftiges dazu zu sagen gehabt.

»Natürlich interessiert sich niemand dafür«, hätte Emma mit ihrer kleinen, sanften Stimme gesagt. »Die Sache fällt nicht in die Zuständigkeit des FBI, also ist es auch nicht deren Problem. Und im McKinley County gab's seitdem ungefähr fünf Leichen, um die man sich kümmern mußte, und alle diese Leichen waren aus der Gegend, mit wahlberechtigten Angehörigen. Außerdem passierte es nicht auf dem Gebiet der Reservation, und selbst dann wäre es nicht mal euer Problem gewesen, denn es ist offensichtlich ein Mord, und Mordfälle in der Reservation betreffen das FBI. Du interessierst dich ja nur dafür, weil es ein interessantes Rätsel ist.« Worauf er gesagt hätte: Ja. Du hast recht. Aber jetzt sag mir mal, warum man ihn unter die Wüstensträucher gelegt hat, wo es doch verdammt schwierig gewesen sein muß, ihn dorthin zu schleppen, die ganze Strecke an den Eisenbahngleisen entlang, und erklär mir mal die Notiz mit dem Yeibichai. Und Emma hätte etwas gesagt wie: Sie wollten, daß die Leiche vom Zug aus gesehen und gemeldet und gefunden wird, oder sie haben den Zug angehalten und ihn runtergelassen.

Aber Leaphorn konnte sich nicht vorstellen, was Emma über das Yeibichai und Agnes Tsosie gesagt hätte. Er spürte das alte, schmerzliche, überwältigende Bedürfnis, mit ihr zu reden. Sie zu sehen, wie sie in dem alten braunen Sessel dort an einer von diesen ewigen Etwas-für-Soundsos-Baby-Arbeiten saß, die ihre Hände immer in Bewegung hielten, während sie über das Problem nachdachte, von dem er ihr gerade berichtet hatte. Ein Jahr, ein bißchen mehr als ein Jahr war es her, seit sie gestorben war. Aber das alte Bedürfnis schien nicht abklingen zu wollen.

Er schaltete den Fernseher ab, zog seine Jacke aus und trat hinaus auf die Veranda. Es schneite noch ein wenig, nur ein zufälliger, trockener Schauer. Gerade genug, um das Herbstende zu verkünden. Wieder im Haus, holte er seine Winterjacke aus dem Wandschrank hervor, warf sie auf das Sofa, schaltete den Fernseher wieder ein und setzte sich hin. Okay, Emma, und was ist mit dem fehlenden Gebiß? Das fliegt nicht so einfach heraus, wenn jemand geschlagen wird. Das sitzt fest. Er hatte dem Pathologen gesagt, daß die fehlende Prothese ihn stutzig mache, und der Arzt hatte bei der Autopsie ein paar Untersuchungen angestellt. Es gab nicht nur eine Frage, hatte der Arzt gesagt, sondern zwei. Das Zahnfleisch zeigte, daß das Opfer seine Zähne mit einem handelsüblichen Haftmittel befestigt hatte. Also ist der Mann entweder umgebracht worden, als seine Zähne draußen waren, oder sie sind nach seinem Tod herausgenommen worden. So, wie der Mann gekleidet war, schien die erste Möglichkeit unwahrscheinlich. Warum aber sollte jemand die Zähne herausgenommen haben? Um die Identifizierung des Opfers zu verhindern? Möglich. Hätte Emma wohl noch irgendwelche weiteren Ideen gehabt? Die zweite Frage war genau von der Art, die Leaphorn faszinierte.

»Ich habe keinerlei Anzeichen der Zahnfleischerkrankungen oder Kiefernprobleme entdecken können, die Zahnärzte dazu veranlassen, Zähne zu ziehen. Alles war vollkommen gesund. Es gab aber Anzeichen von einem Trauma. Die oberen rechten Backenzähne und der linke obere Schneidezahn waren in einer Weise herausgebrochen, die im Knochen ein Trauma verursacht und Knochenläsionen hervorgerufen hat.« Das waren die Worte des Pathologen gewesen. Dann hatte er von seinem Bericht zu Leaphorn aufgeschaut und gesagt: »Wissen Sie, warum seine Zähne fehlen?«

Das erklär mir mal, Emma, dachte Leaphorn. Wenn du doch so schlau bist, dann erklär mir mal, warum einem so piekfeinen Gentleman die Zähne gezogen wurden. Warum.

Während er das dachte, hörte er sich selber reden. Irritiert stemmte er sich aus dem Sessel hoch. »Verrückt«, sagte er, ebenfalls laut. »Selbstgespräche führen.«

Er schaltete den Fernseher aus und schnappte sich die Jacke. Es war jetzt kälter, aber es hatte aufgehört zu schneien. Mit dem Ärmel wischte er den weißen Flaum von der Windschutzscheibe und fuhr los.

Nachdem er Gallup in östlicher Richtung durchquert hatte, sah er Kennedys parkende Limousine vor der Zuñi-Truck-Raststätte. Kennedy saß drinnen und trank Tee.

»Setz dich«, sagte er und deutete auf die leere Bank auf der gegenüberliegenden Seite des Tisches. Er zog den

Teebeutel aus der Tasse und ließ ihn an dem Faden baumeln. »Pfefferminz«, sagte er. »Hast du das Zeug jemals getrunken?«

Leaphorn nahm Platz. »Ab und zu«, sagte er.

»Was vertreibt dich an einem so unfreundlichen Samstagabend aus der Reservation?«

Ja, was eigentlich? Alter Junge, ich laufe Emmas Geist davon, dachte Leaphorn. Ich laufe meiner eigenen Einsamkeit davon. Ich laufe dem Verrücktwerden davon.

»Ich bin immer noch neugierig wegen deinem Mann mit den spitzen Schuhen«, sagte Leaphorn. »Habt ihr ihn identifiziert?«

Kennedy sah ihn über seine Tasse hinweg an. »Keine Hinweise bei den Fingerabdrücken«, sagte er. »Ich dachte, das hätte ich dir erzählt. Und auch sonst keine Hinweise.«

»Wenn ihr seine falschen Zähne finden würdet, könntet ihr ihn damit identifizieren?«

»Möglich«, meinte Kennedy. »Wenn wir wüßten, woher er kam, könnten wir rausfinden, wer diese Art Gebiß gemacht hat. Wahrscheinlich könnten wir das.«

Die Kellnerin kam mit einer Speisenkarte. »Nur Kaffee«, sagte Leaphorn. Er hatte keinen Appetit an diesem Abend.

»Meine Frau meint, Kaffee würde mir Nachtschweiß verursachen. Das Koffein würde mich kribblig machen«, sagte Kennedy. »Sie hat mich auf Tee gebracht.«

Leaphorn nickte. Emma hatte auch immer solche Sachen mit ihm gemacht.

»Der Bursche ist sowieso ein Fall für's Sheriff-Büro«, sagte Kennedy. »Ich hatte so 'ne Ahnung, er wäre mein Bier, wenn er identifiziert würde. Nur wegen seinem Aussehen. Er sah wie ein Ausländer aus. Irgendwie wichtig. Eigentlich nett, daß er nicht identifiziert wurde.«

»Wieviel Mühe habt ihr euch gegeben?«

Kennedy blickte ihn über den Tassenrand an, leicht verwundert über Leaphorns Ton.

»Das Übliche«, sagte er. »Abdrücke. Die Kleider waren maßgeschneidert. Ebenso die Schuhe. Wir haben alles nach Washington geschickt. Auch die Fotos. Sie paßten zu niemandem auf der Vermißtenliste.« Er schüttelte den Kopf. »Nichts paßte irgendwo. Absolut nichts.«

»Nichts?«

»Das Labor hat rausgefunden, daß die Kleider im Ausland gemacht wurden. In Europa oder Südamerika.«

»Das ist eine große Hilfe«, sagte Leaphorn und nahm einen Schluck von seinem Kaffee. Er war frisch. Verglichen mit dem Instantzeug, das er zu Hause trank, war er geradezu köstlich.

»Das bestätigte meine Ahnung, meine ich«, sagte Kennedy. »Wenn wir den Scheißer je identifiziert kriegen, wird das ein FBI-Fall. Er wird irgendein schwerer Junge im Drogenhandel sein, vielleicht auch ein Geldschieber. Irgendwas Internationales.«

»Hört sich ganz so an«, meinte Leaphorn. Er dachte an eine Frau mittleren Alters, die sich Sorgen machte, was wohl mit Pointed Shoes passiert war. Er fragte sich, welche Umstände einen Mann in alten, abgetragenen, liebevoll gepflegten Maßschuhen dazu bringen konnten, in der Steppe von Wüstensträuchern, Sagebrush und Natternwurz draußen vor Gallup zu sterben. Er dachte an den tödlichen kleinen Einstich an seiner Schädelbasis. »Irgend etwas Neues über die Todesursache? Die Waffe?«

»Alles unverändert. Nach wie vor eine dünne Messerklinge, die zwischen den ersten Rückenwirbel und die Schädelbasis eindrang. Nach wie vor ein einziger Hieb. Keine unnötigen Schnitte oder Einstiche. Nach wie vor ein richtiger Profi, der das getan hat.«

»Und was verschlägt einen richtigen Profi nach Gallup? Hat das FBI da vielleicht eine Idee?«

Kennedy lachte. »Da hast du mich achtundzwanzig Jahre zu spät erwischt, Joe. Als ich noch keine dreißig war und im vollen Saft stand und mich für meinen Job bei J. Edgar Hoover zerriß, hätte mich die Frage zu Tode gepeinigt. Irgendwann aber, so um den Mordfall Nummer dreihundertneun herum, dämmerte mir dann, daß ich die Welt nicht retten würde.«

»Deine Neugier stumpfte ab«, meinte Leaphorn.

»Ich wurde alt«, sagte Kennedy. »Oder von mir aus auch weise. Aber ich bin neugierig, was dich bei so einem Wetter aus der Reservation vertreibt.«

»Nur so ein unruhiges Gefühl«, sagte Leaphorn. »Ich glaube, ich fahre mal raus zu der Stelle, wo die Leiche lag.«

»Es wird dunkel sein, wenn du dort ankommst.«

»Wenn der Pathologe recht hat, war es auch dunkel, als der Bursche erstochen wurde. In der Nacht, bevor wir ihn fanden. Willst du mitkommen?«

Kennedy wollte nicht mitkommen. Leaphorn fuhr langsam den Interstate Highway 40 hinunter, wobei sein Streifenwagen für einen kurzen, ungemütlichen Appell an die Geschwindigkeitsbeschränkung von fünfundsechzig Meilen im Strom des nach Osten gleitenden Verkehrs sorgte. Die Kaltfront erzeugte jetzt wieder kurze Schneefälle, Schauer mit kleinen flaumigen Flocken, die so kalt und trocken schienen wie Staub, gefolgt von Unterbrechungen, in denen der westliche Horizont träge in der Abenddämmerung glühte. An der Autobahnkreuzung von Fort Wingate bog er vom Highway ab und hielt an der Stelle, wo die Auffahrt auf die alte Zufahrtsstraße zum Fort stieß. Er blieb einen Moment lang sitzen und rief sich die Frage in Erinnerung, die er gestellt hatte, als er die Leiche sah. Gab es irgendeine Verbindung zwischen dem veralteten

Munitionslager – es stand schon lange auf der Räumungsliste des Pentagon – und der in der Nähe liegenden Leiche, die von einem ausländischen Schneider angefertigte Kleider trug? Versuchter Sprengstoffschmuggel? Nach allem, was Little Leaphorn über die Bunker wußte, die Meile auf Meile aneinandergereiht waren, lagerten darin Raketen für schwere Artillerie. Es gab nichts, was man daraus in einer Aktentasche verschwinden lassen konnte – oder wofür jemand Verwendung hätte, wenn es doch gelang. Er ließ den Wagen wieder an und fuhr unter dem Interstate 40 hindurch zum alten US Highway 66 und auf diesem entlang zur Shell Raffinerie von Iyanbito. Die Santa-Fe-Eisenbahn hatte hier die Doppelgleise ihrer Hauptlinie nach Kalifornien verlegt, parallel zum alten Highway mit den turmhohen rosafarbenen Wällen des Nashodishgish Tafellands, die diesen Korridor in Richtung Norden begrenzten. Leaphorn parkte wieder und stellte den Wagen in dem Natternwurz neben der Fahrbahn ab. Von dieser Stelle aus waren es gut hundert Meter bis zu dem Dickicht Wüstensträucher, wo die Leiche von Pointed Shoes gelegen hatte. Leaphorn untersuchte den Straßenzaun. Kein Problem, hindurchzuklettern. Und kein Problem, den kleinen Körper hinüberzureichen. Aber das hatte niemand getan. Nur wenn derjenige, der es getan hätte, imstande gewesen wäre, über hundert Meter auf weichem, staubigem Boden zurückzulegen, ohne eine Spur zu hinterlassen.

Leaphorn kletterte durch den Zaun und lief zu den Gleisen. Ein Zug näherte sich aus Richtung Osten, der Güterzugdonner schwoll mehr und mehr an. Der Scheinwerfer der Lok war ein blendender Punkt in der Dunkelheit. Leaphorn schlug seine Augen nieder, die Krempe seines Uniformhuts beschattete sein Gesicht, und lief unbeirrt weiter durch die Steppenlandschaft. Die Lokomotive schoß vorbei, geschoben von drei weiteren lärmenden Dieselloks, dahinter Plattformwaggons im Schlepp, die Lastwagenanhänger huckepack geladen hatten, dann eine ganze Parade von Tankwagen, danach Selbstentladewagen, dann Waggons mit übereinandergestapelten neuen PKWs, dann alte Güterwaggons mit Schiebetüren, und schließlich ein Dienstwagen. Leaphorn stand nah genug, um das Licht im Fenster des Dienstwagens zu sehen. Was konnte der Bremser dort drinnen erkennen? Konnte wohl ein Lokomotivführer beobachtet haben, wie zwei Männer (drei Männer? vier Männer? Der Gedanke war irrational) Pointed Shoes die Strecke entlang zu seinem Ruheplatz trugen?

Er stand da und schaute zu, wie die Lichter des Dienstwagens verschwanden, während auf dem Nachbargleis der Lichtkegel eines aus Westen sich nähernden Scheinwerfers auftauchte. Der Schnee fiel jetzt ein wenig dichter, und der Wind blies kälter in seinen Nacken. Er schlug den Jackenkragen hoch und zog die Hutkrempe tiefer in die Stirn. Seine Ahnungslosigkeit in diesem Fall hatte etwas in Leaphorns Innern angerührt – eine Bitterkeit, die er gewöhnlich so sehr unterdrückte, daß sie schon vergessen war. Unter diesem trostlosen Himmel aber kam sie an die Oberfläche. Wenn Pointed Shoes jemand anderes gewesen wäre als er war, ein zu bedeutender Mann, als daß er ohne eine Vermißtenanzeige hätte verschwinden können, ein Mann, dessen Maßanzüge nicht abgetragen, dessen Absätze nicht abgelaufen waren, hätte das System alle diese Fragen schon längst beantwortet. Zugfahrpläne wären überprüft, Zugpersonal ausfindig gemacht und verhört worden. Leaphorn fröstelte. Er zog sich die Jacke enger um den Leib und schaute das Gleis hinunter, um eine Vorstellung davon zu bekommen, was der Lokomotivführer wohl entlang der Strecke im Lichtkegel seines

Scheinwerfers sehen konnte. Von dem hohen Aussichtspunkt seines Führerhauses aus konnte er sicher eine ganze Menge sehen, schätzte Leaphorn.

Der Güterzug ratterte vorbei und hinterließ lautlose Stille. Leaphorn lief das Gleis hinunter und kehrte dabei wieder in Richtung Straße zurück. Dann hörte er einen anderen Zug aus Osten kommen. Viel schneller als die Güterzüge. Das mußte der Amtrak sein, dachte er, und machte kehrt, um ihn herankommen zu sehen. Der Zug pfiff zweimal, wahrscheinlich wegen der weiter vorne kreuzenden Landstraße. Und dann war er vorbeigebraust. Siebzig Meilen pro Stunde, schätzte Leaphorn. Ohne bereits seine Fahrt für den Aufenthalt in Gallup zu verringern. Leaphorn lächelte, als ihm die Idee wieder einfiel, die er Emma in den Mund gelegt hatte – daß sie vielleicht den Amtrak angehalten und den Mann hinausgeschafft hätten. Er war nahe genug, um die Köpfe von Menschen an den Fenstern zu sehen, Menschen in dem voll verglasten Panoramawagen. Menschen, die Angst hatten zu fliegen oder die reich genug waren, um es sich leisten zu können, nicht zu fliegen. Vielleicht haben sie den Amtrak angehalten und ihn hinausgeschafft, dachte er. Nun, vielleicht haben sie das getan. Es schien nicht verrückter als seine Vorstellung von einem Trupp Männer, die Pointed Shoes die Gleise hinuntertrugen.

Bernard St. Germain war zufällig der einzige Eisenbahner, den Leaphorn persönlich kannte – ein Bremser und Zugbegleiter von der Santa-Fe-Eisenbahngesellschaft. Leaphorn rief ihn von der Fina Tankstelle vor dem Autobahnkreuz Iyanbito an und hörte die Ansage von St. Germains Anrufbeantworter. Aber während er eine Nachricht auf das Band sprach, nahm St. Germain den Hörer ab.

»Ich habe eine ganz einfache Frage«, sagte Leaphorn. »Kann ein Fahrgast einen Amtrak-Zug anhalten? Gibt es noch diese Strippe, an der man ziehen muß, um die Notbremse auszulösen, wie man sie in alten Kinofilmen sieht?«

»Jetzt gibt es einen Kasten in jedem Wagen, wie diese Kästen für Feueralarm«, sagte St. Germain. »Die Dinger heißen Alarmhebel. Ein Fahrgast kann hineingreifen und daran ziehen.«

»Und davon hält der Zug an?«

»Klar. Die Druckluftbremse wird dadurch ausgelöst.«

»Wie lange würde er anhalten?«

»Das hängt von den Umständen ab. Zehn Minuten vielleicht. Oder vielleicht auch eine Stunde. Was ist denn los?«

»Wir hatten eine Leiche an den Gleisen östlich von Gallup letzten Monat. Ich versuche mir vorzustellen, wie sie dahingekommen ist.«

»Ich habe davon gehört«, sagte St. Germain. »Glaubst du, jemand hat den Amtrak angehalten und die Leiche rausgeschafft?«

»Nur ein Gedanke. Nur eine Möglichkeit.«

»An welchem Tag war das? Ich kann herausfinden, ob jemand den Alarmhebel gezogen hat.«

Leaphorn nannte ihm das Todesdatum von Pointed Shoes.

»Ja. So'n Zeug muß immer gemeldet werden«, sagte St. Germain. »Jedesmal, wenn ein Zug aus irgendeinem Grund einen außerfahrplanmäßigen Aufenthalt hat, muß man einen Fahrtbericht einreichen. Und zwar muß der sofort durchgegeben werden. Ich kann das am Montag für dich rausfinden.«

7

Es wird nicht gern gesehen, wenn man sich während des Dienstes im Büro der Reservationspolizei von Shiprock um seine persönliche Post kümmert. Noch wird es gern gesehen, wenn man persönliche Anrufe empfängt. An diesem Montag aber tat Officer Jim Chee beides. Er hatte ziemlich gute Gründe dafür.

Die Post brachte keine Briefe zu Chees kleinem Aluminium-Wohnwagen, der unter den Pappeln am Ufer des San Juan River parkte. Chee holte sie vielmehr jeden Tag während seiner Mittagspause am Schalter ab. An diesem Montag bestand seine Post aus einem Katalog von L. L. Bean, den er mit einem eingesandten Coupon bestellt hatte, und einem Brief von Mary Landon. Eilig lief er damit zurück ins Büro, legte den Katalog beiseite und riß den Brief auf.

»Liebster Jim«, begann der Brief. Nach diesem wunderschönen Anfang aber ging es schnurstracks bergab.

»Als Dein Brief gestern eintraf, lief es mir den Rücken herunter bei der Vorstellung, daß Du kommst und wir uns wiedersehen. Aber inzwischen habe ich Zeit gehabt, darüber nachzudenken, und ich meine, es wäre ein Fehler. Wir haben immer noch dasselbe Problem, und alles, was dabei rauskommt, ist doch nur, daß die alten Schmerzen wieder von vorn anfangen...«

Chee hörte auf zu lesen und blickte auf die Wand gegenüber von seinem Schreibtisch. Die Wand mußte gestrichen werden. Seit Jahren mußte sie gestrichen werden. Chee hatte einen Kalender dort angebracht, daneben ein großformatiges Foto von Mary Landon und sich, das Cowboy Dashee von ihnen aufgenommen hatte, wie sie auf den Stufen des kleinen Schulhauses standen, in dem sie gelebt hatte, als sie an der Grundschule von Crownpoint unterrichtete. Wie viele von Cowboys Fotos war die Aufnahme leicht unscharf, aber Chee hatte sie gemocht, weil sie genau das einfing, was Marys Wesen mehr als alles andere kennzeichnete: Glück. Sie waren jeden Abend ausgegangen und hatten der Schlußnacht der Feindweg-Zeremonie zugeschaut, drüben beim Distriktbüro von Whippoorwill. In der Rückschau war es Chee allmählich klar geworden, daß er in eben dieser Nacht beschlossen hatte, Mary Landon zu heiraten. Beziehungsweise versuchen würde, sie zu heiraten.

Er las die restlichen Zeilen zu Ende. Der Brief war kurz – eine einfache Schilderung ihres Problems. Sie wollte nicht, daß ihre Kinder in der Reservation aufwuchsen, wo sie sie zu Fremden ihrer eigenen Kultur erziehen würde. Er hingegen würde außerhalb der Reservation unglücklich sein. Und brächte er ihr das Opfer, würde sie sich elend fühlen, weil er sich durch ihre Schuld elend fühlte. Es sei eine unentrinnbare Zwickmühle, meinte sie. Warum sollten sie wieder die Schmerzen leiden? Warum nicht die Wunden heilen lassen?

Ja, warum eigentlich nicht? Abgesehen davon, daß keine Heilung eingetreten war. Und daß er offenbar nicht darüber hinwegkommen konnte. Er legte den Brief beiseite. Er wollte an etwas anderes denken. Daran, was er heute zu erledigen hatte. Er hatte alle anstehenden Dinge ziemlich gut abgearbeitet, in Vorbereitung auf seinen

Urlaub. Allerdings gab es einen Mann, den er hinter dem Toh Atin Plateau ausfindig machen sollte, als Zeugen eines Überfalls. Die Verhandlung war vertagt worden, und er hatte eigentlich vorgehabt, die Sache auf sich beruhen zu lassen, bis er aus Wisconsin zurück war und Mary gesehen hatte. Aber er würde es heute erledigen. Auf der Stelle. Sofort.

Das Telefon läutete. Jane Pete war am Apparat. Sie rief aus Washington an.

»*Ya et eeh*«, sagte Janet Pete. »Alles in Ordnung bei dir?«

»Klar«, sagte Chee. »Was ist los?«

»Unsere Wege kreuzen sich mal wieder«, sagte sie. »Ich habe einen Klienten, und wie sich herausstellte, hast du ihn verhaftet.«

»Bist du denn nicht in Washington?« fragte Chee verblüfft.

»Doch, ich bin in Washington. Aber du hast diesen Burschen in der Reservation verhaftet. Draußen bei einem Yeibichai, wie er mir sagt.«

Henry Highhawk. »Ja«, erinnerte sich Chee. »So'n Bursche mit Zöpfen. Eine Art blonder Kiowa.«

»Genau der«, sagte Janet. »Aber er hat gemerkt, daß er in der Reservation nicht ganz stilecht war. Er trägt sein Haar jetzt in einem Knoten.« Es entstand eine Pause. »Alles in Ordnung bei dir? Du hörst dich irgendwie depriміert an.«

»Sogar Navajos kriegen ihren Moralischen«, sagte Chee. »Nein. Ich bin okay. Nur müde. Morgen fängt mein Urlaub an. Man soll ruhig kurz vor dem Urlaub müde sein. Auf diese Weise soll das System funktionieren.«

»Das ist wohl so«, sagte Janet. Sie hörte sich auch müde an. »Als du ihn verhaftet hast, kannst du dich noch erinnern, ob da ein anderer Mann bei ihm war? So ein dünner, südländischer Typ?«

»Mit verkrüppelten Händen? Er sagte, sein Name sei Gomez. Ich glaube jedenfalls, es war Gomez. Vielleicht auch Lopez.«

»Gomez ist richtig. Was hältst du von ihm?«

Die Frage überraschte Chee. Er dachte nach. »Interessanter Mann. Ich habe mich gewundert, wie er es wohl geschafft hat, so viele Finger zu verlieren.«

Es trat ein langes Schweigen ein.

»Wie verlor er seine Finger?«

»Ich weiß nicht«, sagte Janet. »Ich versuche nur, mir ein Bild zu machen von dem Mann. Genauer, von meinem Klienten. Ich möchte wissen, auf was ich mich da einlasse.«

»Wie hast du es geschafft, überhaupt etwas mit diesem komischen Highhawk zu tun zu haben?« fragte Chee. »Hast du dich auf Fälle für die Klapsmühle spezialisiert?«

»Ganz einfach. Highhawk ist zum Teil ein Navajo und mächtig stolz darauf. Er will ein ganzer Navajo werden. Wie auch immer, er tut, was er sagt. Also will er einen Navajo-Anwalt.«

»Demnach allein seine Idee?« meinte Chee. Seine Stimme klang skeptisch. »Hast du's denn nicht freiwillig gemacht?«

Janet lachte. »Nun, die Zeitungen hier haben einen ganz schönen Wirbel um den Fall entfacht. Highhawk ist ein Konservator am Smithsonian Museum, und er hat ihnen die Hölle heiß gemacht, weil sie eine Million oder so Skelette von amerikanischen Ureinwohnern in ihren Depots aufbewahren. Letztes Jahr haben sie versucht, ihn an die Luft zu setzen. Also machte er sich auf, legte Berufung ein und bekam seinen Job zurück. Es war eine Verfassungsklage. Verfassungsklagen bekommen eine Menge Spalten in der *Washington Post*. Dann drehte er das Ding, wegen dem du ihn verhaftet hast. Er buddelte ein paar Gräber in New England auf, und natürlich suchte er sich welche von historischen Größen aus. Das hat ihm noch mal jede Menge Publizität eingebracht. Also wußte ich von ihm, und ich hatte auch von der Navajo-Verbindung gelesen ...« Ihre Stimme verlor sich in der Leitung.

»Ich finde, da hast du dir einen merkwürdigen Vogel als Klienten eingefangen«, sagte Chee. »Besteht eine Chance, ihn freizubekommen?«

»Nicht, wenn er seinen Weg durchsetzt. Er will eine politische Debatte daraus machen. Er will die *belagaana*-Grabräuber vor Gericht bringen, weil sie Indianergräber ausgeraubt haben, während er vor Gericht steht, weil er ein paar Gräber von Weißen geöffnet hat. Das könnte in Washington zwar klappen, vorausgesetzt, es würde mir gelingen, die richtigen Geschworenen aufzutreiben. Aber die Verhandlung wird in New Haven oder irgendwo oben in New England stattfinden. Und in dem Teil des Landes erinnert sich jedermann selig daran, wie er Großpapas Erzählungen lauschte von den Zeiten, als Opa noch die Rothäute abmurkste.«

Wieder entstand eine Pause. Chees Augen wanderten zu dem Bild an der Wand. Mary Landon und Jim Chee auf der Treppe vor der Haustür, wie sie herumalberten. Marys Haar war unglaublich weich. An dem Tag, an dem sie zu dem Picknick gingen, hatte es in der Wüste um ihr Gesicht geweht. Mit seinem Zeigefinger hatte er es aus ihrer Stirn gestrichen. Er hörte Marys Stimme sagen: »Du hast die Wahl. Du weißt, wenn du auf die FBI-Akademie gehst, dann wirst du's auch schaffen, und sie werden dir einen Job anbieten. Sie brauchen ein paar Navajo-Agenten. Es ist keineswegs so, als hättest du keine Wahl.« Und er hatte gesagt, auch du hast die Wahl, oder irgendwas in der Art. Irgendein leeres Gerede.

»Du solltest wahrscheinlich arbeiten«, sagte Janet Pete gerade. »Und ich weiß auch nicht so genau, warum ich eigentlich angerufen habe. Ich glaube, ich hoffte einfach, du könntest mir etwas Hilfreiches über Gomez erzählen. Oder über Highhawk.«

Oder wolltest eine freundliche Stimme hören, dachte Chee. Das war nämlich genau sein eigenes Gefühl. »Vielleicht übersehe ich etwas«, sagte Chee. »Vielleicht, wenn ich das Problem besser begreifen würde ...«

»Ich begreife ja selber das Problem nicht«, sagte Janet. Sie atmete hörbar aus. »Schau mal. Was würdest du denken, wenn du mit deinem Klienten sprichst und folgendes passiert. Der Bursche kommt vor Gericht wegen Grabschändung. Du bist ganz ruhig, versuchst, ihm vernünftig zuzureden, wie er die Sache anpacken soll, wenn er wirklich getan hat, was ihm zur Last gelegt wird, und da sagt er plötzlich wie aus heiterem Himmel: ›Natürlich habe ich es getan. Und ich bin stolz darauf. Aber würden Sie mich auch bei einem anderen Verbrechen vertreten?‹ Und ich frage: ›Was für ein Verbrechen?‹ Und er sagt: ›Es wurde noch nicht begangen.‹ Ich weiß nicht, was ich darauf antworten soll, also rede ich irgendwas auf die Schnelle dahin. Wenn Sie vorhaben, wieder ein Grab zu öffnen, will ich nichts davon wissen, sage ich. Und er sagt: ›Nein, diesmal wird es etwas Besseres sein.‹ Und ich schaue ihn an, ganz perplex, weißt du. Ich denke, das ist wohl ein Witz, aber sein Gesicht ist ernst. Er macht keinen Witz.«

»Hat er dir gesagt, was für ein Verbrechen?«

»Ich fragte: ›Was für ein Verbrechen? Ein schweres?‹ Und er sagt, *wir* können nicht darüber reden. Außerdem, wenn *wir* es Ihnen sagten, würden Sie sich der Komplizenschaft schuldig machen. Wohlgemerkt, er sagte *wir*.«

»Wir«, wiederholte Chee. »Hast du eine Ahnung, wen er damit meint? Ist er Mitglied in irgend so einer Indian-Power-Organisation? Arbeitet bei diesem Befreit-die-Knochen-Projekt jemand mit ihm zusammen?«

»Nun, er redet ständig von seiner *Paho Society*, aber soweit ich weiß, ist er das einzige Mitglied. Diesmal, glaube ich, meinte er Gomez.«

»Warum Gomez?«

»Ich weiß nicht. Gomez bringt ihn her zu meinem Büro. Ich rufe Highhawk zu Hause an, und Gomez nimmt den Hörer ab. Gomez scheint immer um ihn herum zu sein. Wußtest du, daß Gomez für ihn bürgte, nachdem du ihn in Arizona festgenommen hattest?«

»Das wußte ich nicht«, sagte Chee. »Vielleicht sind sie einfach nur Freunde.«

»Danach wollte ich dich gerade fragen«, sagte Janet. »Sind sie zusammen zu dem Yeibichai gekommen? Hattest du das Gefühl, daß sie da Freunde waren? Alte Freunde?«

»Sie waren Fremde«, meinte Chee. »Da bin ich ganz sicher.« Er erinnerte sich an die Szene und schilderte sie Janet: wie Gomez als erster ankam, teilnahmslos in seinem Mietwagen wartete, Kontakt mit Highhawk aufnahm. Er schilderte die klare, offensichtliche Tatsache, daß Highhawk Gomez nicht kannte. »Ich würde sagen, Gomez ist nur zu dem Yeibichai gekommen, um Highhawk zu finden. Aber wie konnte er wissen, daß Highhawk kommen würde, wenn sie sich wirklich fremd waren?«

»Ganz einfach. Auf dieselbe Weise, wie das FBI wußte, wo man ihn verhaften mußte«, sagte Janet. »Er erzählte jedem – seiner Vermieterin, seinen Nachbarn, seinen Saufkumpanen, seinen Kollegen im Museum – buchstäblich jedem, daß er nach Arizona fahren würde, um ein Yebichai zu besuchen, für seine *shima'sa'ni.*«

»Hat er das Wort benutzt? Großmutter mütterlicherseits?«

»Nun, er hat ihnen erzählt, er hätte diese alte Frau in seinem Bitter Water Klan gefunden. Er behauptet, seine

Großmutter mütterlicherseits sei eine Navajo-Frau aus dem Bitter Water Klan gewesen. Und er behauptet, die alte Frau hätte ihn zu ihrem Yeibichai eingeladen.«

Chee merkte, wie ihn das alles immer mehr interessierte. »Nun, wie auch immer, als ich sie sah, versuchte Gomez gerade, mit einem Fremden Bekanntschaft zu schließen. Entweder das, oder sie sind beide gute Schauspieler. Und wen sollten sie versuchen an der Nase herumzuführen?« Chee erwartete keine Antwort auf seine rhetorische Frage. Er dachte darüber nach, was Janet über das noch nicht begangene Verbrechen gesagt hatte. Etwas Schwerwiegendes. Etwas, worüber *wir* nicht reden können.

»Ich würde sagen, du hast da einen ganz schön verrückten Klienten«, fügte Chee hinzu. »Gibt es einen Grund zu der Annahme, daß er nicht nur irgendein neurotischer Einzelkämpfer ist, der versucht, bei einer hübschen Anwältin Eindruck zu schinden?«

»Es hat schon etwas mehr auf sich«, sagte Janet Pete. »Sein Telefon wird angezapft.«

»Oh«, sagte Chee. »Hat er dir das gesagt?«

»Ich habe das Klicken gehört. Die Störung in der Leitung. Ich habe mit ihm gesprochen, direkt bevor ich dich anrief. Offen gesagt, das gab letztlich den Ausschlag, daß ich zum Hörer griff.«

»Oh«, sagte Chee. »Ich dachte, du würdest mich vermissen.«

»Das auch«, meinte Janet. »Das, und weil mich jemand verfolgt.«

»Ah«, sagte Chee. Er sah Janet Pete vor sich. Wie sie mit ihm umgesprungen war, als sie glaubte, er mißhandle einen von ihren Klienten, beim ersten Mal, als sie einander begegneten. Wie sie mit der Situation fertiggeworden war, als er einen Wagen zu Schrott gefahren hatte, den sie noch abbezahlte. Jane Pete war kein Mensch, dem man so leicht einen Schrecken einjagen konnte.

»Wenn nicht direkt verfolgt, dann doch mein Haus beobachtet. Und mich. Ich sehe den Burschen draußen vor meiner Wohnung. Ich sehe ihn im Zeitungsladen unten bei meiner Arbeit. Ich sehe ihn zu oft. Und ich hatte ihn nie gesehen, bevor ich in diesen Highhawk-Fall verwickelt worden bin.«

Chee hatte Mary Landans Brief in der linken Hand gehalten und ihn zwischen den Fingern auf- und zugefaltet. Jetzt ließ er ihn in die Ablage auf sein Hin- und Rückflug-Ticket der Continental Airlines nach Milwaukee fallen. Vielleicht würde er nach Washington fliegen, dachte er, auf einen Sprung in das J. Edgar Hoover Building. Mal sehen, wie es dort aussah. Mit ein paar Leuten reden, die er da drüben kannte. Mal sehen, wie es wohl wäre, für das FBI zu arbeiten.

»Hör mal zu«, sagte er. »Ich komme sowieso nach Washington. In ein, zwei Tagen. Ich habe dort was im FBI-Büro zu erledigen. Ich sage dir Bescheid, wann genau, und du sorgst dafür, daß ich mit Highhawk reden kann. Und auch mit Gomez, wenn möglich. Das heißt, wenn du wissen möchtest, was ich davon halte.«

»Und ob.« Und nach einer langen Pause fügte sie hinzu: »Danke, Jim.«

»Wird guttun, dich zu sehen«, sagte er. »Und ich möchte deinen Freund treffen, den reichen und berühmten Anwalt.«

Das würde immerhin besser sein, als zwei Wochen lang im Wohnwagen herumzugammeln. Und er hatte etwas in Janet Petes Stimme wahrgenommen, was er nie zuvor darin gehört hatte. Sie hatte ängstlich geklungen.

8

Am Sonntag hatte Lieutenant Joe Leaphorn sich wesentlich besser gefühlt, was Pointed Shoes, den Mann mit den spitzen Schuhen, betraf. Sein Sinn für die natürliche Ordnung der Dinge war wiederhergestellt. Obwohl Joe Leaphorn sich in vielerlei Hinsicht in die Welt der Weißen eingefunden hatte, war ihm doch sein Navajo-Bedürfnis nach Ordnung und Harmonie geblieben. Jede Wirkung mußte ihre Ursache haben, jede Handlung ihr notwendiges Resultat. Einheit existierte, kosmisch und ewig. Und nun hatte es den Anschein, daß nichts, was diese natürliche Ordnung verletzt hätte, in der Beifuß-Ebene vor Gallup geschehen war. Offensichtlich hatte Pointed Shoes am falschen Ort mit seinen Dollarscheinen geprotzt, vielleicht bei einer Pokerpartie im Panorama-Wagen. Der Mann mit dem Messer hatte ihn umgebracht, den Zug angehalten, die Leiche in ein geeignetes Versteck aus Wüstensträuchern gelegt und war mit der Brieftasche des Opfers wieder zurückgekehrt.

Sicher, es gab ein paar Löcher in dieser Theorie, ein paar unbeantwortete Fragen. Was zum Teufel war beispielsweise mit dem Gebiß geschehen? Was war die Verbindung zu Agnes Tsosies Yeibichai? Im wesentlichen aber war die Disharmonie aus diesem Mordfall gewichen. Leaphorn konnte an andere Dinge denken. Er dachte daran, sein Haus zu putzen und sich auf seinen Urlaub vorzubereiten. Wie allgemein üblich bei der Indianerpolizei der Reservation, fing die Urlaubszeit für Leaphorn an, nachdem die Touristensaison des Sommers vorbei war und bevor der Winter die Schneestürme mit den vielen mühevollen Bergungsarbeiten brachte. Wenn Leaphorn seinen Urlaub nehmen wollte, dann war jetzt dafür die richtige Zeit. Er hatte ihn schon einmal verschoben, einfach weil er ohne Emma sich nichts vorstellen konnte, was er genießen würde. Aber er sollte ihn nehmen. Wenn er es nicht tat, würden es seine Freunde merken. Er würde noch mehr von jenen unterschwelligen kleinen Freundschafts- und Mitleidsbekundungen ertragen müssen, vor denen ihm inzwischen schon graute. Also würde er sich einen Ort überlegen, wo er hin wollte. Etwas, das er tun könnte. Und er würde es sich heute überlegen. Sofort, wenn er mit dem Geschirr fertig war und die schmutzigen Kleider in den Waschsalon gebracht hatte.

Doch als am Montag das Telefon läutete – gerade als er fertig war, um zum Mittagessen zu gehen –, hatte er sich immer noch nichts überlegt. Er wollte das Mittagessen zusammen mit Kennedy einnehmen. Kennedy hatte in Window Rock bei einer Art Revision von FBI-Berichten zu tun und wartete auf ihn im Imbiß des Navajo Nation Motor Inn. Er hatte beschlossen, Kennedy um Vorschläge zu bitten, was er mit achtzehn freien Tagen anfangen sollte. Leaphorn nahm den Hörer ab und meldete sich in einem Ton, von dem er hoffte, daß er Eile ausdrückte.

Die Stimme am Apparat gehörte Bernhard St. Germain. Für diesen Anruf hatte Leaphorn Zeit.

»Du hast die Sache ziemlich gut eingeschätzt«, sagte St. Germain. »Zwar kein Volltreffer, aber nahe dran.«

»Gut«, meinte Leaphorn. Damit, dachte er, wird Pointed Shoes zu einem Mordfall, begangen im Eisenbahnverkehr zwischen den Bundesstaaten. Ein Fall für die Bundesbehörde. Jetzt würde das FBI eingeschaltet. Über elftausend gut gekleidete, gut ausgebildete und hochbezahlte FBI-Agenten würden auf Trab gebracht, um den Mann mit den spitzen Schuhen zu identifizieren. Das teuerste Kriminallabor der Welt würde beauftragt. Und wenn Pointed Shoes ein wichtiger Mann war und eine Lösung unmittelbar bevorzustehen schien, würde der bestausgestattete und erfolgreichste Öffentlichkeitsapparat des Gesetzesvollzugs in Aktion treten. Kennedy, sein alter Freund, mit dem er gleich zu Mittag essen würde, müßte sich an die Arbeit machen.

»Was meinst du damit, nahe dran, aber kein Volltreffer?« fragte Leaphorn.

»Nahe dran, weil der Amtrak wirklich an dem Abend anhielt, und zwar ziemlich genau an der Stelle, wo deine Leiche gefunden wurde. Aber niemand hat den Alarmhebel gezogen«, sagte St. Germain. »Das ATS-System hat verrückt gespielt und ihn angehalten.«

»ATS?«

»Früher sagte man Totmannsknopf«, meinte St. Germain. »Wenn der Lokführer den Knopf nicht in bestimmten Abständen drückt, wird automatisch die Druckluftbremse ausgelöst. Nur für den Fall, daß der Lokführer einen Herzanfall bekommt oder einen Schlag oder so. Oder daß er womöglich einschläft. Dann unterläßt er es, auf den Knopf zu drücken, und das ATS hält automatisch den Zug an.«

»Das heißt, es war einfach ein Unfall? Ein Fahrgast kann das nicht verursacht haben? Keine Frage?«

»Absolut keine Frage. Solche Dinge müssen schriftlich gemeldet werden. Das steht alles in dem Fahrtbericht. Der Amtrak war sieben Minuten hinter dem Fahrplan zurück. Und dann, ein paar Meilen vor der Abzweigung nach Fort

Wingate, hatte das ATS einen Kurzen oder so und betätigte die Bremse.«

Leaphorn blickte auf die Karte an der Wand hinter seinem Schreibtisch und überdachte seine Theorie.

»Wie lange hielt er?«

»Ich wußte, daß du mich das fragst«, sagte St. Germain. »Er hielt achtunddreißig Minuten. Von 8 Uhr 34 bis 9 Uhr 12 am Abend. Das liegt so um den Durchschnitt herum, würde ich meinen. Der Lokführer muß den Luftdruck wieder hochkriegen, die Bremsen müssen ausgewechselt werden und so weiter.«

»Konnten Fahrgäste aussteigen?«

»Das dürfen sie nicht.«

»Aber konnten sie's?«

»Sicher. Warum nicht?«

»Und wieder einsteigen?«

»Ja.«

»Würde es jemand sehen, wenn es einer täte? Jemand vom Zugpersonal?«

»Meinst du bei Nacht? Kommt darauf an. Wahrscheinlich aber nicht. Nicht, wenn der Bursche nicht gesehen werden will. Man bräuchte nur zu warten, bis jeder beschäftigt ist. Und niemand mehr schaut.«

»Bernard, was passiert mit dem Gepäck, wenn ein Fahrgast vor seinem Zielort aussteigt und es zurückläßt?«

»Sie nehmen es mit bis zur Endstation der Linie – das Bahnbetriebswerk, wo sie die Wagen reinigen. Es kommt dann ins Auskunftsbüro. Fundsachenabteilung. Oder, wenn es aus einem reservierten Abteil im Schlafwagen oder einem Einzelbettabteil stammt, kleben sie einen Laufzettel drauf und schicken es zurück zum Heimatbahnhof. Dort kann der Fahrgast es dann abholen.«

»Für den Amtrak, der hier durchkommt, ist da in Los Angeles das Bahnbetriebswerk?«

»Nicht genau. Jeden Tag geht einer in Richtung Westen und einer in Richtung Osten ab. Westen ist Nummer 3, Osten Nummer 4.«

»Wen würde ich dort anrufen, um etwas über liegengelassenes Gepäck zu erfahren?«

St. Germain sagte es ihm.

Kennedy konnte eine Minute warten, um mit ihm zu Mittag zu essen. Er rief das Auskunftsbüro von Amtrak in Los Angeles an und sagte dem Mann am Apparat, wer er war, was er brauchte und warum er es brauchte. Er gab ihm den Zug und das Datum durch. Dann wartete er. Es dauerte nicht lange.

»Ja. Es sind ein Koffer und ein paar persönliche Dinge in einem Einbettabteil des Zugs liegengeblieben. Wie haben sie hier behalten, um zu sehen, ob jemand danach fragt. Aber jetzt sind die Sachen zurück nach Washington«, sagte der Mann.

»Washington?«

»Dort ist der Fahrgast zugestiegen. Umgestiegen auf Nummer 3 ist er in Chicago.«

Leaphorn nahm die Kappe von seinem Kugelschreiber und zog seinen Notizblock zu sich heran.

»Wie war sein Name?«

»Keine Ahnung. Ich glaube aber, den können Sie vom Auskunftsbüro in Washington bekommen. Oder vom Reservierungsbüro. Wo sie solche Berichte eben aufbewahren. Damit habe ich nichts zu tun.«

»Wie ist es mit dem Zugpersonal? Kann man das herausbekommen?«

»Dafür ist auch Washington zuständig. Denn dort ist der Heimatbahnhof des Personals. Es dürfte ziemlich leicht sein, die Namen von Washington zu bekommen.«

Kennedy hatte schon bestellt, als Leaphorn an seinen Tisch kam. Er aß gerade ein Club Sandwich.

»Richtest du dich nach der Navajo-Zeit?« fragte er.

»Immer«, sagte Leaphorn. Er setzte sich hin, warf einen Blick auf die Speisekarte und bestellte einen grünen Chili-Eintopf. Er fühlte sich großartig.

»Ich hab ein paar Dinge über die Leiche rausgekriegt«, sagte er. Er erzählte Kennedy, daß der Amtrak in jener Nacht an der Stelle angehalten wurde, wo die Leiche lag, und was St. Germain ihm gesagt hatte, und von dem Reisegepäck, das in dem Einbettabteil liegengeblieben war.

Kennedy kaute nachdenklich vor sich hin. Er grinste, aber es war ein schwaches Grinsen. »Weißt du, wenn du damit nicht aufhörst, machst du noch einen FBI-Fall daraus«, sagte er. »Was soll ich deiner Meinung nach tun?«

»Eure berühmte FBI-Nummer abziehen«, sagte Leaphorn.

Kennedy schluckte, nippte an seinem Wasser und nickte. »Okay. Ich werde dafür sorgen, daß jemand in Washington losgeht und mal einen Blick auf das Gepäck wirft. Mal sehen, ob sie die Identität herauskriegen. Mal sehen, wohin uns das führt.«

»Was kann man mehr verlangen?«

»Ich kann mir durchaus ein paar Dinge vorstellen, die du bald noch mehr verlangst«, meinte Kennedy. »Nach unseren früheren Erfahrungen mit dir. Es wird sich herausstellen, daß dieses Gepäck einem Alkoholiker gehört, der die Angewohnheit hat, durch Ritzen zu fallen. Also werden wir vernünftigerweise entscheiden, daß er nicht mit der Leiche identisch ist, aber damit wirst du nicht zufrieden sein.« Kennedy hob seine Hand und streckte alle Finger aus. Den ersten knickte er um. »Erstens. Du verlangst eine Untersuchung auf mögliche Fingerabdrücke auf dem Gepäck.« Er knickte einen zweiten um. »Zweitens. Du verlangst eine Feststellung der zweiundachtzig Leute, die es nach dem Besitzer in der Hand hatten.« Er knickte einen dritten um. »Drittens. Du verlangst eine genaue Aufstellung aller Fahrgäste, die mit diesem speziellen Amtrak gefahren sind.« Kennedy knickte den letzten verbleibenden Finger um. »Viertens. Du verlangst, daß das Zugpersonal verhört wird. Fünftens...« Kennedy hatte seinen Vorrat an Fingern erschöpft. Er streckte seinen Daumen aus. »Insgesamt verlangst du ungefähr denselben Aufwand, den wir treiben würden, wenn die Marsmenschen den Erdkaiser entführt hätten. Macht sechsundachtzig Milliarden Überstunden, und dann stellt sich heraus, daß deine Leiche ein Autohändler ist, der sich in der Zugbar mit jemandem gestritten hat, und der Fall das FBI nichts angeht.«

Leaphorn nickte.

»Und dich geht er auch nichts an«, fügte Kennedy hinzu. »Das weißt du doch, oder?«

Wieder nickte Leaphorn. »Noch geht er mich nichts an. »Aber ich frage mich, warum er zu diesem Yeibichai fuhr«, sagte er. »Du nicht?«

»Natürlich«, meinte Kennedy. »Das scheint seltsam.«

»Wenn er dorthin fuhr, warum dann fast einen Monat zu früh?«

»Ich frage mich eine Menge Dinge«, sagte Kennedy. »Ich frage mich, warum George Bush sich diesen Wie-war-gleich-sein-Name als Vizepräsidenten ausgesucht hat. Ich frage mich, warum die Anasazis alle diese Felsenwohnungen verlassen haben. Ich frage mich, warum zum Teufel ich je in den Gesetzesvollzug gegangen bin. Oder warum ich mit dir zu Mittag esse, wenn ich weiß, daß du einen Gefallen von mir willst.«

»Und ich frage mich, was mit den falschen Zähnen von dem Burschen los ist«, sagte Leaphorn. »Nicht so sehr, wohin die falschen geraten sind, als vielmehr, was mit seinen richtigen passiert ist.«

Kennedy lachte. »So versessen bin ich nun auch wieder nicht auf das Ich-frage-mich-Spiel«, sagte er.

»Es war alles in Ordnung mit seinem Zahnfleisch und mit seinen Kiefern«, meinte Leaphorn. »Das hat die Autopsie ergeben. Aber deshalb bekommen die Leute normalerweise ihre Zähne gezogen.«

Kennedy seufzte und schüttelte den Kopf. »Du bekommst die Überprüfung«, sagte er. »Ich besorge jemanden, der das Gepäck in Washington checkt.«

Er hielt Wort. Leaphorn bekam den Anruf am Dienstag.

»Hör zu, folgendes haben sie herausgefunden«, sagte Kennedy. »Die Reservierung wurde unter dem Namen Hilario Madrid-Peña gebucht. Offenbar war das ein falscher Name. Zumindest waren sowohl die Adresse als auch die Telefonnummer faul, und der Name steht in keinem Adreßverzeichnis.«

»Damit wären wir wieder am Anfang«, sagte Leaphorn und versuchte, seine Enttäuschung nicht durchklingen zu lassen. »Es sei denn, sie haben etwas im Gepäck gefunden.«

»Eine Sekunde«, sagte Kennedy. »Ein großer Koffer und eine Aktentasche«, las er. »Der Koffer enthielt die erwarteten Gegenstände: Unterwäsche, Hemden, Strümpfe, eine Hose, Töpferwaren, Toilettenartikel. Die Aktentasche enthielt Zeitschriften und Zeitungen auf spanisch, Bücher, ein kleines Notizheft, Briefpapier, Umschläge, Briefmarken, einen Füllfederhalter, eine Packung Rennie, Kleinigkeiten. Nichts in dem Notizheft trug zur Feststellung der Identität bei.« Kennedy machte eine Pause. »Das wär's. Das ist alles, was sie durchgegeben haben.«

Leaphorn dachte darüber nach. »Nun«, sagte er. »Ich weiß nicht, was ich davon halten soll.«

»Ich warte, daß du sagst: ›Besten Dank, Mr. Kennedy‹«, meinte Kennedy.

»Kennst du den Agenten, der die Überprüfung gemacht hat?« fragte Leaphorn.

»Du meinst persönlich? Oder wie er heißt? Weder noch. Das kann irgendwer gewesen sein.«

»Glaubst du, es war jemand, der wußte, was er eigentlich tat?«

»Das glaube ich nicht«, sagte Kennedy. »Irgendein Anfänger, den man aus dem Büro haben will. Eine Sache wie die ist nicht gerade Dringlichkeitsstufe eins.« Kennedy lachte. »Genausowenig wie ich.«

»Welche Chance besteht denn, das FBI dazu zu kriegen, das Zugpersonal aufzustöbern und herauszufinden, wer das Gepäck fand, wer das Abteil saubermachte und so weiter?«

»Keine Ahnung. Wohl ungefähr die gleiche, wie daß du das Eröffnungsspiel der Baseball-Meisterschaft nächstes Jahr organisierst.«

»Man hat mir gesagt, das Zugpersonal stamme aus Washington.«

»Na, und?« meinte Kennedy. »Bevor sie einen Mann auf so eine Sache ansetzen, müssen sie einen Grund haben.«

»Das schätze ich auch«, sagte Leaphorn. Er glaubte, einen Mann in Washington zu kennen, der das vielleicht für ihn tun würde. Aus Freundschaft. Wenn Leaphorn bereit war, auf die Freundschaft zu pochen. Er sagte: »Nun, besten Dank, Mr. Kennedy«, und legte auf, wobei er weiter darüber nachdachte. P.J. Rodney würde es aus Freundschaft tun, aber es würde eine Menge Arbeit für ihn bedeuten – zumindest vielleicht. Und möglicherweise war Rodney inzwischen schon im Ruhestand. Leaphorn versuchte, sich zu erinnern, welches Jahr es gewesen war, als Rodney die Polizei von Duluth verließ und in Washington unterschrieb. Er mußte genügend Jahre auf dem Buckel haben, die ihn zum Ruhestand berechtigten. Aber als Leaphorn Rodney geschrieben hatte, um ihm von Emma zu berichten, war er noch bei der Polizei von Columbia gewesen.

Leaphorn blickte auf seine Uhr. Zeit für die Nachrichten. Er ging ins Wohnzimmer, schaltete den Fernseher ein, drückte auf Kanal Sieben, drehte den Ton aus, um nicht das hysterische Geschrei der Ford-Frontier-Reklame zu hören, dann drehte er ihn wieder an, um die Nachrichtensendung zu verfolgen. Viel Interessantes schien nicht passiert zu sein, und seine Gedanken wanderten wieder zu Rodney. Ein guter Mann. Sie waren Freunde geworden in der Zeit, in der sie beide als belächelte Hinterwäldler die FBI-Akademie besuchten. Einer jener allzu seltenen Fälle, wo man fast auf den ersten Blick weiß, daß man jemanden mag, und diese Zuneigung auf Gegenseitigkeit beruht. Und als Rodney in Window Rock einen Zwischenstopp eingelegt hatte, um sie auf seinem Weg nach Kalifornien zu besuchen, hatte er bei Emma denselben Eindruck hervorgerufen. »Ihr gebt zwei gute Freunde ab«, hatte Emma zu ihm gesagt.

Rodney war ein guter Freund. Leaphorn sah, wie Howard Morgan vor einem Schneesturm warnte, der sich über das südliche Utah auf das nordöstliche Arizona und New Mexico zubewegte. »Nehmen Sie sich vor Schneeverwehungen in acht«, sagte Morgan.

Leaphorn dachte, es würde guttun, Rodney wiederzusehen. Jetzt wußte er, was er mit seinem Urlaub anfangen würde.

9

Janet Pete erwartete ihn am Continental-Flugsteig des National Airport. Sie sah sehr gut aus, tüchtig, konzentriert und glücklich darüber, ihn wiederzusehen. Nachdem sie ihn umarmt hatte, bugsierte sie ihn durch das Gewühl zum Taxistand.

»*Wow*«, sagte Chee. »Ist das hier immer so voll?«

»Ameisenhaufen D. C.«, sagte Janet. Sie ist müde, dachte er. Aber hübsch. Und verdammt gescheit. Das Kostüm, das sie trug, war blaßgrau und wahrscheinlich aus Seide. Doch gleichgültig, woraus es war, erinnerte es Chee daran, was für eine tolle Figur Janet Pete hatte. Außerdem erinnerte es ihn daran, daß er in seinen eigenen Straßenjeans, seiner Lederjacke und mit seinem Cowboy-Schlips in Washington D. C. nicht gerade auf der Höhe der Mode war, wie dies in Farmington oder Flagstaff der Fall sein mochte. Hier trug jedes männliches Wesen, das die Pubertät hinter sich gelassen hatte, einen dunkelgrauen Dreiteiler, ein weißes Hemd und eine dunkle Krawatte. In Chees Augen wirkten die Anzüge alle gleich. Sein Blick wanderte wieder zu Janet, um sie zu mustern.

»Niemand schaut hier jemanden an«, sagte Chee, den Janet dabei erwischt hatte, wie er sie anstarrte. »Merkst du das?«

»Augenkontakt vermeiden«, sagte Janet. »Das ist die erste Überlebensregel in einer städtischen Gesellschaft. Soviel ich weiß, soll es in Tokio und Hongkong und solchen Orten noch schlimmer sein. Und zwar aus demselben Grund. Zu viele Menschen auf einem verdammten Haufen.« Sie gab dem Fahrer die Adresse von Chees Hotel. »Es war nett von dir, herzukommen«, sagte sie, und der Ton ihrer Stimme verriet Chee, daß sie es auch meinte.

Draußen herrschte ein trübes, kaltes Nieselwetter – »Frauenregen«, in Chees Navajo-Vokabular. Janet erkundigte sich nach der Reservation, nach der Stammespolitik, nach ihren wenigen gemeinsamen Bekannten. Während Chee ihr antwortete, fragte er sich, warum er hergekommen war und ob er nicht besser nach Wisconsin gefahren wäre, trotz Marys Brief. Er hatte das Reisebüro in Farmington beauftragt, ihm ein Hotel in der Kategorie »einfach und billig« zu besorgen. Das Hotel, vor dem das Taxi anhielt, sah so billig aus, wie man es sich nur wünschen konnte. Chee meldete sich an. Der Preis betrug fünfundsiebzig Dollar pro Tag – ungefähr das Dreifache von einem guten Zimmer bei sich zu Hause. Das Zimmer war winzig, es gab ein kleines Doppelbett, einen einzelnen Stuhl, einen Fernseher, der auf einem Wandbrett stand und an dem ein Bedienerknopf fehlte, ein einziges schmales Fenster, das auf die Fenster eines Gebäudes auf der anderen Straßenseite hinausschaute. Chee bot Janet den Stuhl zum Sitzen an und nahm selbst auf dem Bett Platz.

»Da bin ich«, sagte Chee. »Was kann ich tun?«

Janet schnitt eine Grimasse. »Das Dumme ist, ich weiß nicht, was los ist. Ja nicht einmal, ob *überhaupt* etwas los ist.«

»Du sagtest, jemand würde dich verfolgen. Erzähl mir mehr darüber.«

»Das dauert nicht lange«, sagte Janet. »Das erstemal, als ich Henry Highhawk aufsuchen wollte, konnte ich zunächst sein Haus nicht finden. Ich lief direkt daran vorbei, und dann wieder zurück. Eine Straße weiter parkte ein Auto mit einem Mann darin. Er starrte mich an, deshalb fiel er mir auf. Allem Anschein nach mittelgroß bis klein. So um die fünfundvierzig. Rotes Haar, eine Menge Sommersprossen, so'n rotgesichtiger Typ.« Sie machte eine Pause und blickte Chee mit dem Anflug eines Lächelns an. »Hast du dich je gefragt, warum sie eigentlich *uns* Rothäute nennen?«

»Sprich weiter«, sagte Chee. »Die Sache interessiert mich.«

»Highhawk wohnt draußen in Capitol Hill, in einer Gegend, die Eastern Market heißt. Man kann leicht mit der Metro dorthin kommen. Das ist die U-Bahn. Also nahm ich die Metro und ging zu seiner Wohnung. So ungefähr sieben oder acht Straßenzüge. Zufällig kam ich zweimal an diesem Burschen vorbei, der in seinem geparkten Auto saß. Deshalb fiel er mir auf. Dann, als ...«

»Halt mal«, sagte Chee. »Willst du damit sagen, er ist mit dem Auto vorgerückt, nachdem du zum erstenmal an ihm vorbeigegangen bist?«

»Offensichtlich. Und dann, als ich Highhawks Haus verließ, war er immer noch da und saß in diesem Auto. Wieder bemerkte ich ihn zweimal, als ich zurück zur U-Bahn lief. Beim zweitenmal ging er zu Fuß. Als ob er wissen wollte, wohin ich gehen würde. Er verließ seinen parkenden Wagen und folgte mir. Aber er stieg nicht in die U-Bahn. Oder wenn er es getan hat, habe ich ihn nicht gesehen.«

Sie machte eine Pause. Sie schaute ihn an und wartete auf seine Reaktion.

»Hmm«, machte Chee und versuchte, dabei nachdenklich zu klingen. In Wirklichkeit dachte er, daß es eine Menge ganz und gar nicht finsterer Gründe gab, warum ein Mann Janet Pete verfolgte.

»Seitdem habe ich ihn drei- oder viermal gesehen«, fügte sie hinzu.

Offenbar schien Chee davon nicht ausreichend beeindruckt zu sein. Janet wurde rot.

»Das ist nicht Shiprock hier«, sagte sie. »Man sieht in Washington einen Fremden nicht einfach nur so immer wieder. Es sei denn, man arbeitet in derselben Gegend. Oder ißt im selben Lokal. Millionen von Menschen. Aber ich habe diesen Mann vor dem Gebäude gesehen, wo wir unsere Kanzleiräume haben. Einmal auf dem Parkplatz, und einmal vor der Eingangshalle. Abgesehen von der Sache bei der Metro in Eastern Market, sah ich ihn noch draußen beim Museum für Naturgeschichte. Zu oft, um Zufall zu sein.«

»Das allererste Mal war bei Highhawks Wohnung«, sagte Chee. »Ist das richtig? Und dann wieder in seiner Nachbarschaft. Vielleicht ist er an Highhawk interessiert. Und du bist Highhawks Anwältin. Vielleicht interessiert er sich deshalb für dich.«

»Ja«, meinte Janet. »Daran habe ich auch gedacht. Das wird es vermutlich sein.«

»Ich würde dir irgendeine Erfrischung anbieten, wenn ich etwas da hätte«, sagte Chee. »In Farmington hätte man in einem Fünfundsiebzig-Dollar-Hotel, falls es so ein teures dort überhaupt gibt, einen kleinen Kühlschrank mit all diesen Snacks und Drinks drin. Oder es gäbe einen Zimmerservice.«

»In Washington fängt das erst bei Dreihundert-Dollar-pro-Tag-Hotels an«, sagte Janet. »Aber ich möchte nichts. Ich möchte wissen, was du von Highhawk hältst. Was hältst du von der ganzen Sache?«

»Er fiel mir auf als leicht bestußt«, meinte Chee. »Ein großer, gutaussehender *belagaana*, der unbedingt ein Navajo sein will. Zumindest ist das der Eindruck, den ich hatte. Und ich glaube, er hat die Knochen, die er ausgegraben haben soll, bloß ausgegraben, um ein militanter Indianer zu sein.«

Janet schaute ihn nachdenklich an. »Weißt du, ob es irgend etwas gibt, was ihn mit den Tano Pueblos verbindet?«

»Den Tanos? Nein. Eigentlich weiß ich verdammt wenig über die. Ich hatte bloß den Job am Hals, mit dem Haftbefehl vom FBI zu dem Yeibichai zu fahren und den Burschen festzunehmen. Sie sagen dir ja kein verdammtes Sterbenswörtchen. Wenn sie dir nicht die Bewaffnet-und-gefährlich-Predigt halten, gehst du davon aus, daß er weder bewaffnet noch gefährlich ist. Einfach ihn schnappen und einbuchten, um den Rest können sich die FBI-Fritzen kümmern. Es war ein Haftbefehl wegen Fluchtgefahr. Du weißt schon, Flucht, um sich der Strafverfolgung zu entziehen. Aber ich hörte, er würde irgendwo im Osten gesucht, wegen Grabschändung, Vandalismus und so 'nem Zeug.«

Janet saß da und biß sich auf die Unterlippe. Sie sah beunruhigt aus.

»Jim«, sagte sie. »Ich glaube, ich werde benützt.«

»Wie bitte?«

»Vielleicht ist es einfach so: ich bin der Alibi-Navajo, und Highhawk wollte einen Navajo-Anwalt. Das würde einen Sinn ergeben. In Washington wimmelt es zwar von Rechtsanwälten, aber nicht von Navajo-Anwälten.«

»Wohl kaum.«

»Aber ich hab da so eine Ahnung«, fügte sie hinzu. Sie schüttelte den Kopf, erhob sich und versuchte, auf und ab zu gehen. Das Zimmer war nach Chees grober Schätzung ungefähr drei Meter breit und fünf Meter lang, wobei noch Bodenfläche für ein Bad und einen Wandschrank abging. Auf und ab gehen war deshalb nicht nur unpraktisch, sondern schlicht unmöglich. Janet setzte sich wieder hin. »Dieser Highhawk ist ein Publicityjäger. Gut, das ist nicht ganz fair. Aber man kann sagen, er weiß, wie man seine Ansicht mit Hilfe der Presse durchsetzt, und er weiß auch, daß die Presse wichtig für ihn ist, und die Presse liebt ihn. Als er dann auf ein Auslieferungsverfahren verzichtete und hierher zurückkam, sagte er, er wolle einen Navajo-Anwalt, und das brachte die *Post.*« Sie machte eine Pause und blickte Chee an. »Du kennst mich«, sagte sie.

Chee kannte sie von der Reservation als eine Anwältin des Komitees Dinebeiina Nahiilna be Agaditahe, was frei übersetzt soviel hieß wie »Menschen, die schnell sprechen und Menschen in Not helfen«, öfter aber DNA genannt wurde oder Stammesrechtsberatung. Das DNA stand in dem Ruf, engagiert für die sozial Schwachen einzutreten. Tatsächlich hatte Chee Janet kennengelernt, als sie ihn sich wegen des Versuchs vorgeknöpft hatte, einen ihrer Klienten länger im Gefängnis von San Juan County eingesperrt zu halten, als sie es für rechtmäßig oder notwendig erachtete.

»So wie ich dich kenne, würde ich wetten, daß du dich freiwillig angeboten hast«, meinte Chee.

»Nun, ich habe ihn angerufen«, sagte sie. »Und wir haben miteinander gesprochen. Aber ich bin keinerlei Verpflichtungen eingegangen. Ich dachte, die Kanzlei würde das nicht mögen.«

»Wie hieß sie noch mal?« fragte Chee. »Dalman, MacArthur, Fenix und White, stimmt's? Oder so ähnlich. Hört sich an, als wären sie ein bißchen zu gediegen, um jemanden zu vertreten, der Grabstätten verwüstet.«

»Dalman, MacArthur, White und Hertzog«, verbesserte

Janet. »Und stimmt, die Kanzlei gibt sich sehr gediegen. Und sie verteidigt auch keine Kriminaldelikte. Ich dachte, sie würden Highhawk lieber aus dem Weg gehen. Besonders, wenn der Fall jeden Tag durch die *Post* gehen würde und der Klient ein notorischer Windmacher ist. Ich hätte auch nicht gedacht, daß John es gewollt hätte. Aber es kam anders.«

»Nein«, sagte Chee. John war John McDermott. Professor John McDermott. Ehemals Professor. Ehemals Universität von Arizona, juristische Fakultät. Jane Petes Mentor, Vertrauensdozent, Chef, Liebhaber, Vaterfigur. Der Mann, für den sie ihren Job bei den Navajos aufgab, um ihm nach Washington zu folgen. Der ehrgeizige, erfolgreiche John.

»Es stellte sich heraus, daß ich falsch lag«, sagte Janet. »John brachte die Sprache darauf. Er fragte mich, ob ich nicht Highhawk vertreten wolle.«

Chee machte ein überraschtes Gesicht.

»Ich sagte, meiner Ansicht nach würde die Kanzlei das nicht mögen. Er antwortete, mit der Kanzlei ginge das in Ordnung. Das würde ihr soziales Gewissen demonstrieren.«

Chee nickte.

»Scheiße auch«, sagte Janet. »Soziales Gewissen!«

»Warum dann?«

Janet setzte an, um etwas zu sagen, hielt dann aber inne. Wieder stand sie auf, ging ans Fenster und schaute hinaus. Regentropfen äderten die Scheibe. Im Büro auf der anderen Straßenseite war das Licht an. Ein Mann stand dort am Fenster und schaute zu ihnen herüber. Chee registrierte, daß er sein Jackett ausgezogen hatte. Weste und Krawatte, aber kein Jackett. Das heiterte Chees Laune auf.

»Du hast eine Idee, warum. Stimmt's?« meinte Chee.

»Ich weiß nicht«, sagte Janet zum Fenster.

»Du könntest ja raten«, sagte Chee.

»Raten kann ich«, stimmte sie ihm zu. »Wir haben einen Klienten. Die Sunderbelt Corporation. Sie spielt eine wichtige Rolle bei Grundstückserschließungen, Apartmentkomplexen und solchen Sachen. Sie haben eine Ranch bei Albuquerque gekauft. Von dem bißchen, was ich darüber weiß, glaube ich, daß sie dort ein großes Projekt planen.« Sie wandte sich vom Fenster ab, setzte sich wieder hin und blickte auf ihre Hände. »Sunbelt hat großes Interesse daran, wie nun die Anbindung an den Highway verläuft. Das macht für den Wert ihres Landes einen Riesenunterschied aus. Nach allem, was ich gehört habe, verläuft die Route, die Sunbelt favorisiert, über das Land der Tano Pueblos. Der Tano-Stammesrat ist gespalten, ob man das Wegerecht verkaufen soll oder nicht. Die Traditionalisten sagen nein, die Fortschrittlichen sehen ökonomische Entwicklungschancen und Geld.« Sie blickte zu Chee auf. »Das alte vertraute Lied.«

»Das hört sich allerdings vertraut an«, meinte Chee. Wenn sie dazu käme, würde Janet Pete ihm erklären, was das alles mit Henry Highhawk zu tun hatte und damit, daß sie verfolgt wurde. Draußen regnete es noch immer. Er schaute hinüber zu dem Mann mit der Krawatte und Weste am Fenster auf der anderen Straßenseite, der offenbar zu ihm herüberschaute. Komische Stadt, dieses Washington.

»Sie haben ihre Wahlen zum Stammesrat irgendwann in diesem Winter«, sagte Janet. »So ein junger Spund namens Eldon Tamana kandidiert gegen einen Vertreter der alten Garde. Tamana ist dafür, daß das Wegerecht gewährt wird.« Wieder entstand eine lange Pause.

»Hat er große Chancen zu gewinnen?« fragte Chee.

»Ich glaube kaum«, sagte Janet. Sie drehte sich um und sah ihn an.

»Ich werde schon langsam wie ein Weißer«, sagte Chee. »Ich werde ungeduldig, wenn du mir nicht verrätst, worauf das Ganze hinausläuft.«

»Ich bin nicht sicher, ob ich das selber weiß. Ich weiß aber, daß das Smithsonian Museum offenbar einen Tano-Fetisch besitzt. Eine Figur, die einen von ihren Zwillings-Kriegsgöttern verkörpert. Irgendwie hat Tamana Wind davon gekriegt, und ich glaube, er wußte, daß John in Arizona war, und hat John aufgesucht, um mit ihm darüber zu reden, wie man sie zurückbekommen kann.«

Janet zögerte und schaute hinunter auf ihre Hände.

»Meiner Meinung nach müßte das ziemlich einfach sein«, sagte Chee. »Man muß dafür sorgen, daß der Tano-Stammesrat eine Resolution verabschiedet, um sie zurückzuverlangen – oder vielleicht sollte sie vom Ältestenrat der *kiva* stammen, in deren Besitz der Fetisch war. Dann fordert man das Museum auf, ihn zurückzugeben, sie lassen es sich durch den Kopf gehen und fertigen ein Gutachten an, um herauszufinden, wie er in ihre Hände gelangt ist, und ungefähr drei Jahre später bekommt man ihn entweder zurück oder nicht.«

»Ich glaube nicht, daß es so geht. Nicht bei Tamana«, sagte Janet, die immer noch ihre Hände musterte.

»So?«

Janet seufzte. »Habe ich dir nicht gesagt, daß er sich um ein Amt im Stammesrat bewirbt? Ich glaube, er will einfach hereinspazieren und den Kriegsgott präsentieren, als eine Art Beweis, daß er ein junger Mann ist, der die Dinge geregelt kriegt, während die alten Knacker nur rumquatschen. Ich bezweifle, daß der Rat weiß, daß das Museum den Fetisch hat.«

»Ah«, sagte Chee. »Vertrittst du Sunbelt-Interessen in dieser Sache? Ich schätze, Sunbelt hat ein Interesse daran, daß Tamana gewählt wird.«

»Das tue ich nicht«, antwortete Janet. »John tut das. John ist der Südwest-Experte der Kanzlei. Er bekommt das Zeug, in denen es um öffentliche Bodenpolitik, Indianer, Uranium, Wasserrechte und solche Fälle geht.«

»Hat er dir das alles erzählt?«

»Meistens hat er mich gefragt. Ich bin der Kanzlei-Indianer. Indianer wissen angeblich alles über Indianer. Wir Rothäute sind alle gleich. Mutter Erde und Vater Sonne und der ganze Walt-Disney-Scheiß.« Sie lächelte ein mattes Lächeln. »Das ist nicht fair John gegenüber. In der Regel hat er Verständnis für Kulturunterschiede.«

»Aber du glaubst, er benützt dich?«

»Ich glaube, die Kanzlei möchte mich benützen«, verbesserte Janet. »John arbeitet für sie. Genau wie ich.«

Der trübe Regen draußen, die Silhouette des hemdsärmeligen Mannes am Fenster gegenüber, das enge schäbige Zimmer – das alles wirkte deprimierend auf Chee. Er stand vom Bett auf und zog den Vorhang ganz zu.

»Ich mache mich nur fertig«, sagte Chee. »Dann gehen wir hier weg und trinken irgendwo einen Kaffee.« Er wollte darüber nachdenken, was Janet ihm erzählt hatte. Er konnte ihren Verdacht verstehen. Die Kanzlei wollte, daß sie Highhawk vertrat, weil Highhawk in einer sensiblen Position für das Museum arbeitete, das Kultgegenstände der Tanos zurückbehielt. Warum? Wollten sie, daß Highhawk den Kriegszwilling stahl? Sollte Janet, als seine Anwältin, ihn überreden, es zu tun?

»Okay«, sagte Janet. »Wir haben eine Verabredung mit Highhawk. Ich glaube, das habe ich dir noch nicht gesagt. Draußen in seiner Wohnung in Eastern Market.«

Chee wusch sein Gesicht, sah sich im Spiegel an und fragte sich wieder, was er hier zu suchen hatte. Doch in seinem Unterbewußtsein wußte er es jetzt. Er freute sich auf den Mann, der unbedingt ein Navajo sein wollte.

10

Leaphorn hatte seinen Regenschirm vergessen. Er hatte an ihn gedacht, als er in Albuquerque an Bord des Flugzeugs gestiegen war – an den Schirm, wie er verstaubt im Kofferrraum seines Wagens lag und die Maschine nach Osten in Richtung Washington flog, was für Leaphorn unausweichlich Regen bedeutete. Der Schirm hatte nie Regen gesehen. Leaphorn hatte ihn letztes Jahr in New York gekauft, als zweiten von zwei Schirmen, die er sich während derselben Reise zulegte. Den ersten hatte er Gott weiß wo verloren. Den zweiten hatte er in den Kofferraum seines Wagens geworfen, zusammen mit seinem Gepäck bei seiner Rückkehr am Flughafen von Albuquerque. Dort war er ein Jahr lang geblieben.

Jetzt lief ihm der Regen in den Nacken, während er das Taxi zahlte. Er zog sich den Hut tiefer über die Ohren und eilte über den Bürgersteig zum Amtrak Büro. Er hatte einen Termin bei Roland Dockery, der innerhalb der Amtrak Verwaltung mit der Betreuung so unspezifischer Probleme, wie Leaphorn eins bedeutete, befaßt war.

Dockery erwartete ihn bereits, ein untersetzter Mann mit leicht schütterem, leicht zerzaustem Haar von vielleicht Vierzig. Durch seine Bifokalgläser betrachtete er mit sichtlicher Neugier Leaphorns Ausweis der Navajo Tribal Police und forderte Joe dann mit einer Handbewegung auf, Platz zu nehmen. Er zeigte auf das Gepäck auf seinem Schreibtisch – einen abgewetzten Lederkoffer und eine kleinere, weniger gebrauchte Aktentasche.

»Das FBI hat sich die Sachen schon angeschaut«, sagte Dockery. »Wie ich Ihnen am Telefon gesagt habe. Sie hätten es Ihnen wohl mitgeteilt, wenn sie etwas gefunden hätten.«

»Nichts Nützliches«, sagte Leaphorn. »Wir suchen nach etwas, das die Taschen vielleicht in Zusammenhang bringt mit einem Mordfall, den wir draußen in New Mexico haben. Sie nehmen's mir hoffentlich nicht übel, wenn ich noch mal ein paar Fragen mit Ihnen durchgehe, die Ihnen wahrscheinlich schon das FBI gestellt hat.«

»Kein Problem«, sagte Dockerey. Dann lachte er. »Nur keine Bange wegen der Schlüssel. Das FBI hat sie schon aufgemacht.« Mit einem Strahlen ließ er beide Taschen aufspringen. Dockery genoß offenbar das Ganze. Es bedeutete etwas Ungewöhnliches in einem Beruf, der gewöhnlich sicher nur aus Routine bestand.

Leaphorn nahm zuerst den großen Koffer in Augenschein. Er enthielt einen Reserveanzug, ein dunkelgraues Modell von irgendeinem teueren Fabrikat, das aber sehr abgetragen aussah. Einen Pullover. Zwei dunkelblaue Krawatten. Weiße, langärmelige Hemden, manche sauber und ordentlich gefaltet, manche gebraucht und in einen Wäschesack gesteckt. Insgesamt acht. Drei benutzt. Fünf sauber. Leaphorn überprüfte seine Aufzeichnungen. Kragenweite und Armlänge paßten zu dem Hemd, das die Leiche trug. Unterhosen und Unterhemden, ebenfalls weiß. Gleiche Gesamtsumme, gleiche Einzelposten. Dasselbe bei den Strümpfen, nur war die Farbe diesmal schwarz. Er verglich die Anzahl mit den Notizen. Er würde es genauer überprüfen, aber es schien ungefähr hinzukommen. Wenn dies wirklich das Gepäck von Pointed Shoes war, dann mußte er wirklich etwa drei Hemden westlich von Washington zu dem Zeitpunkt gewesen sein, als er Gallup erreichte. Hemd vier trug er am Leib, als er erstochen wurde, während fünf saubere noch übrig waren, um ihn dahin zu begleiten, wohin er unterwegs war. Oder – wenn er nur auf dem Weg zu Agnes Tsosie war – wieder zurück nach Washington.

Die kleinere Tasche enthielt ein kunterbuntes Durcheinander von Dingen. Leaphorn schaute davon auf, doch Dockery ließ ihm erst gar nicht die Möglichkeit, seine Frage zu stellen.

»Einer aus der Reinigungsmannschaft hat das eingepackt«, sagte Dockery. »Einfach das ganze Zeug, das in dem Einbettabteil herumlag, in die Tasche gestopft. Ich habe seinen Namen irgendwo. Das FBI hat ihn schon gesehen und mit ihm gesprochen, als sie ihre Überprüfung machten.«

»Das wäre also alles, was liegengeblieben ist?« fragte Leaphorn. Dockery nickte zur Bestätigung. Aber natürlich war das nicht alles, wußte Leaphorn. Scheinbar wertloser Krimskrams war sicher außer acht gelassen worden. Alte Zeitungen, Notizen, leere Umschläge, eben genau das Zeug, das besonders aufschlußreich sein konnte, hatte man bestimmt weggeworfen.

Doch auch, was man nicht weggeworfen hatte, war aufschlußreich. Als erstes bemerkte Leaphorn eine fast leere Tube Fixodent und eine kleine Dose Gebißreiniger. Er hatte erwartet, sie zu finden. Wenn nicht, hätte er bezweifelt, daß dies das Gepäck eines Mannes sei, der falsche Zähne trug. Drei Bücher, alle in spanisch gedruckt, kamen als weitere Anhaltspunkte hinzu. Die Kleidung, die Pointed Shoes trug, hatte altmodisch und ausländisch ausgesehen. Das gleiche galt für die Kleidung in dem Koffer. Er fand ein dünnes, kleines Notizheft, das in Plastik eingebunden war, warf einen Blick darauf und legte es beiseite. Unter einem Pullover in der Tasche fand er zwei Tontöpfe, beide in Zeitungspapier eingewickelt. Er schaute sie prüfend an. Sie waren von der Art, wie die Pueblo-Indianer sie machten, um sie an Touristen zu verkaufen – klein, der eine mit einem schwarzweißen Eidechsenmuster, der andere geometrisch verziert. Wahrscheinlich waren sie als Geschenke am Amtrak Bahnhof von Albuquerque gekauft worden, wo solche Sachen am Bahnsteig angeboten wurden. Aber die Töpfe interessierten Leaphorn weniger als die Zeitungsseiten, mit denen der Käufer sie gepolstert hatte.

Wieder Spanisch. Leaphorn strich ein Bündel Seiten glatt und suchte nach dem Namen und nach dem Datum. Der Name war *El Crepúscolo de Libertad.* Irgendwas mit Freiheit. Leaphorns aktiver Wortschaft im Spanischen erschöpfte sich mehr oder weniger in den paar Brocken der Grenzgängerszene von Gallup und Flagstaff. Jetzt repetierte er in seinem Gedächtnis noch einmal die zwölf Stunden Wahlkurs, die er an der Universität von Arizona absolviert hatte. Schließlich kam er auf »Sonnenaufgang«, oder auch »Zwielicht«. Eher aber wohl Dämmerung. Die Dämmerung der Freiheit. Das Datum auf der Seite war Ende Oktober, ungefähr zwei Wochen, bevor Pointed Shoes niedergestochen worden war. Leaphorn überflog die Schlagzeilen, kapierte hier und da ein Wort, immerhin genug, um zu ahnen, daß es um Politik ging. Keine der zerknüllten Seiten räumte Spalten für Werbung ein.

Leaphorn faltete sie in seine Tasche und sondierte dann den Krimskrams am Boden des Aktenkoffers. Er zog ein Blatt weißes Notizpapier hervor, das senkrecht zusammengefaltet war, als solle es in eine Tasche passen. Darauf hatte jemand etwas geschrieben, was allem Anschein nach eine Checkliste war: *Taschen, Arzneifläschchen, Brille (auch*

Schachtel prüfen), Gebiß (falls vorhanden), Kleideretiketten, Adreßbücher usw., Briefe, Umschläge, Exlibris (Exliebris?), Kritzeleien in Büchern, Adressen auf Zeitschriften usw.

Leaphorn blickte auf die Liste und dachte nach. Dann zeigte er sie Dockery. »Was halten Sie davon?«

Dockery schaute sie an. »Sieht aus wie 'ne Art Einkaufsliste«, sagte er. »Nein, nicht ganz. Vielleicht Gedächtnisstützen. Sachen, die erledigt werden müssen.«

Leaphorn legte die Liste auf den Schreibtisch. Er nahm das Notizbuch, das er beiseite getan hatte, und schlug es auf. Mehrere Seiten waren herausgerissen. Die Schrift darin war Spanisch, geschrieben mit blauer Tinte in einer zierlichen, sorgfältigen Handschrift. Er zog seine Brieftasche hervor und entnahm ihr die Notiz, die in der Brusttasche des Toten gefunden worden war. Die Handschrift paßte zusammen mit den zierlichen, ordentlichen Schriftzügen in dem Notizbuch. Aber sie ähnelte ganz und gar nicht der Handschrift auf der Liste.

»Wissen Sie zufällig, ob der Mann einen Abteilnachbarn hatte?« fragte er.

»Nur der eine Fahrgast«, sagte Dockery.

»Irgendein Anzeichen, daß jemand eingebrochen hat?«

»Nicht, daß ich wüßte«, meinte Dockery. »Doch davon müßte ich gehört haben. Da bin ich ganz sicher. Solche Sachen gehen rum.« Er fischte ein Päckchen Winston aus seiner Schreibtischschublade und bot Leaphorn eine an.

»Ich habe endlich geschafft, damit aufzuhören«, sagte Leaphorn.

Dockery zündete sich eine an und stieß eine blaue Rauchwolke aus. »Wonach sucht ihr Brüder überhaupt?«

»Was hat Ihnen das FBI gesagt?«

Dockery lachte. »Keinen Pieps. Das war bloß irgend so'n junger Schnösel. Der hat mir nicht die Bohne verraten.«

»Wir haben die Leiche eines Mannes neben den Gleisen

draußen vor Gallup gefunden. Erstochen. Alle Hinweise auf seine Identität waren verschwunden. Sogar die falschen Zähne fehlten.« Leaphorn tippte mit dem Finger auf das Fixodent. »Es stellte sich heraus, daß der Amtrak dort zur entsprechenden Zeit einen Notaufenthalt hatte. Und dann stellte sich heraus, daß auch an dem nicht abgeholten Gepäck aus dem Abteil alle Identitätshinweise entfernt waren. Die Kleider, die wir hier in dieser Tasche haben, entsprechen in der Größe und Art denen, die die Leiche trug. Deshalb halten wir es für wahrscheinlich, daß der Mann, der dieses Abteil unter falschem Namen reserviert hat, das Opfer war!"

»Ach so«, sagte Dockery. »Das ist ja interessant.«

»Außerdem«, fügte Leaphorn zögernd hinzu, wobei er Dockery ansah, »glauben wir, daß jemand – wahrscheinlich die Person, die unser Opfer erstochen hat – in dieses Abteil gekommen ist, seine Sachen durchsucht und alles mitgenommen hat, was die Identifizierung der Leiche erleichtern könnte.«

»Haben Sie mit dem Zugbegleiter gesprochen?« fragte Dockery.

»Das würde ich gern«, sagte Leaphorn. »Und auch mit dem, der das Abteil gereinigt und die Sachen des Opfers zusammengepackt hat.«

»Er hat jemand in dem Abteil gesehen«, meinte Dokkery.

Leaphorn hörte auf, in dem Notizbuch zu blättern, und blickte Dockery an. »Hat er Ihnen das gesagt?«

»Der Schaffner auf dieser Fahrt ist ein Bursche namens Perez, ein alter Hase. Er war früher unser Ortsvereinsvorsitzender bei der Eisenbahnergewerkschaft. Er hat mir erzählt, daß er und der Bursche, der in diesem Abteil reiste, ab und zu ein bißchen Spanisch miteinander gequatscht hätten. So höfliches Zeug, wissen Sie. Er meinte, der Bursche wär'n netter Kerl gewesen, nur irgendwie kränklich. Hatte irgendeine Herzgeschichte, und die Höhe da draußen machte ihm Sorgen. Als sie dann dort in New Mexico ihren außerfahrplanmäßigen Zwischenstopp hatten, sah Perez, nachdem der Zug wieder rollte, in dem Einbettabteil nach, um zu schauen, ob der Bursche vielleicht Hilfe brauchte, wenn er in Gallup ausstieg.« Dockery machte eine Pause, strich die Asche von seiner Zigarette in einen unsichtbaren Behälter in seiner Schreibtischschublade und inhalierte weiter den Rauch. Durch das Fenster konnte Leaphorn sehen, daß es jetzt regnete.

»Es war ein Mann drin. Perez sagte, er hätte an die Tür geklopft, und als niemand antwortete, wäre er nervös gewesen wegen diesem kranken Fahrgast. Also machte er auf. Und er sagte, es war ein Mann drin. Er fragte Perez, was er wollte, und Perez sagte ihm, er würde nur nachsehen, ob der Fahrgast vielleicht Hilfe bräuchte. Der Mann meinte, es sei keine Hilfe nötig, und machte die Tür zu.« Dockery stieß einen blauen Ring aus. »Das kam Perez komisch vor, denn er meinte, er hätte seinen Fahrgast nicht mehr in dem Abteil sehen können, und er hatte ihn vorher nie zusammen mit diesem Burschen gesehen. Deshalb hielt er Ausschau nach dem Fahrgast, als sie in Gallup hielten. Da er ihn nicht aussteigen sah, klopfte er wieder an die Tür, aber keiner antwortete. Also machte er die Tür auf und ging rein, und all das Zeug lag rum, aber kein Fahrgast war mehr da.« Dockery unterbrach sich und wartete auf eine Reaktion.

»Seltsam«, sagte Leaphorn.

»Verdammt richtig«, stimmte Dockery ihm zu. »Das sind so Sachen, an die man sich erinnert.«

»Haben Sie dem FBI-Agenten davon erzählt?«

»Hatte ja kaum eine Möglichkeit dazu. Der wollte nur

einen Blick auf die Taschen werfen und sich wieder auf die Socken machen.«

»Kann ich mit Perez reden?«

»Er macht dieselbe Fahrt«, sagte Dockery. Er fischte einen Fahrplan aus seiner Schublade und reichte ihn Leaphorn. »Rufen Sie einen Bahnhof einen Aufenthalt weiter an, wo sie lange genug stehenbleiben, um ihn ans Telefon zu holen. Er ruft Sie dann zurück. Es wird ihn verdammt interessieren, was mit seinem Fahrgast passiert ist.«

Leaphorn blätterte ein zweites Mal das Notizbuch durch und machte sich Aufzeichnungen auf seinem Block. Die meisten Seiten waren leer. Auf manchen standen nur Initialen und Zahlen, offenbar Telefonnummern. Leaphorn schrieb sie ab. Auf einer Seite standen nur Kombinationen, die aus zwei Buchstaben und einer Zahlenfolge bestanden. Die meisten Einträge schienen sich auf Treffen zu beziehen. Derjenige, den Leaphorn gerade sah, lautete: »Harrington. *Cuarto* 832. 3 p.«

»Harrington«, sagte Leaphorn. »Ist das vielleicht ein Hotel?«

»In der Stadtmitte«, meinte Dockery. »Über die E-Avenue und nicht weit vom Mall-Park. Untere Mittelklasse, würde ich sagen. Sie lassen es verkommen. Wenn das passiert, kauft es normalerweise jemand auf und baut es in ein Bürogebäude um.«

Leaphorn schrieb die Adresse und Zimmernummer in sein Notizbuch. Oben auf der nächsten Seite stand »AURANOFIN« in Großbuchstaben, dahinter »W1128023«. Auch das notierte er. Unten auf der Seite rief eine Notiz eine vage Erinnerung in Joe Leaphorns gut funktionierendem Gedächtnis wach. Es war ein Name, ein etwas ungewöhnlicher Name, dem er schon einmal begegnet war.

Der Mann mit den spitzen Schuhen hatte geschrieben: »Museum f. Nat.-Gesch. Henry Highhawk.«

11

Janet Pete entschied, daß sie die Metro von der Station Smithsonian bis nach Eastern Market nehmen würden. Das kostete nur achtzig Cent pro Ticket und ging beinahe genauso schnell wie mit dem Taxi. Außerdem hätte Chee so die Möglichkeit, die Washingtoner U-Bahn kennenzulernen. Wie Chee richtig einschätzte, wollte Janet mit ihm Großstadtmieze und Präriemaus spielen. Das fand Chee ganz okay. Er sah, daß Janet Petes Selbstwertgefühl ein bißchen Politur brauchen konnte.

»Nicht wie in New York«, sagte Janet. »Sie ist sauber und hell und schnell, und man fühlt sich absolut sicher. Ganz und gar nicht wie in New York.« Chee, der nur Gerüchte über die New Yorker U-Bahn gehört hatte, nickte. Er hatte immer schon mal mit der New Yorker U-Bahn fahren wollen. Aber vielleicht würde diese Fahrt ja auch interessant.

Sie war interessant. Die aufsteigende, waffelförmige Decke, die Automaten, die Papierstreifen als Tickets zusammen mit dem abgezählten Wechselgeld ausgaben, die Schranken, die diese Papierstreifen schluckten, aufgingen und und dann die Streifen wieder ausspuckten, der riesige Schwarm von Leuten, die alle darauf getrimmt waren, jeden menschlichen Kontakt zu vermeiden – gleichgültig, ob mit Auge, Knie oder Ellbogen. Chee hielt sich an der Stange neben der Schiebetür fest und musterte die Menschen. Zuerst überraschte es ihn, daß er nicht ebenfalls angeschaut wurde. Er mußte doch hier jedem Menschen auffallen: sein bester Reservations-Filzhut mit dem silbernen Band, seine beste Lederjacke, seine besten Stiefel, sein hageres, wettergegerbtes, einfaches Navajo-Gesicht. Aber die einzigen Blicke, die er auffing, wanderten rasch und verstohlen weiter. Er wurde höflich ignoriert. Das fand Chee komisch.

Und es gab noch andere komische Dinge. Er hatte angenommen, die U-Bahn werde von der arbeitenden Klasse benutzt. Zwar gab es auch Arbeiter hier, doch waren sie nicht allein. Er entdeckte drei Männer und eine Frau in Marineuniformen, die genügend Streifen an den Ärmeln trugen, um ihre Mitgliedschaft in der privilegierten Klasse zu signalieren. Da sie schon in jungen Jahren hohe Ränge einnahmen, mußten sie Absolventen der Marinehochschule sein. Sicher hatten sie politische Beziehungen und kamen aus alten, reichen Familien. Mindestens die Hälfte der weißen Männer, und ungefähr ebenso viele Schwarze, trugen den unvermeidlichen dunklen Dreiteiler mit dunkler Krawatte des Ostküsten-Establishments. Die Frauen trugen zum größten Teil Röcke und hochhackige Schuhe. Während seines Anthropologie-Studiums an der Universität von New Mexico hatte Chee auch Kurse in Soziologie besucht. Er erinnerte sich an eine Vorlesung über jene Faktoren, die die Menschen konditionieren und dadurch kulturbildend wirken. Er fühlte eine Distanz zwischen sich und der Menschenmasse hier in der U-Bahn, als sei er ein unsichtbares Wesen, das auf eine Spezies herabblickte, die es im Laufe der Evolution geschafft hatte, Überbevölkerung zu überleben, Aggression zu ertragen – zu überleben trotz des Phänomens, das der alte Professor Ebaar »intraspezielle Hostilität« nannte.

Auf der langen Fahrt mit der Rolltreppe hinauf bis zur »Erdoberflächenwelt«, wie die Heiligen Wesen seines Navajo-Volks sie genannt hätten, teilte Chee Janet Pete seine Eindrücke mit.

»Wirst du dich hier je heimisch fühlen?« fragte er. Sie antwortete nicht, bis sie oben angekommen waren und hinaus in die dunkle Abenddämmerung traten, die nun eine Mischung aus Nieselregen und Nebel war.

»Ich weiß nicht«, sagte sie. »Früher glaubte ich, ja. Aber es ist schwer, damit umzugehen. Es ist eine andere Kultur.«

»Meinst du, anders als bei uns Navajos?«

Sie lachte. »Nein. Das meine ich nicht. Ich meine eher, anders als im menschenleeren Westen.«

Henry Highhawk wohnte ungefähr sieben Straßenzüge von der Metro-Station entfernt in einem schmalen, zweigeschossigen Backsteinhaus in der Mitte einer Straße mit lauter solchen schmalen Häusern. An dem Pfeiler unmittelbar neben dem Briefkasten war ein Ding befestigt, das ganz wie ein *paho* aussah. Chee musterte es, während Janet die Klingel drückte. Es war tatsächlich ein Navajo-Gebetsstab, mit den richtigen Federn versehen. Falls Highhawk ihn gemacht hatte, wußte er, was er tat. Und dann stand Highhawk in der Tür und bat sie herein. Er war größer, als Chee ihn im Feuerschein bei Agnes Tsosie in Erinnerung hatte. Größer und magerer und kräftiger, sicherer in seiner heimischen Umgebung als inmitten einer fremden Kultur, am Fuße von Tsosies Spitzkuppe. Das Hinken, das Chee auf Tsosies Yeibichai mit einem Anflug von Mitleid gerührt hatte, wirkte hier ganz natürlich. Die Jeans, die Highhawk trug, waren so geschnitten, daß genügend Platz war für die Metallschiene, die sein kurzes Bein verstärkte. Die Schiene, der hohe Absatz unter dem kleinen linken Stiefel, das Hinken – alles das schien in Harmonie mit diesem schlaksigen Mann hier in diesem vollgestopften kleinen Haus. Er hatte seine Kiowa-Komantschen-Zöpfe in einen festen Navajo-Knoten verwandelt. Aber nichts hätte sein langes, knochiges, melancholisches Gesicht in eines verändern können, das als Gesicht eines Navajos durchging. Er würde immer wie ein bekümmerter weißer Junge aussehen.

Highhawk war erst in der Küche und goß Kaffee auf, bevor er Chee wiedererkannte. Er blickte Chee aufmerksam an, als er ihm seine Tasse reichte.

»Hey«, sagte er mit einem Lachen. »Sie sind doch der Navajo-Bulle, der mich verhaftet hat.«

Chee nickte. Highhawk wollte ihm nochmals die Hand schütteln – eine Nichts-für-ungut-Geste. »Polizist, meine ich«, verbesserte sich Highhawk, während sein Gesicht vor Verlegenheit rot anlief. »Das war gründliche Arbeit. Und ich war Ihnen auch dankbar, daß Sie dafür gesorgt haben, daß dieser Bursche den Mietwagen für mich zurück nach Gallup brachte. Das hat mir eine Stange Geld gespart. Mindestens hundert Piepen, schätze ich.«

»Hat mir auch einige Arbeit gespart«, sagte Chee. »Ich hätte mich sonst am nächsten Morgen drum kümmern müssen.« Chee war gleichfalls verlegen. Er war an solche plötzlichen Rollenwechsel in Beziehungen nicht gewöhnt. Und Highhawks Benehmen verwirrte ihn ein bißchen. Es war zu respektvoll, zu – Chee suchte nach dem passenden Wort. Er erinnerte sich an einen Tag im Schafcamp seines Onkels. Drei alte Hunde, alle drei struppige Veteranen. Und der junge Hund, den sein Onkel irgendwo beim Spiel gewonnen hatte. Wie sein Onkel den jungen Hund hinten aus seinem Lieferwagen ins Freie ließ. Die alten Hunde, gespannt und neugierig, instinktiv wissend, daß ihr Revier verletzt wurde. Wie der junge Hund schief auf sie zukam, mit gesenkter Schnauze, eingeklemmtem Schwanz und krummen Beinen, alle Hundesignale der Unterlegenheit und Unterwerfung aussendend, um sich ihrer Autorität zu fügen.

»Ich bin ein Navajo vom Bitter Water Klan«, sagte Highhawk. Er sah schüchtern aus, während er das sagte und mit seinen langen, schlanken Fingern spielte. »Zumindest war das meine Großmutter, und deshalb darf ich das wohl auch für mich behaupten.«

Chee nickte. »Ich stamme von den Slow Talking Navajos«, sagte er. Dabei erwähnte er nicht, daß sein Vater ebenfalls ein Bitter Water Navajo war, dieses Volk also Chees eigener Vaterklan war. Andererseits hätte sich nach zwei Generationen, unter den in der Reservation üblichen Umständen, die untergeordnete Verbindungslinie über die Vaterseite durch Einheirat in andere Klane längst verloren. Diese Gedanken gingen Chee durch den Kopf, und er fühlte sich mit diesem merkwürdigen, schlaksigen Mann in keiner Weise verwandt. Welche Träume und Ansprüche er auch immer hegen mochte, er war und blieb ein *belagaana*.

Sie nahmen in dem Eingangszimmer Platz. Chee und Janet setzten sich auf ein Sofa, Highhawk hockte sich auf einen Holzstuhl. Irgend jemand – Chee vermutete Highhawk – hatte das Zimmer dadurch vergrößert, daß er die Trennwand beseitigte, die es einst von einer kleinen Eßnische abgeteilt hatte. Doch den größten Teil des Raumes nahmen zwei lange Tische ein, die voll waren mit Gerät: einem Klotz, der offenbar einmal ein Stück von einer Baumwurzel gewesen war, einem Ballen Leder, einer Kiste mit Federn, Holzplatten, Farbtiegeln, Pinseln, Schnitzmessern – das ganze Rüstzeug von Highhawks Beruf.

»Sie hatten mir etwas mitzuteilen«, sagte Highhawk, an Janet gewandt, während er Chee anblickte.

»Ihre Vorverhandlung wurde anberaumt«, sagte Janet. »Wir haben sie endlich so weit, daß sie im Kalender eingetragen wurde. Morgen in zwei Wochen wird es sein, und wir müssen vorher noch ein paar Dinge entscheiden.«

Highhawk grinste sie an. Dabei hellte sich sein langes, schmales Gesicht auf, wodurch er noch jungenhafter wirkte. »Das hätten Sie mir auch am Telefon mitteilen können«, sagte er. »Ich wette, da war noch etwas anderes.« Wieder schaute er Chee an.

Chee stand auf und sah sich nach einem anderen Ort um, wohin er gehen konnte. »Ich lasse Sie ein bißchen allein«, sagte er.

»Sie könnten sich ja meine *kachina*-Sammlung anschauen«, meinte Highhawk. »Hinten im Arbeitszimmer.« Er zeigte den Flur hinunter. »Erste Tür rechts.«

»So vertraulich ist es nun auch wieder nicht«, sagte Janet. »Aber ich kann mir vorstellen, was die Anwaltskammer sagen würde, wenn ich mit einem Klienten ein Vergleichsverfahren ausgerechnet vor der Nase des Officers bespreche, der ihn verhaftet hat.«

Das Arbeitszimmer war klein und genauso vollgestopft wie der Wohnbereich. Das Pult war ein massives, altes Rolladenmodell, halb vergraben unter Schuhkartons, die voll waren mit Stoffetzen, Knochenstücken, Holz, Krimskrams aus Metall. Eine arg lädierte Pappschachtel enthielt eine unbemalte Holzfigur, die anscheinend aus einer Pappelwurzel geschnitzt war. Sie starrte Chee durch enge Augenschlitze an, irgendwie blaß und giftig sah sie aus. Eine Art Fetisch oder Statuette offenbar. Etwas, wovon Highhawk bestimmt für eine Museumsausstellung eine Kopie anfertigte. Oder konnte das der Tano-Kriegsgott sein? Daneben stand noch ein Karton. Chee zog die Laschen zurück und sah hinein. Er sah in das Gesicht von Talking God.

Die Maske des Yeibichai war so gemacht, wie sie nach der Tradition der Navajos gemacht werden mußte – aus Hirschleder und oben mit einer starren Krone aus acht Adlerfedern versehen. Das Gesicht war weiß angemalt. Der Mund ragte ein paar Zentimeter vor, eine schmale Röhre aus eingerolltem Leder. Die Augen waren schwarze Flecken, darüber die aufgemalten Brauen. Der untere Rand der Maske bestand aus einer Fuchspelzmanschette. Chee betrachtete sie voller Verwunderung. Solche Masken wurden streng bewacht und innerhalb der Familie nur an einen Sohn weitergereicht, der bereit war, die Dichtung und das Ritual des Nachtgesangs zu erlernen und die Rolle zu übernehmen, die sein Vater als Yeibichai-Tänzer ausgeübt hatte.

Die Besitzer solcher Masken nährten die Geister, die in ihnen wohnten, mit Getreidepollen. Chee musterte die Maske. Er fand keine Schmierspuren, die Pollen auf dem Leder hätten zurücklassen müssen. Es war vermutlich eine Kopie, die Highhawk angefertigt hatte. Dennoch, als er die Laschen des Kartons verschloß, tat er dies voller Ehrfurcht.

Auf drei Regalen neben dem einzigen Fenster standen Seite an Seite die Holzfiguren der *kachina*-Geister. Die meisten gehörten zum Hopi-Glauben, hatte Chee den Eindruck, doch sah er auch Zuñi-Mudheads und den großschnabligen Shalako, den gefiederten Boten der Zuñi-Himmel, und die gestreiften Figuren der bäuerlichen Bruderschaften der Rio Grande Pueblos. Die meisten von ihnen sahen alt und echt aus. Und das bedeutete auch teuer.

Hinter sich hörte Chee aus dem Eingangszimmer, wie Janets Stimme in der Debatte anstieg und Highhawk lachte. Er nahm an, daß Janet ihrem Klienten während dieser demonstrativ vertraulichen Besprechung sagte, was sie Chee bereits auf dem Weg von der U-Bahn hierher gesagt hatte. Der für die Verbrechen in Connecticut zuständige Staatsanwalt hatte wichtigere Dinge im Kopf als aufgebuddelte Gräber, vor allem, wenn sie mit einer politischen Demonstration einer politischen Minderheit zu tun hatten. Er würde einem Vergleichsverfahren wohlwollend und kompromißbereit begegnen. Er würde Highhawk und seinen Rechtsbeistand wohlwollend empfangen, um den Fall zu erörtern. Mehr als wohlwollend.

»Ich glaube nicht, daß dieser Spinner davon begeistert sein wird«, hatte Janet zu Chee gesagt. »Henry will so eine Art Jeanne d'Arc spielen, mit allen Fernsehkameras auf sich gerichtet. Seine Rede hat er schon fertig geschrieben. ›Wenn das Gerechtigkeit ist, daß ich ins Gefängnis muß, weil ich eure Vorfahren ausgegraben habe, wo trifft dann die Gerechtigkeit der Weißen, die die Gebeine meiner Vorfahren ausgegraben haben?‹ Er wird nicht zustimmen, jedenfalls heute nicht, aber ich will's wenigstens pro forma versuchen. Du kommst mit. Dann hast du die Möglichkeit, mit ihm zu reden und zu sehen, welchen Reim du dir auf die ganze Sache machst.«

Dem aggressiven Ton nach, den Chee in Highhawks Stimme hören konnte, war Janets Klient tatsächlich alles andere als begeistert. Aber was zum Teufel sollte Chee hier erfahren? Worauf sollte er sich einen Reim machen? Darauf, daß Highhawk größer war, als er ihn in Erinnerung hatte? Und er seine Haartracht verändert hatte? Das war wohl kaum, was Janet erwartete. Sie erwartete von ihm, daß er irgendeine Verschwörung roch, die ihre Kanzlei betraf, und einen Kerl, der sie verfolgte, und eine große Firma, die Land in New Mexico erschloß. Er schaute sich in dem vollgestopften Arbeitszimmer um. Was für ein Glückspilz er doch war.

Aber es war interessant. So verrückt Highhawk auch zu

sein schien, war er doch ein Künstler. Chee bemerkte eine halb fertige Mudhead-Figur auf dem Tisch und nahm sie in die Hand. Die traditionellen Masken, wie Chee sie bei Zuñi-Shalako-Zeremonien gesehen hatte, waren rund, tonfarben und von Beulen entstellt. Sie verkörperten die schwachsinnigen Wesen, die geboren worden waren, nachdem eine Tochter der Sonne Inzest mit ihrem Bruder begangen hatte. Trotz der einschränkenden Bräuche, die kleine runde Augen und einen kleinen runden Mund vorschrieben, hatte Highhawk es verstanden, in das kleine Gesicht dieser Statuette eine dümmliche Fröhlichkeit hineinzuschnitzen. Chee setzte sie vorsichtig ab und inspizierte noch einmal die *kachinas* auf dem Regal. Hatte Highhawk sie ebenfalls gemacht? Chee schaute sie sich näher an. Manche wahrscheinlich. Manche sahen zu alt und zu verwittert aus, als daß sie erst kürzlich hergestellt sein konnten. Aber vielleicht hatte Highhawk in seinem Beruf Techniken gelernt, Dinge älter wirken zu lassen.

Erst dann bemerkte er die Zeichnungen. Sie waren im obersten Fach des Rollpults gestapelt, ausgeführt auf einzelnen Bögen schweren Künstlerpapiers. Die oberste zeigte einen Jungen, einen Truthahn, dessen Federn mit Juwelen durchsetzt waren, einen Baumstamm, Rauch, der von ihm aufstieg, während er innen ausbrannte, damit er die nötige Aushöhlung für ein Kanu bekam. Den Hintergrund bildeten ein Flußufer und eine steil dahinter aufragende Felswand. Chee erkannte die Szene. Sie stammte aus der Legende von Holy Boy, jener Legende, die in der Yeibichai-Zeremonie wieder zum Leben erweckt wurde. Sie zeigte den kindlichen, noch menschlichen Geist, wie er sich unten am San Juan River auf seinen Tag vorbereitete, zusammen mit seinem Lieblingstruthahn. Der Künstler schien genau den Augenblick eingefangen zu haben, in dem die Krankheit, die den Jungen lähmen sollte, ihn heimsuchte. Die wenigen Linien, die den nackten Leib suggerierten, erweckten zugleich auf unbestimmte Weise den Eindruck, daß er stürzen werde, in einem Anfall von Angst. Und über ihm, kaum wahrnehmbar in die Luft selbst eingezeichnet, das blaue halbrunde Gesicht des Geistes, den sie Water Sprinkler nannten.

Das Geräusch von Highhawks Lachen drang aus dem angrenzenden Zimmer, daneben Janet Petes ernste Stimme. Chee warf einen Blick auf die anderen Zeichnungen. Holy Boy, wie er in seinem ausgehöhlten Baumstamm dahingleitet, vornübergeneigt und gelähmt, während der Truthahn am Ufer neben ihm herläuft – Hals und Flügel in einer Art erstarrter Panik verrenkt; Holy Boy, zum Teil geheilt, doch nun erblindet, wie er das verkrüppelte Holy Girl auf den Schultern trägt; die zwei Kinder, Hand in Hand, umgeben von den baumhohen Gestalten von Talking God, Growling God, Black God, Monster Slayer und anderen *yei*, die alle mit der unbarmherzigen, mitleidlosen Gleichgültigkeit auf die Kinder herabschauen, die die Navajo-Götter gegenüber den sterblichen Menschen einnehmen. Es gab etwas in dieser Szene – in allen diesen Zeichnungen, nachdem es ihm erst einmal bewußt geworden war –, das beunruhigend wirkte. Eine Art surreale, unmerkliche Verschiebung der Realität. Chee sah die Zeichnungen eindringlich an und versuchte zu begreifen. Verwirrt schüttelte er den Kopf.

Daneben war er sowohl von Highhawks Talent als auch von dessen gründlichem Wissen um die Religion der Navajos tief beeindruckt. Die gewöhnlich für die Zeremonie des Yeibichai zugrunde gelegte Dichtung berücksichtigte nicht die Rolle des Mädchens. Highhawk hatte offensichtlich seine Hausaufgaben gründlich gemacht.

Chee wurde von der Türklingel überrascht. Er legte die Zeichnung zurück und ging zur Zimmertür. Highhawk sprach gerade mit einem Besucher an der Haustür und führte diesen nun ins Wohnzimmer.

Es war ein schlanker, dunkelhaariger Mann, der die Standarduniform der Washingtoner Männer trug.

»Wie du siehst, Rudolfo, ist meine Anwältin unermüdlich für mich tätig«, sagte Highhawk. Der Mann drehte sich herum und verbeugte sich mit einem Lächeln vor Janet Pete.

Es war Rudolfo Gomez, Mr. Bad Hands.

»Ich bin in einem ungünstigen Augenblick gekommen«, sagte Bad Hands. »Ich habe Miss Petes Auto draußen wohl übersehen. Ich wußte nicht, daß Sie eine Besprechung haben.«

Jim Chee trat aus dem Arbeitszimmer. Bad Hands erkannte ihn sofort wieder, und zwar mit einer Art kontrolliertem Schock, der Chees Eindruck nach nicht nur Überraschung, sondern regelrechte Bestürzung verriet.

»Und das ist Jim Chee«, sagte Highhawk. »Die Herren sind sich schon begegnet. Erinnerst du dich? In der Reservation. Mr. Chee ist der Officer, der mich verhaftet hat. Mr. Chee, das ist Rudolfo Gomez.«

»Ah, ja«, sagte Bad Hands. »Natürlich. Ein unerwartetes Vergnügen.«

»Und Mr. Gomez ist der Mann, der die Kaution für mich bezahlt hat«, fügte Highhawk hinzu. »Ein alter Freund.«

Bad Hands trug wieder seine Handschuhe. Er machte keine Anstalten, ihm die Hand schütteln zu wollen. Chee ebensowenig. Schließlich war das kein Navajo-Brauch.

»Setz dich«, sagte Highhawk. »Wir sprachen gerade über meine Vorverhandlung.«

»Ich bin in einem ungünstigen Augenblick gekommen«, sagte Bad Hands noch einmal. »Ich rufe dich morgen an.«

»Nein, nein«, sagte Janet Pete. »Wir waren schon fertig. Wir waren gerade im Begriff zu gehen.« Sie warf Chee einen Blick zu.

»Stimmt«, meinte Chee. »Wir müssen jetzt los.«

Draußen hatte ein kalter Wind aus Nordwest den Nieselregen fortgeweht. Sie gingen die Stufen von Highhawks Veranda hinunter und kamen an einem blauen Datsun vorbei, der neben dem Bürgersteig parkte. Es war zwar nicht das Auto, mit dem Bad Hands bei Agnes Tsosie vorgefahren war, aber das war auch dreitausend Meilen weit weg gewesen. Das hier war wahrscheinlich ein Mietwagen. »Was meinst du?« fragte Janet Pete.

»Ich weiß nicht«, sagte Chee. »Er ist ein interessanter Mann.«

»Gomez oder Highhawk?«

»Beide«, antwortete Chee. »Ich frage mich, was wohl mit Gomez' Hand passiert ist. Und ich frage mich, warum Highhawk ihn einen alten Freund nennt. Aber eigentlich meinte ich Highhawk. Er ist interessant.«

»Ja«, sagte Janet. »Und ein echter Kamikaze. Er ist wild entschlossen, ins Gefängnis zu gehen.« Sie machten ein paar Schritte. »Blöder Idiot«, fügte sie hinzu. »Dabei könnte ich ihn mit ein paar Tagen Sozialarbeit und einer Bewährungsfrist freikriegen.«

»Weißt du etwas über diesen Gomez?« fragte Chee.

»Nur was ich dir gesagt habe und was Highhawk erzählt hat. Alte Freunde. Gomez hat seine Kaution hinterlegt.«

»Sie sind keine alten Freunde«, sagte Chee. »Das habe ich dir doch gesagt. Ich habe gesehen, wie sie sich bei dem Yeibichai, auf dem ich ihn verhaftet habe, begegnet sind. Highhawk hatte den Burschen noch nie vorher gesehen.«

»Bist du dir da sicher? Woher weißt du das?«

»Ich weiß es«, sagte Chee.

Janet legte ihre Hand auf seinen Arm und ging langsamer. »Da ist er«, sagte sie mit dünner Stimme. »Das Auto da. Das ist der Mann, der mich verfolgt hat.«

Der Wagen parkte drüben auf der anderen Straßenseite. Ein älterer Chevy Zweitürer. Die Grundfarbe war im Schatten schwer zu erkennen.

»Bist du sicher?« fragte Chee.

»Hast du die Radioantenne gesehen? Umgeknickt wie die? Und die Beule am hinteren Kotflügel? Es ist dasselbe Auto.« Janet flüsterte jetzt. »Ich hab's mir gründlich angesehen. Und mir eingeprägt.«

Was sollte er tun? Seine unmittelbare Eingebung war, die Situation zu ignorieren, einfach an dem Wagen vorbeizulaufen und zu schauen, was passierte. Nichts würde passieren, außer daß Janet ihn für einen Trottel hielt. Er fühlte sich unbehaglich. In der Reservation wäre er einfach über die Straße marschiert und hätte den Fahrer zur Rede gestellt. Aber weswegen zur Rede gestellt? Hier fühlte Chee sich unbeholfen. Die ganze Sache kam ihm vor wie im Fernsehen. Eine Stadtgeschichte. Sie schien gefährlich, war aber wohl nur eine dumme Angelegenheit. Was zum Teufel würde die Washingtoner Polizei unter solchen Umständen empfehlen?

Sie gingen immer noch sehr langsam. »Was sollen wir tun?« fragte Janet.

»Bleib hier«, sagte Chee. »Ich geh mal nachschauen.«

Er lief schräg über die Straße und schaute dabei auf das trübe Licht, das vom Seitenfenster auf der Fahrerseite reflektiert wurde. Was würde er tun, wenn das Fenster herunterging? Und wenn er in einen Revolverlauf sah? Aber das Fenster bewegte sich nicht.

Als er neben dem Wagen stand, konnte Chee einen Mann hinter dem Lenkrad sehen, der ihn anschaute.

Chee klopfte gegen die Scheibe. Er fragte sich, warum er das tat. Und er fragte sich, was er sagen würde.

Nichts geschah. Chee wartete. Der Mann hinter dem Steuer schien reglos zu sein. Chee klopfte wieder gegen das Fenster, traktierte die Scheibe.

Ruckweise und quietschend ging das Fenster herunter.

»He?« fragte der Mann. Er schaute zu Chee auf. Ein kleines, sommersprossiges Gesicht. »Was wollen Sie?«

Chee wollte vor allem den Mann besser in den Blick bekommen. Er wirkte klein. Ungewöhnlich klein. Chee konnte keine Anzeichen erkennen, daß er bewaffnet war, aber das war bei der Dunkelheit kaum zu erkennen.

»Die Dame, die mich begleitet, glaubt, daß Sie sie verfolgen«, meinte Chee. »Gibt's irgendeinen Grund dafür, daß sie das glaubt?«

»Sie verfolgen?« Der Mann beugte sich zum Fenster vor und schaute an Chee vorbei hinüber zu Janet, die auf der anderen Straßenseite wartete. »Weshalb?«

»Ich frage, ob Sie sie verfolgen«, sagte Chee.

»Zum Teufel, nein«, antwortete der. »Was soll das Ganze überhaupt? Wer zum Teufel sind Sie?«

»Ich bin ein Bulle«, sagte Chee, und während er das sagte, dachte er, daß er damit zum erstenmal etwas Gescheites gesagt hatte.

Der Mann blickte zu ihm hoch. »Ich fresse 'nen Besen, wenn Sie wie ein Bulle aussehen«, sagte er. »Sie sehen wie ein Indianer aus. Zeigen Sie doch mal Ihren Ausweis.«

»Zeigen lieber Sie mal Ihren Ausweis«, meinte Chee.

»Ach, verpiß dich«, sagte der Mann und verschwand von dem Fenster. Die Scheibe quietschte, als er sie hochkurbelte. Der Motor startete. Die Scheinwerfer gingen an. Langsam rollte der Wagen von der Bordsteinkante fort und die Straße hinunter. Chee schaute ihm hinterher. Er konnte sehen, daß nur der obere Teil vom Kopf des Fahrers über die Rückenlehne hinausragte. Der Fahrer mußte sehr klein sein.

12

Seit seiner Kindheit gehörte Fleck zu jenen Menschen, die gern zu *einem* Zeitpunkt über *eine* Sache nachdenken. An diesem Morgen wollte er nur über Mama nachdenken. Was zum Teufel sollte er mit ihr tun? Fat Mans Frist war endgültig abgelaufen. Er mußte sie aus dem Pflegeheim rausholen. »*Holen Sie sie jetzt raus*!« hatte Fat Man ihn angeschrien. »Nicht einen Tag mehr!« Das einzige Heim, das er gefunden hatte, um sie unterzubringen, verlangte die Bezahlung für zwei Monate im voraus. Zusammen mit den sogenannten Nebenkosten, die sie einem immer für ein Einzelzimmer anhängen, addierte sich das auf über sechstausend Dollar. Das meiste davon hatte Fleck ja. Zusätzlich hatte er noch zehn Riesen in Aussicht, die längst überfällig waren. Aber das half ihm jetzt auch nicht weiter. Er hatte Fat Man genügend Angst eingejagt, um ihn noch ein oder zwei Tag hinzuhalten. Aber auf viel mehr konnte er nicht mehr zählen. Der Scheißkerl brachte es womöglich fertig, ihm die Bullen auf den Hals zu hetzen. Damit wollte Fleck nichts am Hut haben. Nicht, wenn Mama im Spiel war. Er mußte die zehn Riesen bekommen.

Es gab noch ein anderes Problem. Er mußte ein paar Gedanken an den Cowboy verschwenden, der letzten Abend zu seinem Wagen rübergekommen war und an das Fenster geklopft hatte. Was zum Henker sollte das bedeuten? Der Bursche sah aus wie ein Indianer, und er war zusammen mit diesem Indianerweib, das Highhawk besucht hatte. Aber was bedeutete das für Fleck? Fleck roch den Bullen. Er witterte Gefahr. Hier passierten mehr Dinge, als er überschaute. Das machte ihm Sorgen. Er mußte mehr in Erfahrung bringen, und das nahm er sich vor.

Fleck bog in den Parkplatz von Dunkin' Donuts ein. Er war ein bißchen früh dran, aber er sah, daß die Ford Limousine mit dem Symbol der Telefongesellschaft bereits dort parkte. Sein Mann saß auf einem Hocker, der einzige Gast in dem Lokal, und aß etwas mit einer Gabel. Fleck nahm den Hocker neben ihm.

»Haben Sie es?« fragte Fleck.

»Klar doch. Haben Sie die fünzig Piepen?«

Fleck reichte dem Mann zwei Zwanziger und einen Zehner und bekam dafür ein gefaltetes Blatt Papier. Er kam sich dabei dämlich vor. Wenn er clever wäre, hätte er wohl einen Weg gefunden, an diese Information heranzukommen, ohne diesen Kriecher von der Telefongesellschaft zahlen zu müssen. Vielleicht stand das sogar in der Bücherei. Er faltete das Blatt auseinander. Es war aus einer Karte des Distrikts Columbia herausgerissen, ein Teil des Washingtoner Stadtplans.

»In dem eingekreisten Bezirk wird die Vorwahl 266 benutzt«, sagte der Mann. »Und die kleinen Kreuze markieren die Stellen, wo die Telefonzellen stehen.«

Nur ein paar Kreuze, stellte Fleck fest. Weniger als zwanzig. Er machte eine Bemerkung dazu.

»Es ist hauptsächlich ein Wohngebiet«, erklärte der Mann, »und ein Teil des Botschaftsviertels. Da ist kein großer Bedarf an Münzfernsprechern. Möchten Sie einen Krapfen?«

»Keine Zeit«, sagte Fleck und stand auf.

»Hab in letzter Zeit nicht mehr viel von Ihnen gehört«, sagte der Mann. »Ziehen Sie sich aus dem Geschäft zurück?«

»Ich arbeite jetzt in einer etwas anderen Richtung«, meinte Fleck und ging zur Tür. Dann blieb er stehen. »Kennen Sie zufällig irgendein gutes Pflegeheim? Wo sie sich ordentlich um alte Leute kümmern?«

»In so was kenne ich mich nicht aus«, sagte der Mann.

Fleck beeilte sich, obwohl er noch bis zwei Uhr Zeit hatte. Er fing in der Sechzehnten Straße an, denn dort hatten die Länder, die nicht reich genug waren, um an der Massachusetts Avenue zu bauen, zum größten Teil ihre Botschaften. Keine der Nummern stimmte, obwohl er zwei Zellen mit der Vorwahl 266 fand, die sein Auftraggeber, The Client, früher einmal benützt hatte. Er machte in der Siebzehnten und dann in der Achtzehnten Straße weiter. Hier endlich fand er die Nummer, die er laut Plan um zwei Uhr anrufen sollte. Fleck trat aus der Zelle heraus und schaute die Straße hinauf und hinunter. Keine weitere Telefonzelle in Sichtweite. Er mußte einen Wagen mieten, der mit Autotelefon ausgerüstet war. Er hatte am Abend vorher einen bei Hertz reservieren lassen, genau für den Fall, daß sich die Dinge so ergeben würden.

Die nächsten zwei Stunden verbrachte Fleck damit, nach Silver Springs hinauszufahren und sich ein Altenheim anzuschauen, von dem er dort draußen gehört hatte. Es war ein bißchen billiger, aber der Linoleumbelag auf dem Boden war rissig und starrte vor Schmutz, die Fenster waren nicht geputzt und die Frau, die das Haus führte, hatte einen gemeinen Zug um den Mund. Er holte den Mietwagen um kurz nach eins ab, einen schwarzen, schweren Lincoln, der für Flecks Geschmack zu groß und zu auffällig war, aber in Washington ziemlich normal wirken würde. Er vergewisserte sich, daß das Telefon funktionierte, zog seine Poloroid-Kamera auf den Vordersitz neben sich und fuhr zurück in die Achtzehnte Straße. Er parkte auf der anderen Straßenseite ein Stück weit unterhalb der Telefonzelle, wählte die Nummer, legte den Hörer nicht auf und ging den Bürgersteig hinunter, bis er das Klingeln in der Zelle hören konnte. Dann kehrte er zum Wagen zurück, setzte sich hinter das Steuer und rutschte tiefer, um nicht so gut gesehen werden zu können. Er wartete. Während er wartete, dachte er nach.

Zuerst ging er den Plan durch, den er sich für den Anruf zurechtgelegt hatte. Dann dachte er über den Cowboy nach, der über die Straße gekommen war, um an seine Fensterscheibe zu klopfen. Wenn er ein Indianer war – und er sah ganz danach aus –, konnte es mit dem Mordauftrag zu tun haben. Er hatte den Zug in diesem Nest in New Mexico verlassen. Gallup, so hieß es. Indianer, wohin man schaute. Wahrscheinlich hatten sie dort sogar Indianerbullen, und vielleicht schnüffelte einer jetzt in der Sache herum. Wenn das stimmte, bedeutete das, daß sie seine Spur bis nach Washington zurückverfolgt und sie auf die eine oder andere Weise mit dem komischen Idioten, der sein Haar in einem Knoten trug, in Verbindung gebracht hatten. Das bedeutete, daß sie eine verdammte Menge mehr über den Schlamassel wissen mußten, in dem Fleck steckte, als Fleck selbst darüber wußte.

Bei dem Gedanken wurde ihm unbehaglich. Er rutschte auf seinem Sitz hin und her und betrachtete durch das Fenster das Wetter, um sich von der Vorstellung abzulenken, was wohl mit ihm passieren würde, wenn die Polizei ihn je in Gewahrsam bekam, sie seine Fingerabdrücke verglich und den ganzen Zirkus in Gang setzte. Wenn es je soweit kam, konnte er seinem Arsch Lebewohl sagen. Er durfte das nie, nie zulassen. Was sollte Mama denn dann tun?

Wenn er doch nur einen Platz finden könnte, wo Mamas ständige Abrechnerei ihr keine Scherereien einbrachte. Sie war inzwischen dafür zu alt. Sie konnte nicht mehr damit fertig werden wie früher, als sie noch gesund war. Wie in der Zeit, als sie unten in der Nähe von Tampa lebten und Mama jung war und der Vermieter ihnen den Sheriff auf den Hals hetzte, damit sie auszogen. Er erinnerte sich, wie Mama bäuchlings hinter dem Ofen lag und irgend etwas am Gashahn losschraubte, während Delmar daneben stand und ihr die Werkzeuge reichte. »Du darfst nicht zulassen, daß die Scheißkerle dir aufs Dach steigen«, sagte sie dabei. »Hörst du, Delmar? Wenn du die Rechnung nicht begleichst, quälen sie dich nur noch mehr. Sie spucken auf dich, solange du lebst, wenn du ihnen nicht klar machst, daß du ihnen das nicht durchgehen läßt.«

Und sie hätten damals fast auf sie gespuckt, wenn Mama nicht so clever gewesen wäre. Ein paar von den Nachbarn hatten Delmar in der Nacht da unten gesehen, unmittelbar vor der Explosion und dem großen Feuer. Und sie hatten ihn verpfiffen, und die Polizei kam in das Zelt der Heilsarmee, wo Mama sie untergebracht hatte, und sie nahmen Delmar mit. Und dann waren er und Mama runter ins Büro des Sheriffs gegangen und er hatte ihnen gesagt, daß er und nicht Delmar derjenige gewesen sei, den die Nachbarn gesehen hatten. Und es kam alles genau so, wie Mama es vorhergesagt hatte. Sie mußten nachsichtig mit ihm verfahren, denn er war erst dreizehn, und außerdem war es seine erste Straftat, und sie mußten die Sache vor dem Jugendgericht verhandeln. Delmar dagegen, der älter war und bereits Ladendiebstahl und Autodiebstahl und Raubüberfall auf dem Kerbholz hatte, würden sie nach dem Erwachsenenstrafrecht verurteilen. Fleck hatte nur sechzig Tage Jugendstrafe bekommen und dazu ein Jahr Bewährungsfrist. Mama war immer gut darin gewesen, die Dinge in den Griff zu kriegen. Aber jetzt war sie einfach zu alt und nicht mehr ganz bei Verstand.

Fleck wurde von einer Frau aus seinen Gedanken gerissen, die gerade auf ihn zugelaufen kam. Sie trug einen Regenmantel, etwas Glänzendes und Wasserfestes auf dem Kopf und hatte eine Plastiktüte in der Hand. Ohne einen Blick ging sie an Flecks Lincoln vorbei. Während er sie im Rückspiegel verfolgte, tauchte eine andere Gestalt an der Ecke vor ihm auf. Ein Mann mit einem dunkelblauen Regenmantel und einem dunkelgrauen Hut. Er trug einen Schirm, und als er an der Bordsteinkante stehenblieb, um nach dem Verkehr zu schauen, machte er den Schirm auf.

Es hatte angefangen zu regnen. Die Tropfen äderten die Autofenster und trommelten gegen die Windschutzscheibe. Fleck blickte auf seine Uhr. Siebzehn Minuten vor zwei. Wenn das sein Mann war, war er früh dran. Er überquerte die Straße, hielt den Schirm schräg gegen den Regen und eilte über den Bürgersteig auf die Telefonzelle zu. Er ging an ihr vorbei.

Fleck rutschte so tief auf dem Sitz herunter, daß er weder sehen noch gesehen werden konnte. Er wartete. Dann zog er sich wieder hoch. Er benutzte den elektrischen Schalter, um den Seitenspiegel einzustellen, und entdeckte den Mann gerade, als er hinter dem Auto um die Ecke bog. Wahrscheinlich jemand, der mit der Sache nichts zu tun hatte, dachte Fleck. Er entspannte sich ein wenig. Wieder blickte er auf seine Uhr. Er wartete.

Was Mama Delmar und ihm immer beigebracht hatte, war drüben im Staatsgefängnis von Joliet seine Rettung gewesen, das war klar. Es war schwer gewesen, es zu schaffen. Alles ist schwer, wenn man klein ist und noch dazu jung. Er dachte, sie würden ihn umbringen, wenn er es versuchte. Aber es war seine Rettung gewesen. Er hätte diese Jahre nicht überlebt, wenn er ihnen erlaubt hätte, auf ihn zu spucken. Er wäre daran gestorben. Oder schlimmer als das, er wäre sich vorgekommen wie eins von diesen kleinen Schoßhündchen, die sie in ihre Baby Dolls steckten. Drei von ihnen waren hinter ihm her gewesen. Cassidy, Neal und Dalkin, so hießen sie. Cassidy war der größte gewesen und derjenige, vor dem Fleck am meisten Angst hatte und den er als ersten töten zu müssen glaubte. Im nachhinein aber, als er wußte, was er inzwischen wußte, schien Dalkin der wirklich gefährliche gewesen zu sein. Denn Dalkin war gescheit. Cassidy hatte sich als erster an ihn rangemacht, und als er ihm entwischt war, hatten sie ihn zu dritt in eine Ecke in der Wäscherei getrieben. Das würde er nie vergessen. Eigentlich hatte er es auch noch nie versucht, denn das war der schwarze, grausame, granitharte Untergrund seines Lebens, und daran mußte er immer nur denken, wenn die Dinge schwierig wurden, so wie heute. Sie hatten ihn niedergezwungen und vergewaltigt, Cassidy als erster. Und als sie alle mit ihm fertig waren, hatte er eine Zeitlang einfach so dagelegen. Er erinnerte sich noch mit deutlicher Schärfe, was er damals gedacht hatte. Er hatte gedacht: Will ich jetzt noch am Leben bleiben? Und er wollte es ganz und gar nicht. Aber er erinnerte sich, was Mama ihm beigebracht hatte. Und er dachte, erst werde ich abrechnen. Das werde ich noch erledigen, bevor ich sterbe. Und er war aufgestanden und hatte ihnen allen dreien gesagt, sie wären tote Männer. Drei oder vier Mithäftlinge waren in der Wäscherei dabeigewesen. Er hatte sie gar nicht bemerkt. Er hätte damals überhaupt niemanden bemerkt, aber durch sie drangen seine Worte hinaus auf den Hof. Cassidy hatte ihn später geschlagen, und auch Dalkin hatte ihn geschlagen. Aber die offene Rechnung hielt ihn am Leben.

Es regnete jetzt stärker. Fleck drehte die Zündung herum und schaltete die Scheibenwischer ein. Während er das tat, bog wieder der Mann mit dem Regenschirm um die Ecke. Er war einmal um den Block herumgegangen und lief nun wieder auf dem gegenüberliegenden Bürgersteig auf die Telefonzelle zu. Fleck stellte die Scheibenwischer ab und blickte auf seine Uhr. Fünf vor zwei. The Client war pünktlich. Er sah, wie er in die Zelle ging, den Schirm zumachte und dann die Tür. Cassidy war auch pünktlich gewesen. Fleck hatte ihm einen Kassiber zugeschleust. Geschrieben auf Toilettenpapier. »Ich habe etwas extra für dich, fünf Minuten nach Beginn der Arbeitspause. Hinter der Wäscherei.«

Er spekulierte darauf, daß Cassidy nur an Sex denken würde. Und er spekulierte darauf, daß ein Stier von zweihundertundachtzig Pfund, der liegend fast vierhundert Pfund stemmen konnte, nicht wegen einem Leichtgewicht von einhundertzwanzig Pfund nervös würde, wegen einem Jungen, den sie im Hof den roten Gartenzwerg nannten. Natürlich war Cassidy nicht nervös. Mit einem Grinsen kam er um die Ecke. Er war aus dem Sonnenschein in den Schatten getreten, zwinkerte mit den Augen und langte nach Fleck, als er sah, wie Fleck ihn anlächelte, und lief direkt in das Messer.

Fleck wählte alle Zahlen bis auf die letzte der 266er Nummer und schaute auf seine Uhr. Fast noch eine Minute zu früh. Fleck konnte sich noch an das Gefühl erinnern. Wie er die schmale Klinge ganz flach hielt, genauso wie er es geübt hatte, spürte, wie sie zwischen die Rippen glitt, er mit dem Griff hin und her und her und hin zuckte, während sie eindrang, um sicher zu gehen, daß sie die Arterie und die Herzwand durchschnitt. Er hatte nicht wirklich erwartet, daß es funktionieren würde. Er hatte erwartet, daß Cassidy ihn umbringen oder die ganze

Sache für ihn vor Gericht enden würde, angeklagt wegen vorsätzlichen Mordes und verurteilt zu nicht weniger als lebenslanger Haft, wahrscheinlich aber zum Tod durch die Gaskammer. Doch es gab keine andere Wahl. Und Eddy hatte ihm gesagt, es würde so sein, als würde Cassidy von einem Blitz getroffen, wenn er es nur richtig machte.

»Wenn du es richtig machst, gibt er keinen Mucks von sich«, hatte Eddy gemeint. »Das erledigt der Schock ganz allein.«

Jetzt war es Zeit. Fleck gab die letzte Zahl ein und hörte, wie es anfing zu klingeln und sich dann The Client meldete.

Fleck brachte ihn auf den neuesten Stand und berichtete ihm, wie er Highhawk überwacht hatte, wie die Anwältin bei ihm mit dem Cowboy aufgekreuzt und Santero vorgefahren und hineingegangen war, bevor eine Minute später die Frau und der Cowboy wieder herauskamen. Er erzählte ihm auch, daß der Cowboy direkt auf ihn zugekommen war und an seine Fensterscheibe geklopft hatte. »Ich bin um den Block herumgefahren und ihnen zurück bis zur Metro-Station Eastern Market gefolgt, dann habe ich sie laufenlassen. Ich bin nur einer allein. Jetzt will ich wissen, wer der Cowboy ist. Er ist groß. Schlank. Dunkel. Sieht in meinen Augen aus wie ein Indianer. Schmales Gesicht. Lederjacke, Stiefel, Cowboyhut, das ganze Zeug. Wer zum Teufel ist das? Irgendwas an ihm riecht mir nach Bulle.«

»Was hat er gesagt?«

»Er sagte, die Frau glaubt, ich würde sie verfolgen. Ich hab ihm gesagt, er wär verrückt. Hab ihm gesagt, er soll sich verpissen.«

»Amateur!« Die Stimme von The Client klang voller Verachtung. Fleck brauchte eine Weile, um zu begreifen, daß er ihn meinte.

Fleck ließ nicht locker. »Wissen Sie etwas über diesen Cowboy? Haben Sie eine Ahnung, wer er ist?«

»Das weiß der liebe Gott«, sagte The Client. »Das ist das Ergebnis, daß Sie sich Santero durch die Lappen gehen ließen. Wir wissen nicht, wohin er gegangen ist oder mit wem er gesprochen hat, und wir wissen auch nicht, was er getan hat. Ich habe Sie davor gewarnt.«

»Und ich habe Ihnen gesagt«, meinte Fleck, »daß ich einer gegen sieben bin, das Weibsstück gar nicht mitgezählt. Ich kann sie nicht alle auf einmal beobachten.«

»Sieben?« fragte The Client. »War das ein Versprecher? Sie haben uns gesagt, Sie hätten einen subtrahiert. Den alten Mann. Sie erwarten von uns, daß wir Sie dafür bezahlen.«

»Sechs ist richtig«, sagte Fleck. »Old Man Santillanes ist definitiv von der Liste gestrichen. Haben Sie die zehntausend abgeschickt?«

»Wir warten, bis der Monat rum ist. Im Moment frage ich mich, ob wir nicht auch ein paar Beweise mehr verlangen sollten.«

»Ich habe Ihnen die verdammte Brieftasche geschickt. Und die falschen Zähne.« Fleck machte einen Seufzer. »Sie wollen mich nur hinhalten«, sagte er. »Das sehe ich schon. Ich will das Geld morgen abend.«

Am anderen Ende der Leitung entstand ein Schweigen. Fleck stellte fest, daß der Regen aufgehört hatte. Mit seiner freien Hand drehte er die Scheibe neben sich herunter. Dann nahm er die Kamera und kontrollierte die Einstellung.

»Die Vereinbarung war: kein öffentliches Aufsehen, keine Identifizierung mindestens einen Monat lang. Dann bekommen Sie das Geld. Nach einem Monat. Jetzt will ich, daß Sie sich Gedanken über Santero machen. Ich glaube, er sollte langsam gehen. Dieselben Bedingungen. Aber merken Sie sich: es darf nicht im Distrikt passieren. Das können wir nicht riskieren. Es sollte weit außerhalb sein. Weit fort von hier. Und keine Möglichkeit zur Identifizierung. Absolut keine Möglichkeit zur Identifizierung.«

»Ich brauche die zehntausend jetzt«, sagte Fleck. Nie die Beherrschung verlieren, hatte Mama gesagt. Sich nie etwas anmerken lassen. Bei allem, was wir tun und lassen, hatte Mama Delmar und ihm immer wieder eingeflößt, erwarten sie nie etwas anderes von uns, als daß wir auf dem Bauch über den Boden kriechen und nur darauf warten, wieder getreten zu werden.

»Nein«, sagte The Client. Damit hing er ein.

Fleck legte den Hörer auf die Gabel und hob die Kamera hoch. Sie klapperte gegen die Tür und machte ihm dadurch bewußt, daß er vor Wut bebte. Er holte tief Atem und hielt ihn an. Durch den Sucher sah er, wie The Client mit geschlossenem Schirm aus der Telefonzelle trat. Er stand da, streckte die Hand aus und schaute sich um, damit er sich überzeugen konnte, daß der Regen aufgehört hatte. Fleck hatte vier Aufnahmen gemacht, bevor sich The Client über den Bürgersteig von ihm fortbewegte.

Fleck wartete ab, bis The Client sicher um die Ecke gebogen war, bevor er den Wagen verließ, um ihm zu folgen. Er blieb einen Straßenzug hinter ihm, während sie die Achtzehnte Straße entlanggingen und dann Richtung Osten die Siebzehnte weiterliefen. Dort bog The Client abermals ab. Er passierte die Reihe der zweitrangigen Botschaften und verschwand dann in einer Einfahrt.

Fleck warf nur einen flüchtigen Blick zur Seite, als er vorbeiging. Gerade genug, um zu erfahren, für wen er eigentlich arbeitete.

13

Da Joe Leaphorn und Dockery etwas zu früh angekommen waren, der Amtrak-Zug aber etwas Verspätung hatte, konnte Leaphorn eine Menge von Dockerys Fragen beantworten. Er hatte schon angenommen, daß Dockery gern an seinem freien Tag mit zur Union Station kommen würde, denn Dockery interessierte sich für Mordsachen. Und zweifellos interessierte Dockery sich für diesen ganz bestimmten Fall. Außerdem interessierte er sich dafür, was Perez in dem Einbettabteil seines unseligen Fahrgastes gesehen haben mochte. Aber noch mehr schien Dockery sich für Indianer zu interessieren.

»Das ist so 'ne Art Faszination bei mir, seit ich ein Junge war«, fing Dockery an. »Ich glaube, das liegt an den ganzen Cowboy- und Indianerfilmen. Ich habe mich schon immer für Indianer interessiert. Aber ich habe nie welche kennengelernt. Hatte nie die Gelegenheit.« Und Leaphorn, der nicht recht wußte, was er darauf erwidern sollte, sagte: »Ich habe dafür noch nie irgendwelche Eisenbahner gekannt.«

»Am Fernsehen läuft doch diese Werbung. Da zeigen sie einen Indianer, wie er sich den ganzen Müll anschaut, der in der Gegend herumliegt. Dabei läuft ihm eine Träne die Backe runter. Haben Sie die gesehen?«

Leaphorn nickte. Er hatte sie gesehen.

»Haben Indianer es eigentlich wirklich so mit dieser Mutter- Erde-Verehrung?«

Leaphorn dachte darüber nach. »Das kommt auf den Indianer an. Der katholische Bischof von Gallup zum Beispiel, der ist auch ein Indianer.«

»Aber im allgemeinen«, sagte Dockery. »Sie wissen schon, was ich meine.«

»Es gibt alle möglichen Arten von Indianern«, sagte Leaphorn. »An welche Religion glauben Sie?«

»Nun ja«, meinte Dockery und ließ sich die Frage durch den Kopf gehen. »Ich laufe nicht viel in die Kirche. Wahrscheinlich würden Sie sagen, ich bin ein Christ. Methodist vielleicht.«

»Dann ist Ihr Glaube mit dem mancher Indianer enger verwandt als meiner«, sagte Leaphorn.

Dockery zog ein skeptisches Gesicht.

»Nehmen Sie zum Beispiel die Zuñis oder Hopis oder die Taos-Indianer«, sagte Leaphorn, und während er das sagte, dachte er, daß diese Art von Gesprächen ihm immer das Gefühl einflößte, ein vollkommener Heuchler zu sein. Seine eigene Religion hatte sich von dem Navajo-Weg fortentwickelt zu einem Glauben an eine Art universaler Harmonie von Ursache und Wirkung, die Gott begründet hatte, als er alles in Gang setzte. Innerhalb dieser Vorstellung war die menschliche Intelligenz auf irgendeine verschlungene Weise mit Gott verknüpft. Hielt man sich an den Buchstaben, so hatte er keinen starken Glauben. Dokkery allem Anschein nach ebensowenig, was das anging. Ein Themenwechsel war fällig. Leaphorn zog sein Notizheft hervor, schlug es auf und blätterte bis zu der Seite, auf der er die Liste von dem gefalteten Blatt Papier abgeschrieben hatte. Er fragte Dockery, ob er bemerkt habe, daß die Handschrift auf dem Blatt sich unterschied von der feinen Schrift in dem Notizheft des Fahrgastes.

»So genau habe ich mir das nicht angeguckt«, sagte Dockery.

Das hatte Leaphorn so ziemlich erwartet. Immerhin, das war besser, als über Religion zu reden. Er schlug eine andere Seite auf und kam zu der Stelle, wo er den Eintrag »AURANOFIN W1128023« aus dem Notizheft des Fahrgastes abgeschrieben hatte. Das hatte ihn stutzig gemacht. Der Mann sprach offensichtlich Spanisch, aber das schien kein spanisches Wort zu sein. *Aura* bedeutete etwas mehr oder weniger Unsichtbares, das etwas anderes umgab. Wie ein Dunstschleier. *No fin* bedeutete im Spanischen, sofern ein solcher Satz darin vorkam, ungefähr soviel wie »ohne Ende«. Das gab keinen Sinn. Die Zahlenfolge sah aus wie eine Lizenz- oder Codenummer. Vielleicht würde ihn das auf eine nützliche Spur führen.

Er zeigte sie Dockery. »Können Sie sich vielleicht einen Reim darauf machen?«

Dockery schaute sie an. Dann schüttelte er seinen Kopf. »Sieht aus wie die Nummer auf einer Versicherungspolice oder so was. Was bedeutet das Wort?«

»Keine Ahnung«, sagte Leaphorn.

»Hört sich an wie ein Medikament, das meine Frau immer nahm. Meine frühere Frau vielmehr. Höllisch teuer. Ich glaube, es kostete um die neunzig Cent pro Kapsel.«

Das Geräusch des einfahrenden Zugs drang durch die Wand. Leaphorn dachte daran, daß er in wenigen Minuten mit einem Schaffner namens Perez sprechen würde und daß es verdammt wenig Grund gab zu glauben, Perez könne ihm etwas Hilfreiches sagen. Das war die endgültige Sackgasse. Danach würde er zurück nach Farmington fahren und den Mann vergessen, der seine abgetragenen alten Schuhe immer so ordentlich geputzt hatte.

Oder versuchen, ihn zu vergessen. Leaphorn kannte

sich gut genug, um seine Schwäche in dieser Hinsicht einzusehen. Er hatte sich immer schwer damit getan, unbeantwortete Fragen fallenzulassen. Und es war auch mit zunehmendem Alter nicht besser geworden, das in seinem Fall keinen Zuwachs an Weisheit gebracht hatte. Alles, was er aus Dockery herausgeholt hatte, waren nur zusätzliche Beweise dafür, wie sorgfältig der Mörder von Pointed Shoes vorgegangen war. Der Katalog auf dem gefalteten Blatt Papier war offensichtlich als Checkliste gedacht, Dinge, die bedacht werden mußten, um jeden Hinweis auf eine mögliche Identität zu verwischen. Die Prothese war fort. Ebenso die Brille samt Schachtel, die vielleicht einen Namen und eine Adresse enthalten hatte, und Arzneifläschchen, die ganz bestimmt mit einem Namen versehen gewesen wären. Arzneifläschchen waren ausdrücklich auf der Checkliste erwähnt. Und nach dem Autopsiebericht zu schließen, mußte der Mann Medikamente genommen haben. Aber kein Arzneifläschchen war in dem Gepäck. Er brauchte keine weiteren Beweise für die Cleverness des Mörders. Was er brauchte, war ein Schlüssel zur Identität des Opfers. Er würde mit Perez reden, aber er würde es mehr aus Höflichkeit als aus Hoffnung tun – schließlich hatte er die Zeit von allen möglichen Leuten in Anspruch genommen, um das Treffen zu arrangieren.

Perez glaubte nicht, daß er viel helfen konnte.

»Ich habe ihn nur einmal zu Gesicht bekommen«, sagte der Zugbegleiter, nachdem Dockery sie einander vorgestellt und sie dann zurück in einen kalten, fast unmöblierten Raum geführt hatte, wo das Gepäck des Fahrgastes auf einem langen Holztisch lag. »Ich habe gemerkt, daß der Fahrgast sich nicht so wohl gefühlt hat. Also bin ich an seinem Abteil vorbeigegangen, um zu sehen, ob er Hilfe brauchte. Ich hörte, wie sich jemand drinnen bewegte, aber als ich an der Tür klopfte, hat keiner geantwortet. Das kam mir dann doch komisch vor.«

Perez schob seine Dienstmütze in den Nacken und schaute die beiden an, um zu sehen, ob er das näher erklären müsse. Allem Anschein nach nicht.

»Also machte ich auf. Und da steht dieser Mann drinnen und beugt sich gerade über einen Koffer. Ich sage ihm, ich bin reingekommen, um zu sehen, ob mein Fahrgast Hilfe braucht, und er sagt irgendwas Verneinendes. Er würde sich schon darum kümmern oder so was in der Art. Ich erinnere mich, daß er irgendwie feindselig guckte.«

Perez unterbrach sich und schaute sie an. »Wenn ich jetzt so darüber nachdenke, scheint mir, ich habe da mit dem Burschen geredet, der schon meinen Fahrgast erstochen hatte. Und worüber er in dem Augenblick wahrscheinlich nachdachte, war, ob er dasselbe nicht auch mit mir tun sollte.«

»Was hast du dann gemacht?« fragte Dockery.

»Nichts. Ich hab gesagt, okay. Oder sagen Sie mir Bescheid, wenn er Hilfe braucht, oder so was. Und dann bin ich rausgegangen.« Perez sah ein wenig verärgert aus. »Was hätte ich denn tun sollen? Ich hatte doch keine Ahnung, daß etwas nicht stimmte. Soweit ich damals wußte, war dieser Bursche ja einfach nur ein Freund.«

»Wie sah er aus?« fragte Leaphorn. Er wußte jetzt wieder, warum der in das Notizheft gekritzelte Name Henry Highhawk eine Erinnerung in ihm wachgerufen hatte. Es war der Name des Mannes, der Agnes Tsosie geschrieben hatte und zu dem Yeibichai kommen wollte. Der Mann, der ihr sein Foto geschickt hatte. Er hatte das merkwürdige Gefühl von Erleichterung, mit dem er schon rechnen konnte, wenn Dinge, die scheinbar nichts miteinander zu tun hatten und ihm Kopfzerbrechen bereiteten, plötzlich

Klick machten. Perez würde einen blonden Mann mit geflochtenem Haar und einem schmalen, ernsten Gesicht beschreiben – das Bild, das Agnes Tsosie ihm gezeigt hatte. Dann hätte er einen Ausweg aus dieser Sackgasse.

»Ich hab ihn nur kurz zu Gesicht bekommen«, sagte Perez. »Ich würde sagen, ein eher kleiner Typ. Ich glaube, er hatte ein Anzugjackett an, oder vielleicht auch ein Sportjackett. Und er hatte kurzes Haar. Rotes Haar. Lokkig und dicht am Kopf. Und ein sommersprossiges Gesicht, wie viele Rothaarige es haben. Ein irgendwie rundes Gesicht, glaube ich. Aber dick war er nicht. Ich würde sagen, eher untersetzt. Stämmig. Sah aus, als hätte er jede Menge Muskeln. Aber klein. Vielleicht hundertdreißig Pfund, oder weniger.«

Das gute Gefühl verließ Leaphorn wieder.

»Irgendwelche andere Einzelheiten? Hatte er Narben? Hinkte er? Etwas in der Art? Etwas, das helfen könnte, ihn zu identifizieren?«

»Ich hab ihn nur kurz zu Gesicht bekommen«, sagte Perez. Er zog eine saure Miene. »Nur einen Augenblick.«

»Wann haben Sie das Abteil wieder kontrolliert?«

»Als ich den Fahrgast in Gallup nicht aussteigen sah. Ich hielt sozusagen nach ihm Ausschau, wissen Sie, weil Gallup nämlich sein Zielort war. Aber ich konnte ihn nicht entdecken. Also dachte ich, gut, dann ist er bei einer anderen Tür ausgestiegen. Aber die Sache war schon komisch. Als wir dann zur Abfahrt weiter in Richtung Westen fertig waren, habe ich also nachgeschaut.« Er zuckte die Schultern. »Das Abteil war leer. Niemand da. Nur das Gepäck. Also habe ich nach ihm gesucht. Im Panoramawagen nachgesehen und in der Bar. Ich habe alle Wagen einmal rauf und einmal runter abgeklappert. Und dann bin ich zurückgegangen und habe wieder in dem Abteil nachgeguckt. Das kam mir seltsam vor. Aber ich dachte, vielleicht fühlte er sich plötzlich schlecht und er ist einfach auf und davon und hat alles zurückgelassen.«

»Alles war ausgepackt.«

»Ja, ausgepackt«, pflichtete Perez ihm bei. »Das ganze Zeug verstreut.« Er zeigte auf die Taschen. »Ich nahm es und tat es in die Taschen und machte sie zu.«

»Alles?«

Perez blickte überrascht auf, dann schien er beleidigt. »Natürlich alles. Was glauben Sie denn?«

»Zeitungen, Zeitschriften, leere Bonbonpapierchen, Pappbecher, alles?« fragte Leaphorn.

»Nun, ja«, meinte Perez. »Nicht gerade den Abfall.«

»Irgendeine Zeitschrift, die es vielleicht wert war, aufgehoben zu werden?« Leaphorn gab sich viel Mühe bei der Formulierung der Frage. Perez reagierte offenbar empfindlich, wenn der Verdacht aufkam, er könne etwas aus dem Abteil des Fahrgastes mitgenommen haben. »Vielleicht eine Zeitschrift, in der etwas Interessantes stand und die deshalb nicht weggeworfen werden sollte. Wenn er sie abbonniert hätte, würde ein Adreßaufkleber darauf sein.«

»Oh«, sagte Perez, der jetzt verstand. »Nein. Da war nichts in der Art. Ich erinnere mich, daß ich ein paar Zeitungen in den Müllcontainer geworfen habe. Den Abfall habe ich für die Putzfrauen gelassen.«

»Haben Sie eine leere Arzneiflasche zurückgelassen, eine Schachtel, ein Röhrchen oder etwas ähnliches?«

Perez schüttelte den Kopf. »Daran würde ich mich erinnern«, sagte er. Wieder schüttelte er den Kopf. »So, wie ich mich an den rothaarigen Burschen erinnere. Wie er da steht und mich anschaut und dabei erst ein paar Minuten vorher meinen Fahrgast umgebracht hat.«

Im Taxi, das ihn nach Hause bringen sollte, ging

Leaphorn alles noch einmal durch. Er listete die Fakten auf, brachte sie unter Kategorien, versuchte, das wenige, was er wußte, so übersichtlich wie möglich zu ordnen. Die Endabrechnung. Denn hier war er ans Ende angelangt. Keine Auswege mehr. Nicht einer. Pointed Shoes würde in seinem anonymen Grab liegen, für immer all denen entschwunden, die sich um ihn sorgten. Wenn es solche Menschen gab, würden sie die Frage, wie er verschwunden war, mit in ihr eigenes Grab nehmen. Und die Frage, warum er verschwunden war. Was jedoch Lieutenant Joe Leaphorn von der Navajo Tribal Police anging, der sowieso weder an der einen noch an der anderen Frage ein legitimes Interesse hatte, so würde er vom Hotel aus seinen Rückflug reservieren lassen. Er würde den Anruf von Rodney erwidern, der ihn verpaßt hatte, als er Leaphorns Anruf erwidern wollte, und Rodney heute abend zum Essen einladen, wenn das möglich war. Dann würde er packen. Morgen würde er am Flughafen ankommen, nach Albuquerque fliegen und die lange Rückfahrt bis Window Rock hinter sich bringen. Dort würde es keine Emma geben, die auf ihn wartete. Keine Emma, der er von seinem Fehlschlag berichten konnte. Und die ihm verzieh.

Das Taxi hielt vor einer Ampel. Der Regen hatte inzwischen aufgehört. Leaphorn zog sein Notizheft aus der Tasche und blätterte darin herum, bis seine Augen wieder bei dem Eintrag »AURANOFIN« und der anschließenden Zahlenfolge hängenblieben. Er blickte auf die Lizenz der Taxifahrerin, die an der Rückseite des Vordersitzes befestigt war. Susy Mackinnon.

»Miss Mackinnon«, sagte er. »Wissen Sie, wo es hier eine Apotheke gibt?«

»Apotheke? Ich glaube, es gibt eine im Einkaufszentrum weiter oben in der nächsten Straße. Fühlen Sie sich in Ordnung?«

»Ich fühle Hoffnung«, sagte Leaphorn. »Mit einem Mal.«

Sie blickte zu ihm zurück. Auf ihrem Gesicht lag der Ausdruck einer Frau, die es sich längst abgewöhnt hatte, sich über exzentrische Fahrgäste zu wundern. »Ich finde, das ist besser als Verzweiflung«, sagte sie.

Die Apotheke in der nächsten Straße war eine Merit Drug Filiale. Der Apotheker war ein älterer, grauhaariger und gutmütiger Mann. »Ganz richtig, das sieht wie eine Rezeptnummer aus«, meinte er. »Aber keine von uns.«

»Gibt es eine Möglichkeit, daraus zu erkennen, wessen Rezept das ist? Name, Adresse und so weiter?«

»Sicher. Wenn Sie mir sagen, wo es ausgegeben worden ist. Wenn es bei uns war, sehen Sie – in irgendeiner Merit Drug Apotheke, egal wo –, dann würden wir sie im Computer haben. Und auf diese Weise finden.«

Leaphorn steckte sein Notizheft zurück in seine Jackentasche. Er machte ein langes Gesicht. »Dann«, sagte er, »kann ich also anfangen, alle Apotheken von Washington D. C. abzuklappern.«

»Vielleicht auch die Vororte. Wissen Sie, ob es in der Stadt ausgegeben wurde?«

»Keine blasse Ahnung«, sagte Leaphorn. »War nur so eine Idee. Scheinbar eine schlechte.«

»Wenn ich Sie wäre, würde ich bei Walgreen's anfangen. Vor der Kennziffer stand ein *W*, und das sieht nach ihrem Code aus.«

»Wissen Sie, wo die nächste Walgreen's Filiale sein könnte?«

»Nein. Aber den Saftladen finden wir schon«, sagte der Apotheker und griff nach dem Telefonbuch. Es stellte sich heraus, daß es nur elf Straßen weiter eine gab.

Der Apotheker bei Walgreen's war ein junger Mann. Er fand Leaphorns Frage seltsam und meinte deshalb, daß er auf seine Chefin warten müsse, die gerade mit einem anderen Kunden beschäftigt war. Leaphorn wartete und war sich dabei nur zu bewußt, daß sein Taxi auch wartete, während der Taxameter lief und lief. Die Chefin war eine Farbige mittleren Alters, die erst Leaphorns Ausweis von der Navajo Tribal Police inspizierte und dann die Kennziffer, die er in sein Notizheft eingetragen hatte.

Sie drückte auf die Tastatur ihres Computers und schaute dabei Leaphorn über den Rand ihrer Brille an.

»Nur um zu versuchen, den Kunden zu identifizieren? Ist das richtig? Keine Ersatzpackung oder sonst was?«

»Richtig«, sagte Leaphorn. »Ein anderer Apotheker meinte, das könnte eine Nummer von Ihnen sein.«

»Sieht ganz so aus«, sagte die Frau. Sie prüfte, was immer auf dem Bildschirm erschienen war. Dann schüttelte sie den Kopf. Drückte wieder auf die Tastatur.

Leaphorn wartete. Die Frau wartete. Sie kräuselte ihre Lippen. Drückte eine Taste.

»Elogio Santillanes«, sagte sie dann. »Spricht man das so aus? Elogio Santillanes.« Sie nannte eine Wohnungsdresse und eine Telefonnummer, dann blickte sie wieder auf den Computerbildschirm. »Apartment Nr. 3«, fügte sie hinzu. Sie schrieb alles auf ein Blatt Papier und reichte es Leaphorn. »Nichts zu danken«, sagte sie.

Zurück im Taxi las Leaphorn Miss Susy Mackinnon die Adresse vor.

»Nicht mehr zum Hotel?« fragte sie.

»Erst zu dieser Adresse«, sagte Leaphorn. »Dann zum Hotel.«

»Ihre Laune ist sichtlich gestiegen«, meinte Miss Makkinnon. »Haben sie Ihnen bei Walgreen's was verkauft, was Sie in der anderen Apotheke nicht kriegen konnten?«

»Die Lösung meines Problems«, sagte Leaphorn. »Und dazu absolut gratis.«

»Den Laden muß ich mir merken«, sagte Miss Makkinnon.

Der Regen hatte wieder eingesetzt, ein feiner gleichmäßiger Nieselregen, und sie hatte die Scheibenwischer auf Intervall eingeschaltet. Die Blätter flitzten über die Scheiben und klackten aus dem Blickfeld, um für einen kurzen Moment klare Sicht zu schaffen. »Wissen Sie«, sagte sie, »Sie werden eine fürchterliche Rechnung kriegen. Die Wartezeit und jetzt diese Fahrt. Ich hoffe, Sie haben so fünfunddreißig oder vierzig Dollar in der Tasche, wenn wir schließlich dort ankommen, wo Sie hinwollen. Ich möchte Sie nicht total ausnehmen. Ich würde Ihnen gern noch so viel übriglassen, daß es für ein ordentliches Trinkgeld langt.«

»Hm«, machte Leaphorn, ohne die Frage richtig gehört zu haben. Er versuchte, sich vorzustellen, was er in Apartment Nr. 3 vorfinden würde. Eine Frau. Davon war er fest überzeugt. Und was würde er ihr sagen? Wieviel würde er ihr berichten? Alles, dachte er, außer den schauerlichen Details. Leaphorn war die gute Stimmung vergangen bei dem Gedanken daran, was vor ihm lag. Aber letzten Endes würde es besser für sie sein, alles zu wissen. Er erinnerte sich an die endlosen Wochen, die zu Emmas Tod führten. Die Ungewißheit. Die Anflüge von Hoffnung, die zerstört wurden von der Realität, und auf die nur Verzweiflung folgte. Nun würde er die Hoffnung dieser Frau zerstören. Aber dann konnte sich die Wunde endlich schließen. Und heilen.

Miss Mackinnon schien zu spüren, daß er sich nicht weiter unterhalten wollte. Schweigend fuhr sie dahin. Trotz des Regens drehte Leaphorn das Fenster ein paar Zentimeter herunter, um den Spätherbstgeruch der Stadt hereinzulassen. Was würde er als nächstes tun, wenn er das gräßliche Gespräch hinter sich hatte? Er würde das

FBI benachrichtigen. Lieber wollte er Kennedy in Gallup anrufen, dachte er, damit er die Aktion in Gang brächte. Dann würde er das Sheriff-Büro von McKinley County anrufen und ihnen die Identität durchgeben. Nicht, daß der Sheriff mit dieser Information soviel anfangen könnte, doch war es ein Gebot kollegialer Höflichkeit. Und dann würde er endlich Rodney anrufen. Es würde guttun, heute abend Gesellschaft zu haben.

»Da wären wir«, sagte Miss Mackinnon. Sie verlangsamte die Fahrt des Taxis, um einer alten Chevy Limousine auszuweichen, die gerade rückwärts in eine Parklücke stieß. Dann hielt das Taxi vor einem zweigeschossigen Backsteingebäude mit Verandavorbauten, das U-förmig um einen angelegten Innenhof errichtet war. »Wollen Sie, daß ich warte? Es ist teuer.«

»Bitte warten Sie«, sagte Leaphorn. Wenn er der Frau die Nachricht schonend beigebracht hatte, wollte er nicht hier herumstehen.

Er ging den Fußweg entlang und folgte dem Mann, der aus dem Chevy ausgestiegen war. Apartment Nr. 1 schien leerzustehen. Der Fahrer des Chevy schloß die Tür von Apartment Nr. 2 auf und verschwand in der Wohnung, nachdem er Leaphorn einen Blick über die Schulter zugeworfen hatte. Als er vor Apartment Nr. 3 stand, schaute Leaphorn auf den Klingelknopf. Was würde er sagen? Ich suche die Witwe von Elogio Santillanes. Ich suche einen Angehörigen von Elogio Santillanes. Ist das die Wohnung von Elogio Santillanes?

Aus dem Innern der Wohnung hörte Leaphorn das leise Geräusch von Stimmen. Erst die Stimme eines Mannes, dann die einer Frau. Dann hörte er das Geräusch von Musik. Er drückte auf den Klingenknopf.

Jetzt hörte er nur noch Musik. Plötzlich brach sie ab. Leaphorn nahm seinen Hut vom Kopf. Den Blick auf die

Tür gerichtet, verlagerte er das Gewicht auf das andere Bein. Von der Verandatraufe hinter ihm drang das Geräusch tropfenden Wassers. Auf der Straße vor dem Apartment fuhr ein Auto vorbei. Leaphorn wechselte wieder das Bein. Er drückte noch einmal auf den Knopf und hörte, wie das Klingeln drinnen die Stille durchschnitt. Er wartete.

Hinter ihm hörte er, wie die Tür von Apartment Nr. 2 aufging. Der Mann, der den Chevy geparkt hatte, stand in der Türöffnung und lugte zu ihm herüber. Der Mann war klein, und da in dem trüben Licht dieses Regennachmittags seine Gestalt von Lampen aus der Wohnung in seinem Rücken angestrahlt wurde, war er nur als ein Umriß zu erkennen.

Leaphorn drückte wieder auf den Klingelknopf und hörte, wie es schellte. Er griff in seine Jacke und holte die Mappe mit seinem Polizeiausweis heraus. Er spürte, daß der Mann hinter ihm ihn immer noch beobachtete. Dann hörte er das Geräusch von einem Schloß, das geöffnet wurde. Die Tür ging einen Spalt weit auf. Eine Frau schaute ihn an, eine dünne Frau mittleren Alters, ein schmales Gesicht mit Brille und schwarzen, streng zurückgekämmten Haaren.

»Ja«, sagte sie.

»Mein Name ist Leaphorn«, sagte er. Er zeigte die Mappe vor und ließ sie aufklappen, damit sein Dienstausweis sichtbar wurde. »Ich suche die Wohnung von Elogio Santillanes.«

Die Frau schloß ihre Augen. Ihr Kopf knickte ein wenig nach vorne. Ihre Schultern sanken ein. Aus dem Teil des Raumes hinter ihr, der sich Leaphorns Sicht entzog, konnte man hören, wie jemand tief Luft holte.

»Wohnen Angehörige von Mr. Santillanes hier?« fragte Leaphorn.

»*Yo soy*«, sagte die Frau, immer noch mit geschlossenen Augen. Und dann fügte sie auf englisch hinzu: »Ja.« Sie war blaß. Sie streckte den Arm aus, griff nach der Tür, klammerte sich an sie.

Leaphorn dachte, die Nachricht, die ich ihr bringe, ist gar keine wirkliche Nachricht. Es ist etwas, das sie geahnt hat. Etwas, wovon ihr Instinkt ihr gesagt hat, daß es unvermeidlich ist. Er kannte das Gefühl. Er hatte monatelang damit gelebt, mit dem Wissen, daß Emma sterben würde. Ein Schicksal, dem man bereits ins Auge sah. Aber das spielte keine Rolle. Es gab keine humane Weise, es ihr zu sagen, auch wenn ihr Herz sie bereits vorgewarnt hatte.

»Mrs. Santillanes?« frage er. »Ist jemand bei Ihnen? Freunde oder Verwandte?«

Die Frau schlug die Augen auf. »Was möchten Sie?«

»Ich möchte Ihnen etwas von Ihrem Mann sagen.« Er schüttelte den Kopf. »Eine schlechte Nachricht.«

Ein Mann, der einen weiten blauen Pullover trug, tauchte neben der Frau auf. Er war so alt wie Leaphorn, grauhaarig und untersetzt. Er stand in steifer und aufrechter Haltung da und musterte Leaphorn durch die dicken Linsen einer dunkel umrandeten Brille. Ein Soldat, dachte Leaphorn. »Sir«, sagte er mit lauter und strenger Stimme. »Was kann ich für Sie tun?«

Die Frau legte ihre Hand auf den Arm des Mannes. Sie redete Spanisch. Leaphorn konnte ihre Worte nicht unterscheiden. Der Mann sagte in scharfem Ton »*Callate*!« und dann mit sanfterer Stimme etwas, das Leaphorn nicht verstand. Die Frau sah Leaphorn an, als dringe ihr zu Bewußtsein, daß sein Gesicht eine fürchterliche Bedeutung für sie hatte. Dann nickte sie, biß sich auf die Lippe, grüßte und verschwand aus dem Eingang.

»Sie fragten nach einem Mann namens Santillanes«, sagte der Mann. »Er wohnt hier nicht.«

»Ich kam, um nach seinen Angehörigen zu suchen«, sagte Leaphorn. »Ich fürchte, ich bringe schlechte Nachrichten.«

»Wir kennen ihn nicht«, sagte der Mann. »Niemand mit diesem Namen wohnt hier.«

»Das war die Adresse, die er angegeben hat«, sagte Leaphorn.

Aus dem Gesicht des Mannes verschwand jeglicher Ausdruck – ein Pokerspieler, der auf seine Karten starrte. »Er hat Ihnen eine Adresse gegeben?« fragte er. »Und wann war das?«

Leaphorn hatte es nicht eilig, die Frage zu beantworten. Der Mann log, soviel war klar. Aber warum log er?

»Er gab diese Adresse dem Apotheker, wo er seine Medikamente kauft«, sagte Leaphorn.

»Ah«, sagte der Mann. Er deutete ein leichtes Lächeln an. »Dann ist er also krank gewesen. Ich hoffe, daß dieser Mann, dieser Santillanes, sich inzwischen besser fühlt.«

»Nein«, sagte Leaphorn. Sie standen beide in der Tür und warteten. Leaphorn hatte gemerkt, wie sich etwas hinter ihm bewegte. Er verlagerte sein Gewicht so, daß er den Eingang von Apartment Nr. 2 sehen konnte. Die Tür war jetzt fast geschlossen. Aber nicht ganz. Durch den Spalt konnte er den Schatten des lauschenden kleinen Mannes sehen.

»Geht es ihm nicht besser? Geht es ihm also schlechter?«

»Ich sollte damit nicht Ihre Zeit vergeuden«, sagte Leaphorn. »Hat Elogio Santillanes früher hier gewohnt und ist dann fortgezogen? Haben Sie eine Ahnung, wo ich Angehörige von ihm finden kann? Oder einen Freund?«

Der grauhaarige Mann schüttelte den Kopf.

»Dann will ich jetzt gehen«, sagte Leaphorn. »Haben Sie vielen Dank. Sagen Sie bitte der Dame, daß es mir leid tut, wenn ich sie gestört habe.«

»Hm.« Der Mann zögerte. »Sie haben mich neugierig gemacht. Was ist mit diesem Burschen passiert, mit diesem Santillanes?«

»Er ist tot«, antwortete Leaphorn.

»Tot.« Er zeigte keine Überraschung. »Wie?«

»Er wurde erstochen«, sagte Leaphorn.

»Wann ist das passiert?« Er zeigte immer noch keine Überraschung. Aber Leaphorn konnte sehen, wie sich der Muskel an seinem Kiefer straffte. »Und wo ist es passiert?«

»Draußen in New Mexico. Vor ungefähr einem Monat.« Leaphorn legte seine Hand auf den Arm des Mannes. »Hören Sie«, sagte er. »Wissen Sie, warum dieser Mann mit dem Namen Santillanes nach New Mexico gefahren sein könnte? Was für ein Interesse hatte er daran, eine Frau namens Agnes Tsosie aufzusuchen?«

Der Mann zog seinen Arm fort. Er schluckte, seine Augen waren vom Schmerz verschleiert. Er schaute von Leaphorn weg auf seine Füße. »Ich kenne Elogio Santillanes nicht«, sagte er. Und behutsam schloß er die Tür.

Leaphorn stand einen Moment lang da und starrte auf die Holzfüllung. Er zog Bilanz. Das Rätsel, das ihn hierher geführt hatte, war gelöst. Ganz und gar gelöst. Daran gab es keinen Zweifel. Oder auch nur den Schatten eines Zweifels. Der Mann mit den abgetragenen spitzen Schuhen war Elogio Santillanes, der Ehemann (vielleicht Bruder) dieser dunkelhaarigen Frau. Der Bruder (vielleicht Freund) dieses grauhaarigen Mannes. Die Identität von Pointed Shoes stand außer Frage. Jetzt gab es ein anderes, ein neues und frisches Rätsel.

Er ging die Veranda hinab und bemerkte, daß die Tür von Apartment Nr. 2 jetzt geschlossen war. Doch hinter den Vorhängen brannte noch Licht. Ein trüber Nachmittag, ein Wetter, wie Leaphorn es im Grenzland zwischen Arizona und New Mexico selten erlebt hatte, und das seine

Stimmung spürbar sinken ließ. Sein Taxi wartete an der Bordsteinkante. Miss Mackinnon saß darin mit einem Buch, das sie auf das Lenkrad gestützt hielt, und las.

Leaphorn machte kehrt und ging zurück zu Apartment Nr. 2. Er drückte auf die Türklingel. Sie gab einen Summton von sich. Beim Warten dachte er, daß die Leute in Washington sich Zeit ließen, um zur Tür zu kommen. Die Tür ging auf, und der kleine Mann stand im Rahmen, den Blick auf ihn gerichtet.

»Ich brauche ein paar Auskünfte«, sagte Leaphorn. »Ich suche Elogio Santillanes.«

Der kleine Mann schüttelte den Kopf. »Kenne ich nicht.«

»Kennen Sie die Leute in dem Apartment dort drüben?« Leaphorn deutete mit dem Kopf in seine Richtung. »Ich habe gehört, Santillanes lebt in dem Haus.«

Der Mann schüttelte den Kopf. In der Wohnung hinter ihm konnte Leaphorn einen Klapptisch mit einem Telefon darauf sehen, einen Gartenklappstuhl und einen Pappkarton, der Bücher zu enthalten schien. Auf einem anderen Karton war ein billiger Fernseher mit kleinem Bildschirm aufgestellt. Der Ton war abgeschaltet, aber über die Mattscheibe flimmerte in Schwarzweiß eine Nachrichtensendung. Ansonsten schien der Raum leer zu sein. Eine Zeitung lag neben dem Gartenstuhl auf dem Boden. Vielleicht hatte der Mann gelesen, als es klingelte. Leaphorn merkte plötzlich, daß er sich für den kleinen Mann selbst inzwischen genauso interessierte wie für die vage Aussicht auf Informationen, die ihn eigentlich hergeführt hatte.

»Sie wissen nicht, wie die Leute heißen?« fragte Leaphorn. Er stellte die Frage zum Teil nur, um das Gespräch hinauszuzögern und zu sehen, wohin es noch führen mochte. Aber es schwang ein Anflug von Unglauben in seiner Stimme mit. So alt er auch war, fand Leaphorn es immer noch unglaublich, daß Leute, die Tür an Tür wohnten und sich tagtäglich sahen, einander trotzdem nicht kannten.

»Wer sind Sie?« fragte der kleine Mann. »Sind Sie ein Indianer?«

»Ich bin ein Navajo«, sagte Leaphorn. Er griff nach seinem Ausweis. Doch dann besann er sich anders.

»Von wo?«

»Window Rock.«

»Das ist doch in...« Der Mann zögerte und überlegte. »Ist das nicht in New Mexico?«

»In Arizona«, sagte Leaphorn.

»Was tun Sie dann hier?«

»Ich suche Elogio Santillanes.«

»Warum? Was wollen Sie von ihm?«

Leaphorns Blick hatte sich in den Augen des kleinen Mannes verfangen. Sie waren grünlichblau, und Leaphorn spürte in ihnen, genauso wie im Ton und in der Haltung des Mannes, eine Art abweisender Verärgerung.

»Ich brauche nur ein paar Auskünfte«, meinte Leaphorn.

»Ich kann Ihnen nicht helfen«, sagte der Mann. Dann schloß er die Tür. Leaphorn hörte, wie die Sicherheitskette einrastete.

Miss Mackinnon startete den Motor, sobald er in den Fond ihres Taxis eingestiegen war. »Ich hoffe, Sie haben eine Menge Geld«, sagte sie. »Geht's jetzt zurück zum Hotel? Und dort holen Sie dann Ihre Reiseschecks aus dem Safe, stimmt's?«

»Stimmt«, sagte Leaphorn.

Er dachte an die seltsamen wachen Augen des kleinen Mannes, an seine Sommersprossen, an sein kurzes, lockiges rotes Haar. Es mußte Tausende von kleinen Männern in Washington geben, auf die Perez' Beschreibung des Mannes paßte, der Elogio Santillanes' Abteil durchsucht hatte. Aber Leaphorn hatte noch nie an Zufall geglaubt. Er hatte Santillanes' Witwe gefunden. Davon war er fest überzeugt. Die Witwe oder vielleicht eine Schwester. Mit Sicherheit hatte er jemanden gefunden, der ihn geliebt hatte.

Und mit fast genauso großer Sicherheit hatte er den Mann gefunden, der ihn umgebracht hatte. Die Rückreise nach Window Rock konnte noch ein bißchen warten. Er wollte das alles erst besser begreifen.

14

Am Tag nach ihrem Besuch bei Highhawk hatten Chee und Janet Pete beim Mittagessen über den Mann geredet, der in der Limousine gewartet hatte. »Ich glaube, er beobachtete Highhawk, nicht dich«, hatte Chee gesagt. »Ich glaube, das ist der Grund, weshalb er dort wartete.« Und Janet hatte schließlich gesagt, ja, vielleicht, aber er konnte ihrem Gesicht ansehen, daß sie von seiner Logik keineswegs überzeugt war. Sie war nervös. Die Sache war ihr unheimlich. Deshalb sagte er ihr auch nichts von dem anderen Schluß, den er gezogen hatte – daß der kleine Mann einer von der Sorte war, die bei Polizisten »Ausgetickte« hießen. Zumindest bei den Bullen in der Wüste, bei denen Chee arbeitete, hießen sie so – Typen, deren Angstschwelle durch irgendeinen Schaden auf Null gesunken war, so daß sie in ihrem Verhalten unberechenbar und deshalb gefährlich wurden. Daß ein Fremder im Dunkeln an seine Fensterscheibe klopfte, hatte den kleinen Mann nicht im geringsten erschüttert. Das war offensichtlich. Es hatte nur seine Neugier geweckt und dann eine Art aggressiver, mauliger Verärgerung hervorgerufen. Chee hatte das bei solchen Typen schon früher erlebt.

Er hatte Janet seine Analyse von Highhawk mitgeteilt. (»Er ist ein Spinner. In mancher Hinsicht zwar vollkommen normal, aber seine Zeichnungen verraten, daß er einen Schlag schräg ist. Leicht verrückt.«) Und er erzählte ihr von dem geschnitzten Fetisch, den er in Highhawks Arbeitszimmer gesehen hatte.

»Er hat ihn aus Pappelholz geschnitzt. Genauso, wie die Pueblos sie benützen, zumindest diejenigen, die ich kenne. Und auch die Zuñis und Hopis«, hatte Chee gesagt. »Es gibt keinen Grund anzunehmen, daß die Tanos sich darin unterscheiden. Vielleicht hat er eine Kopie von dem Zwillings-Kriegsgott gemacht.«

Aber Janet war ihm natürlich schon einen Schritt voraus. »Ich habe darüber nachgedacht«, sagte sie. »Daß John ihn vielleicht angeheuert hat, eine Kopie von dem Ding zu machen. Vielleicht hatte ich da die richtige Ahnung.« Sie sah traurig aus, als sie das sagte, und schaute dabei nicht Chee an, sondern musterte ihre Hände. »In dem Fall, glaube ich, würden wir sie unserem Mann bei den Tano Pueblos geben. Und der würde sie benutzen, um gewählt zu werden.«

»Würde man ihm sagen, es wäre die richtige?«

»Das kommt darauf an, wie ehrlich der gute Eldon Tamana ist«, sagte Janet niedergeschlagen. »Wenn er ehrlich ist, dann belügt man ihn. Ist er's nicht, dann sagt man ihm die Wahrheit und überläßt das Lügen ihm.«

»Ich frage mich, ob jemand bei den Pueblos die Kopie vom Original unterscheiden könnte«, sagte Chee. »Wie lange wurde das Ding vermißt?«

»Seit neunzehnhundertdrei oder -vier, glaube ich, hat John gesagt. Auf jeden Fall schon lange.«

»Dann könnte man sich mit einer Ersatzfigur ziemlich sicher sein«, sagte Chee. Er dachte über Highhawk nach. Es schien nicht in der Natur des Künstlers zu liegen, sein Talent für eine Verschwörung zu benutzen, mit der die Pueblo-Indianer hereingelegt werden sollten. Aber vielleicht galt Highhawk als einer von denen, die ehrlich genug waren, daß sie belogen werden mußten. Vielleicht wußte er gar nicht, warum er die Nachbildung anfertigte. Vielleicht war die Schnitzerei überhaupt keine Nachbildung. Vielleicht war der Pappelfetisch in seinem Arbeitszimmer etwas anderes. Oder vielleicht war es der echte Fetisch. Oder vielleicht war die ganze Theorie Unsinn.

»Jim«, sagte Janet. »Was denkst du? Denkst du, daß sie irgendwie... daß ich irgendwie in was hineingezogen werde?« Sie schaute hinunter auf ihre Hände, die sich in ihren Schoß verkrampft hatten. »Was denkst du?«

Jim Chee dachte, daß die Richtung, in die sie die Frage gewendet hatte, interessant sei. Er dachte, es sei interessant, daß sie kein einziges Mal den Namen John McDermott in den Mund genommen hatte. Er wollte sagen: »Hineingezogen von wem?«, und sie so wenigstens zwingen, einen Namen damit zu verbinden – und wenn es auch nur der ihrer Kanzlei war.

»Ich denke, irgendwas geht vor«, sagte Chee. »Und ich denke, wir sollten an einen ruhigen Ort gehen, zu Abend essen und darüber reden.« Er blickte sie an. »Vielleicht sogar Händchen halten. Ich könnte ein bißchen Händchenhalten gut gebrauchen.«

Sie hatte auf ihre Hände niedergeschaut. Jetzt warf sie ihm einen raschen Seitenblick zu und wandte sich dann ab. »Ich kann heute abend nicht«, sagte sie. »Ich habe John versprochen, mich mit ihm zu treffen. Mit ihm und dem Mann von den Tanos.«

»Na, schön«, sagte Chee. »Ich stelle dir eine andere Frage. Hat Highhawk noch etwas zu dir gesagt über das Verbrechen, das er noch nicht begangen hat? Erinnerst du dich? Du hast es erwähnt, als du mich in Shiprock anriefst. Ich glaube, es war irgendwas Unbestimmtes. Eine Anspielung, er bräuchte bald einen Anwalt für eine Sache, die noch nicht passiert war. Erinnerst du dich?«

»Natürlich erinnere ich mich«, sagte Janet und schaute wieder auf ihre Hände. »Heute abend, das ist wirklich ein Kanzleitermin. John hat arrangiert, daß Tamana kommt. Er sagte, er will mich dabei haben, wenn es darum geht, wie das Problem zu regeln ist. Er will, daß ich mit Tamana spreche. Deshalb konnte ich mich schlecht drücken.«

»Natürlich nicht«, sagte Chee. Er war enttäuscht. Er hatte damit gerechnet, daß dieser Abend noch lange dauern würde. Aber es war mehr als Enttäuschung. Es war auch Verärgerung.

Janet spürte es. »Vielleicht kann ich doch«, sagte sie. »Ich weiß nicht, wie lange der Mann in Washington sein wird. Aber ich kann versuchen, John anzurufen und abzusagen. Oder eine Nachricht für ihn im Restaurant hinterlassen.«

»Nein, nein«, meinte Chee. »Geschäft ist Geschäft.« Doch er wollte nicht daran denken, wie Janet und John McDermott miteinander zu Abend aßen und was wohl nach dem Abendessen geschehen würde. Wenn ich ehrlich zu ihr wäre, dachte er, würde ich ihr sagen, daß McDermott sie natürlich benützt. Daß er sie wahrscheinlich schon benützt hatte, als sie noch seine Studentin an der Universität war, und daß er sie seitdem in einem fort benützte. Er hatte McDermott noch nie gesehen, aber er kannte Professoren, die ihre Examensabsolventen benützten. Benützten für Sklavenarbeiten, damit sie ihre Forschungsaufgaben erledigten, sie emotional benützten.

»Zurück zu meiner Frage«, sagte Chee. »Hast du Highhawk je gefragt, was er mit seiner Anspielung auf das noch nicht begangene Verbrechen gemeint hat? Hat er dir je erklärt, was er damit meinte?«

Janet schien froh, das Thema wechseln zu können. »Ich sagte etwas wie, ich hoffe nur, er hätte nicht vor, noch mehr alte Knochen auszugraben. Er hat nur darüber gelacht. Also habe ich gesagt – offen gestanden, machte mir die ganze Sache Sorgen –, also habe ich gesagt, ich fände es kaum zum Lachen, wenn er etwa plane, ein Gesetzesdelikt zu begehen. Irgend so ein fades Zeug. Und wieder hat er gelacht und gesagt, er hätte nicht vor, die Schuld auf sich zu laden, seine Anwältin zur Komplizin zu machen. Er sagte, je weniger ich wüßte, desto besser.«

»Er scheint etwas von Gesetzen zu verstehen.«

»Er versteht eine Menge von einer Menge Dinge«, pflichtete Janet ihm bei. »Mit seinem Verstand ist alles in Ordnung.«

»Abgesehen davon, daß er verrückt ist.«

»Abgesehen davon«, stimmte Janet ihm zu.

»Kannst du es einrichten, daß ich ihn noch mal sehe?« fragte Chee. »Und ich würde mir auch gern den echten Tano-Fetisch anschauen. Glaubst du, das ist möglich?«

»Ich bin sicher, daß es kein Problem sein wird, Highhawk zu sehen. Was den Fetisch anbelangt, so weiß ich nicht. Er lagert wahrscheinlich irgendwo in einem Keller. Und das Smithsonian soll ziemlich wählerisch sein, wer Zugang wozu bekommt.«

»Vielleicht weil ich ein Bulle bin«, sagte Chee, und während er das sagte, fragte er sich, was in aller Welt er sagen konnte, um jemandem begreiflich zu machen, warum die Indianerpolizei der Reservation ein legitimes Interesse an einem Kultgerät der Pueblo-Indianer hatte.

»Schon eher, weil du ein Schamane bist«, sagte Janet Pete. »Das bist du doch noch, oder?«

»Ich versuche, es zu sein«, sagte Chee. »Aber ein Medizinmann zu sein paßt nicht besonders gut, wenn man ein Polizist ist. Hab nicht viel zu tun.« Selbst das war noch eine Übertreibung. Die Heilungszeremonie, die Chee gelernt hatte, war der Segensweg. In den vier Jahren, seit er sich zum *hataalii* und bereit erklärt hatte, die verbreiteteste

Zeremonie aufzuführen, hatte er nur drei Kunden gehabt. Einmal war es für einen Cousin mütterlicherseits gewesen, den Chee im Verdacht hatte, seine Dienste nur aus Familienhöflichkeit in Anspruch genommen zu haben. Einmal hatte er einen neu errichteten Hogan gesegnet, der der Nichte eines Freundes gehörte, und einmal war es für einen Kollegen bei der Polizei gewesen, für den berühmten Lieutenant Joe Leaphorn. »Habe ich dir erzählt, daß ich den Segensweg für Joe Leaphorn gesungen habe?«

Janet schaute verblüfft auf. »Den berühmten Leaphorn? Den nörgelnden Joe? Ich dachte, der wäre ein...« Sie suchte nach dem passenden Wort, um Lieutenant Joe Leaphorn zu charakterisieren. »Agnostiker. Oder Skeptiker. Oder wie heißt das? Wie auch immer, ich dachte nicht, daß er an Heilungszeremonien und solche Sachen glauben würde.«

»Er war gar nicht so übel«, meinte Chee. »Wir haben an einem Fall zusammen gearbeitet. Irgendwelche Leute hatten Anasazi-Gräber geöffnet, und dann gab es eine Reihe von Morden. Aber ich glaube, er hat mich darum gebeten, weil er nett sein wollte.«

»Nett«, sagte Janet. »Das hört sich nicht nach dem Joe Leaphorn an, von dem ich immer gehört habe. Wenn ich mich nicht irre, habe ich immer gehört, wie Navajo-Bullen über Leaphorn herummeckerten, weil er nie mit irgendwas zufrieden war.«

Aber es war tatsächlich nett gewesen. Mehr als nett. Wunderbar. Alles war wunderbar gegangen. Es waren nicht viele von Leaphorns Verwandten dagewesen. Aber schließlich war der alte Mann Witwer, und Chee glaubte nicht, daß Leaphorn eine große Familie hatte. Leaphorn war ein Red Forehead Navajo, und der Klan war so gut wie ausgestorben. Doch die Heilung selbst war perfekt abgelaufen. Er hatte nichts vergessen. Die Sandmalereien waren absolut korrekt gewesen. Und als der letzte Gesang zu Ende war, schien Old Man Leaphorn, so schwer das auch für Chee zu definieren war, von der Krankheit geheilt, die ihn befallen hatte. Die Düsterkeit hatte sich verzogen. Er schien wieder in Harmonie mit sich selbst zu sein. Zufrieden.

»Ich glaube, er will nur immer, daß die Dinge besser sind als von Natur aus«, sagte Chee. »Ich hatte mich nach einer Weile an ihn gewöhnt. Und ich hatte das Gefühl, daß das ganze Gerede über ihn, er sei ein verdammt cleverer Hund, so ziemlich der Wahrheit entspricht.«

»Ich habe ihn ab und zu drüben in Window Rock vor Gericht gesehen, und im Polizeipräsidium, aber ich habe ihn nie kennengelernt. Ich habe gehört, er sei ein echter Pragmatiker. Kein traditionalistischer Navajo.«

Und was ist mit dir, Janet Pete, dachte Chee. Wie traditionalistisch bist du? Glaubst du, was Changing Woman, die Frau der Veränderungen, unsere Vorfahren über die Kraft gelehrt hat, die uns gegeben wurde, um uns selbst zu heilen? Und was ist mit deiner Entscheidung, Dinetah und die Heiligen Berge zu verlassen, nur weil ein weißer Mann will, daß du ihn in Washington glücklich machst? Aber das ging ihn einen gottverdammten Dreck an. Daran gab es nichts zu rütteln. Seine Rolle war die eines Freundes. Nichts weiter. Nun, warum auch nicht? Was das anging, so konnte er selber gut einen Freund brauchen.

»Was meintest du damit, daß ich den Fetisch als ein Schamane zu sehen bekäme?« fragte er.

»Highhawk wäre sehr beeindruckt, wenn er wüßte, daß du ein *hataalii* bist«, meinte sie. »Sag ihm, daß du ein Sänger bist und daß du gerne seine Arbeit sehen würdest. Er bereitet eine Maskenausstellung vor, weißt du. Sag ihm, du würdest gern den Navajo-Teil der Schau sehen.«

»Und ihn dann bitten, den Fetisch sehen zu dürfen«, sagte Chee.

Janet schaute ihn an und musterte seinen Ausdruck. »Warum nicht?« fragte sie. Die Frage klang ein wenig bitter. »Findest du, daß ich schon zu sehr wie eine Anwältin denke?«

»Das habe ich nicht gesagt.«

»Nun, ich bin Anwältin.«

Er nickte. »Du glaubst, ich könnte Highhawk heute abend sehen?«

»Er arbeitet heute abend«, sagte sie. »Für die Ausstellung. Ich rufe ihn im Museum an und schaue, ob ich etwas vereinbaren kann. Bist du im Hotel?«

»Wo sonst?« fragte Chee und sah, wie Janet ihn anblickte, weil auch der Ton seiner Stimme ein wenig bitter klang.

»Ich will versuchen, die Sache zu beschleunigen«, sagte sie. »Vielleicht klappt's morgen.«

Wie sich herausstellte, klappte es sogar schneller.

Janet hatte ihm die Vietnam-Gedenkstätte, das Jefferson Memorial und das Nationale Luft- und Raumfahrtmuseum gezeigt und ihn dann bei seinem Hotel abgesetzt. Chee aß ein Käseomelett in der Snack Bar des Hotels, nahm eine Dusche in seiner Badewanne (die, so klein sie auch war, doch groß war im Vergleich zu dem Bad in Chees Wohnwagen daheim) und stellte dann den Fernseher an. Der Lautstärkenregler klemmte, war irgendwo zwischen laut und ohrenbetäubend, und Chee verbrachte fünf vergebliche Minuten damit, die Lautstärke zu regulieren. Als er das nicht schaffte, suchte er einen Spielfilm, dessen Hintergrundmusik sich mit niedrigen Phonzahlen begnügte, und räkelte sich in das Kissen, um ihn sich anzusehen.

Das Telefon klingelte. Es war Henry Highhawk.

»Miss Pete meinte, Sie möchten die Ausstellung sehen«, sagte Highhawk. »Sind Sie im Augenblick beschäftigt?«

Chee hatte nichts vor.

»Ich treffe Sie in der Zwölften Straße am dortigen Eingang des Museums für Naturgeschichte«, sagte Highhawk. »Es ist nur fünf oder sechs Straßen von Ihrem Hotel entfernt. Ich möchte Sie um Gottes willen nicht drängen, aber ich habe später noch eine Verabredung.«

»Ich werde in zwanzig Minuten da sein«, sagte Chee. Er stellte den Fernseher ab und griff nach seiner Jacke.

Vielleicht hatte Janets Idee, verfolgt zu werden, ihn nervös gemacht. Er schaute nach dem Wagen und erblickte ihn fast im selben Moment, als er den Hoteleingang verließ. Die alte Chevy Limousine mit der verbogenen Antenne parkte weiter unten auf der anderen Straßenseite. Ohne sich zu rühren, musterte er den Wagen und versuchte zu erkennen, ob der kleine Mann darin saß. Doch Spiegelungen auf der Windschutzscheibe machten es unmöglich. Chee ging langsam den Bürgersteig hinunter und dachte dabei, daß der kleine Mann nicht die geringste Anstrengung unternommen hatte, sich zu tarnen. Was mochte das bedeuten? Sollte Chee etwa wissen, daß er beobachtet wurde? Und wenn ja, warum? Chee konnte sich keinen Grund dafür vorstellen. Vielleicht war es einfach nur Nachlässigkeit. Oder Arroganz. Oder vielleicht beobachtete er Chee überhaupt nicht.

Sein Weg zum Museum für Naturgeschichte führte in die andere Richtung, aber Chee machte einen Umweg, um an der Limousine vorbeizukommen. Sie war leer. Er lehnte sich gegen das Dach und schaute hinein. Auf dem Vordersitz lagen eine gefaltete Ausgabe der *Washington Post* und ein Pappbecher. Eine Straßenkarte des Distrikts Columbia war auf dem Armaturenbrett abgelegt. Der Fond war leer, abgesehen von einer leeren Plastiktüte mit dem Schriftzug von Safeway, die zerknüllt auf dem Boden lag. Der Wagen war abgeschlossen.

Chee blickte die Straße hinauf und hinunter. Zwei farbige Mädchen im Teenageralter kamen gerade auf ihn zu und lachten über eine Bemerkung, die eine von ihnen gemacht hatte. Sonst war niemand zu sehen. Der Regen hatte inzwischen aufgehört, aber die Straßen und Bürgersteige glänzten noch von Feuchtigkeit. Auch die Luft war feucht, und kalt. Chee schlug den Kragen seiner Jacke hoch und ging los. Er lauschte. Doch hörte er nichts außer gelegentlichen Verkehrsgeräuschen. Er war jetzt in der Zehnten Straße, neben ihm die graue Masse des Justizministeriums, auf der anderen Straßenseite das bedrohlich aufragende Gebäude der Hauptpost. Im Justizministerium war alles dunkel, während im Postgebäude die Fenster einiger Büros erleuchtet waren. Was hielt Postbeamte wohl noch so spät bei der Arbeit? Er versuchte sich vorzustellen, wie jemand an einem Zeichentisch eine Briefmarke entwarf. An der Kreuzung der Constitution Avenue blieb er stehen und wartete, daß die Fußgängerampel auf Grün wechselte. Zwei Männer und eine Frau, die alle die Washingtoner Uniform trugen, kamen mit raschen Schritten über den Bürgersteig auf ihn zu. Jeder hielt einen eingerollten Schirm in der Hand. Jeder trug einen Aktenkoffer. Der kleine Mann war nirgendwo zu sehen. Dann erblickte er unter den Sträuchern, die an der Ecke des Justizministeriums links von Chee angepflanzt waren, einen Körper.

Chee holte tief Luft und starrte mit großen Augen hin. Es war eine menschliche Gestalt, zusammengekrümmt wie ein Embryo und teilweise bedeckt mit etwas, das allem Anschein nach ein Pappkarton war. Neben dem Kopf lag ein Sack. Chee machte einen zögernden Schritt darauf zu. Das Trio ging an der Gestalt vorbei. Der am nächsten laufende Mann warf einen Blick herüber und sagte ein paar unverständliche Worte zu Chee. Die Frau schaute auf die Gestalt und sofort wieder weg. Sie liefen an Chee vorbei. »...mindestens BAT 13«, sagte die Frau gerade. »Eher 14, und bevor du's weißt...« Wahrscheinlich ein Säufer, dachte Chee. Chee hatte ungefähr tausend bewußtloser Betrunkener gesehen, seit er seinen Eid als Officer der Navajo Tribal Police geleistet hatte – auf dem Erdboden liegend in den Gassen von Gallup, erfroren in der Beifuß-Steppe neben der Straße nach Shiprock, zerfetzt wie Feldhasen auf dem Asphalt des US Highway 666. Doch nur ein paar Straßen hinter sich konnte er die angestrahlte Spitze des Washington Monuments sehen. Hier hatte er das nicht erwartet. Er ging über das abgestorbene Herbstgras und kniete neben der Gestalt nieder. Die Pappe war feucht von dem vorausgegangenen Regen. Die Gestalt gehörte einem Mann. Der vertraute und erwartete Schnapsgeruch fehlte.

Chee griff mit einer Hand nach dem Hals des Mannes, um seinen Puls zu tasten.

Fluchend krabbelte der Mann in die Hocke und versuchte, sich zu verteidigen. Der Pappkarton hüpfte auf den Bürgersteig.

Chee sprang zurück, wie vor den Kopf geschlagen.

Der Mann hatte einen Bart und war eingemummt in eine Marinejacke, die ihm viel zu groß war. Mit lahmen Bewegungen schlug er nach Chee und schrie unzusammenhängende Laute. Zwei Männer, die in der Washingtoner Uniform die Avenue hinuntereilten, warfen einen Blick auf die Szene und eilten noch schneller weiter.

Chee streckte eine leere Hand aus. »Ich dachte, Sie würden Hilfe brauchen«, sagte er.

Der Mann fiel vornüber auf seine Hände und Knie. »Hau ab, hau ab, hau ab«, heulte er.

Chee haute ab.

Highhawk wartete auf ihn am Angestellteneingang in der Zwölften Straße. Er reichte Chee ein kleines rechteckiges Papierschild mit dem Aufdruck *Besucher* und Chees handgeschriebenem Namen.

»Was möchten Sie als erstes sehen?« fragte er. Dann unterbrach er sich. »Fühlen Sie sich wohl?«

»Draußen ist ein Mann. Krank, glaube ich. Er liegt unter den Büschen auf der anderen Straßenseite.«

»Vielleicht betrunken«, sagte Highhawk. »Oder angetörnt mit Crack. Normalerweise sind sie zu dritt oder zu viert. Der Rasen des Justizministeriums ist eine Lieblingsstelle.«

»Der Bursche war nicht betrunken.«

»Crack wahrscheinlich«, sagte Highhawk. »Heutzutage ist es meistens Crack, wenn es Rauschgiftsüchtige sind, aber es kann alles mögliche sein, von Heroin bis hin zu Schnüffelterpentin. Manchmal sind es aber auch nur einfache Geistesgestörte.« Er dachte kurz über Chees Reaktion auf das alles nach. »Sie haben die doch auch. Ich habe haufenweise Betrunkene in Gallup gesehen.«

»Ich glaube, wir haben mehr Betrunkene pro Kopf als irgend jemand sonst«, sagte Chee. »Aber in der Reservation versuchen wir, sie aufzusammeln. Wir versuchen, sie irgendwo unterzubringen. Was tut die Polizei hier?«

Aber Highhawk hinkte schon eilig den Flur entlang, ohne Interesse an dem Thema. Obwohl er das geschiente Bein nachschleppte, kam er rasch voran. »Lassen Sie mich Ihnen als erstes diese Ausstellung zeigen«, sagte er. »Ich versuche, es so hinzukriegen, daß es so aussieht, wie wenn es wirklich draußen in Ihrer Wüste passierte.«

Chee folgte ihm. Er war immer noch erschüttert. Aber jetzt fing er wieder an zu denken, und er dachte, daß er nicht nach dem kleinen Mann gesehen hatte in der Zwölften Straße am Eingang des Museums für Naturgeschichte. Und er dachte, daß der Grund, warum er den kleinen Mann nicht gesehen hatte, wie er ihn verfolgte, möglicherweise der war, daß der kleine Mann ihm gar nicht hatte folgen müssen. Vielleicht hatte er gewußt, wohin Chee ging.

Henry Highhawks Ausstellung befand sich in einer Seitenhalle weiter unten im Hauptgeschoß des Museums. Von der Welt der Museumsbesucher war sie abgeschirmt durch zwei Stellwände und bewacht durch Schilder, die diesen Bereich als *Vorübergehend für das Publikum geschlossen* erklärten und den Titel der Ausstellung nannten: *Die maskierten Götter Amerikas*. Hinter der Abschirmung roch es nach Sägemehl, Leim und scharfen Reinigungsmitteln. Dort gab es eine stattliche Reihe von Masken. Sie reichten von grotesken und furchteinflößenden Beispielen bis zu solchen von ruhiger und erhabener Schönheit. Manche waren in Gruppen ausgestellt; eine Gruppe zeigte die verschiedenen Vorstellungen von Dämonen in Yucatán-Dörfern, eine andere Inka-Gottheiten. Manche standen allein, versehen nur mit den gedruckten Legenden zu ihrer Beschreibung. Manche waren auf kostümierten Modellen der Priester oder Darsteller angebracht, die sie trugen. Manche waren vor einem Hintergrund zur Illustration der jeweiligen Zeremonien ausgestellt, in denen sie verwandt wurden. Highhawk hinkte an ihnen vorbei zu einem Diorama, das durch ein Geländer geschützt war. Darin stand Yeibichai selbst, Talking God, der Großvater mütterlicherseits aller großen und unsichtbaren *yei*, die in der Navajo-Religion die Galerie der übernatürlichen Kräfte bevölkerten.

Talking Gods grauweiße Maske bildete mit ihren starren Adlerfedern und ihrer pelzbesetzten Halsmanschette den Kopf einer Puppe. Chee war eben an Dutzenden solcher Menschenbilder in anderen Ausstellungen des Museum vorbeigekommen – an Lappen, die ihre Rentier-Geschirre flicken, an musizierenden Azteken mit ihren Instrumenten, an einem Jäger aus Neu-Guinea, der sich an ein Schwein heranpirscht, an einer Indio-Frau aus Mittelamerika, die einen Tontopf fertigstellt. Doch diese Puppe, der Träger der Yeibichai-Maske, schien lebendig. Ja, sie schien mehr als lebendig. Chee stand da und schaute sie mit großen Augen an.

»Diese ist natürlich meine«, sagte Highhawk. »Ich habe auch ein paar von den anderen gemacht und bei einigen mitgeholfen. Aber diese hier ist meine.« Er blickte Chee an und wartete höflich einen Augenblick lang auf einen Kommentar. »Wenn Sie irgend etwas Falsches sehen, zeigen Sie's mir«, fügte er hinzu. Er trat über das Geländer hinweg zu der Figur und rückte die Maske zurecht, schob seine Finger unter das Leder, kippte sie ein wenig nach vorn, rückte sie dann noch einmal zurecht. Schließlich trat er zurück und schaute sie nachdenklich an.

»Sehen Sie irgend etwas Falsches?« fragte er.

Chee konnte nichts Falsches entdecken. Zumindest nichts außer trivialen Details bei ein paar Dekorationen. Und das war wahrscheinlich absichtlich so. Eine solche heilige Szene durfte nicht exakt nachgebildet werden, außer zu ihrem eigentlichen Zweck – der Heilung eines Menschen. Talking God war erstarrt in dem schleppenden Tanzschritt, den die *yei* seit jeher machten, wenn sie sich dem Hogan des Patienten näherten. In der Ausstellung stand der Patient auf einem Teppich, der vor der Tür des Hogans auf der Erde ausgelegt war. Er war eingewickelt in eine Decke und hielt seine Arme ausgestreckt. Talking Gods kurzer gewebter Kilt schien mit der Bewegung zu fließen, und in jeder Hand trug er eine Rassel, die vollkommen echt aussah. Und, so dachte Chee, es wahrscheinlich auch war. Hinter Talking God folgten in dem Diorama die anderen Götter, alle in derselben Haltung, die aus der Dunkelheit in den Feuerschein zu tanzen schienen. Chee erkannte die Masken von Fringed Mouth, von Monster Slayer, von Born for Water und von Water Sprinkler mit seinem Stock und dem buckligen Rücken. Auch noch andere *yei* Gestalten waren andeutungsweise zu sehen, wie sie sich über den Tanzbezirk bewegten. Und auf beiden Seiten beschienen die Feuer die Reihen der Zuschauer.

Chees Augen blieben auf der Maske von Talking God ruhen. Sie schien identisch mit derjenigen zu sein, die er in Highhawks Arbeitszimmer gesehen hatte. Das war nur natürlich. Wahrscheinlich war es dieselbe. Wahrscheinlich hatte Highhawk sie mit nach Hause genommen, um sie für die Ausstellung vorzubereiten. Oder, wenn er sie kopierte, würde er die Nachbildung so anfertigen, daß sie dem Original möglichst ähnlich sah.

»Was meinen Sie?« fragte Highhawk. Seine Stimme klang ängstlich. »Sehen Sie an einer Stelle irgend etwas Falsches?«

»Ich finde sie großartig. Einfach prächtig«, sagte Chee. »Ich bin beeindruckt.« Er war wirklich mächtig beeindruckt. Highhawk hatte den Augenblick in der Schlußnacht der Zeremonie nachgestellt, der Yei Yiaash genannt wurde, die Ankunft der Geister. Er drehte sich zu Highhawk um. »Das können Sie unmöglich alles von Ihrem kurzen Besuch bei Agnes Tsosies Nachtgesang haben. Wenn doch, dann müssen Sie ein fotografisches Gedächtnis haben.« Oder, dachte Chee, einen Videorekorder, irgendwo versteckt wie der Kassettenrekorder, den er in seiner Hand versteckt hatte.

Highhawk grinste. »Ich schätze, ich habe ungefähr tausend Beschreibungen von der Zeremonie gelesen. Alle

Anthropologen, die ich finden konnte. Und ich habe die Zeichnungen studiert, die sie gemacht haben. Und das ganze Material angeschaut, das wir darüber hier im Smithsonian haben. Alles, was irgendwelche Leute im Laufe der Jahre stahlen und an uns weiterleiteten, habe ich studiert. Die verschiedenen *yei*-Masken und so weiter. Und dann hat Frau Dr. Hartman – sie ist die mit der Organisation der ganzen Sache beauftragte Kuratorin – einen Berater aus der Reservation herbeigerufen. Einen Navajo-Shamanen. Einen Burschen namens Sandoval. Kennen Sie ihn?«

»Ich habe von ihm gehört«, sagte Chee.

»Teilweise, weil wir sichergehen wollten, keine Tabus zu verletzen. Oder religiöse Materialien zu mißbrauchen. Oder was in der Art.« Highhawk macht wieder eine Pause. Er setzte an, um etwas zu sagen, brach ab und schaute Chee nervös an. »Sind Sie sicher, daß Sie nichts Falsches sehen?«

Chee schüttelte den Kopf. Er schaute die Maske an und fragte sich, ob wohl darunter ein künstlicher Kopf mit einem künstlichen Gesicht und einem künstlichen Navajo-Ausdruck steckte. Allem Anschein nach nicht. Die Maske sah alt aus, die grauweiße Bemalung der Hirschhaut, die von Altersrissen gezeichnet war, die Lederriemen, die an den Seiten festgeschnürt und in jahrelanger Benutzung nachgedunkelt waren. Aber das waren natürlich genau die Details, die Highhawk kaum übersehen hätte bei der Anfertigung einer Kopie. Die Maske, die Chee in dem Karton in Highhawks Arbeitszimmer gesehen hatte, war entweder diese hier oder eine ungeheuer exakte Kopie – das war nach allem, woran er sich erinnerte, ganz offensichtlich. Die Neigung des Federnschmucks, der Winkel der aufgemalten Augenbrauen, all die kleinen Details, die Mythos und Tradition überstiegen, wie sie sich für die Interpretation des Maskenbauers anboten, sie schienen alle identisch. Abgesehen von der rituellen Dichtung und den Sandmalereien der Heilungszeremonien bot die Navajo-Kultur stets Raum für poetische Freiheit. Ja, sie ermutigte sogar dazu – um alles, was getan wurde, in Harmonie mit den gegebenen Umständen zu bringen. Wieviel Freiheit würde Highhawk haben, wenn er eine Tano-Nachbildung anfertigen würde? Nicht viel, schätzte Chee. Die *kachina*-Religion der Pueblo-Indianer schien Chee in einem so alten Dogma verwurzelt, daß sie im Laufe der Jahrhunderte zu kristalliner Form erstarrt war.

»Was ist mit dem Korb?« fragte Highhawk ihn. »Auf dem Boden zu seinen Füßen? Das soll der Korb für die Yei Da'ayah sein. Zumindest nach unseren Bestandsverzeichnis der Kultgeräte.«

Highhawks Aussprache des Navajo-Wortes war so seltsam, daß man kaum verstehen konnte, was er eigentlich sagte. Was er aber wahrscheinlich meinte, war der Korb, der die Pollen und Federn enthielt, die man brauchte, um die Masken zu füttern, nachdem die Geister in ihnen erwacht waren. »Scheint meiner Meinung nach alles richtig zu sein«, sagte Chee.

Eine schlanke, hübsche Frau mittleren Alters war um die Abschirmung herum in den Ausstellungsbereich gekommen.

»Frau Dr. Hartman«, sagte Highhawk. »Sie arbeiten spät.«

»Sie auch, Henry«, sagte sie mit einem Blick auf Chee.

»Das ist Jim Chee«, sagte Highhawk. »Dr. Carolyn Hartman ist eine von unseren Kuratorinnen. Sie ist meine Chefin. Das ist ihre Ausstellung. Und Mr. Chee ist ein Navajo-Schamane. Ich habe ihn gebeten, einen Blick darauf zu werfen.«

»Es war nett von Ihnen zu kommen«, sagte Carolyn Hartman. »Fanden Sie diesen Nachtgesang authentisch?«

»Soweit ich weiß, ja«, meinte Chee. »Offen gestanden, ich finde ihn bemerkenswert. Doch das Yeibichai ist keine Zeremonie, die ich besonders gut kenne. Nicht persönlich. Die einzige, die ich gut genug kenne, um sie selber aufzuführen, ist der Segensweg.«

»Sie sind ein Sänger? Ein Medizinmann?«

»Ja, Madam. Aber ich bin noch ein Anfänger darin.«

»Mr. Chee ist außerdem Officer Chee«, sagte Highhawk. »Er ist Beamter der Indianerpolizei in der Reservation. Genau gesagt, ist er derselbe Officer, der mich da draußen festgenommen hat. Ich dachte, Sie würden das zu schätzen wissen.« Highhawk lächelte, während er das sagte. Auch Dr. Hartman lächelte. Sie mag ihn, dachte Chee. Das war nicht zu verkennen. Und das Gefühl beruhte auf Gegenseitigkeit.

»Eine gute Show«, sagte sie zu Chee. »Den Grabräuber zur Strecke zu bringen. Ich muß einmal rauskommen in Ihren Teil des Landes, wenn ich genug Zeit habe, um ihn mir auch richtig anzusehen. Ich sollte eine Menge mehr über Ihre Kultur lernen. Ich fürchte, ich habe die meiste Zeit mit dem Versuch verbracht, die Inkas zu verstehen.« Sie lachte. »Zum Beispiel, wenn ich hier Ihr Führer wäre, würde ich Ihnen kaum die Nachtgesang-Szene zeigen. Ich würde Ihnen meine eigenen Lieblinge vorführen.« Sie zeigte auf das unmittelbar angrenzende Diorama. Darin öffnete sich eine Mauer aus groben Steinen auf einen Hof. Im Hintergrund erhob sich ein Tempel vor einem Berg. Dieses Schaubild zeigte gleichfalls in Trachten gekleidete Puppen. Männer in ärmellosen Tuniken, mit Umhängen aus geflochtenen Federn, Stirnbändern und Ledersandalen, Frauen in langen Kleidern mit Schals, die quer über der Brust mit juwelengeschmückten Nadeln befestigt waren, das Haar mit Tüchern bedeckt. Das Prunkstück von allem aber war eine große Metallmaske. Chee hatte den Eindruck, daß sie aus Gold geformt und mit einem ganzen Vermögen von Juwelen verziert war.

»Ich hatte sie schon bewundert«, sagte er. »Was für eine Maske. Sie sieht kostspielig aus.«

»Sie ist aus einer Gold-Platin-Legierung geformt und eingelegt mit Smaragden und anderen Edelsteinen«, sagte sie. »Sie stellt den Gott Viracocha dar, den schaffenden Gott, den absolut höchsten Gott im Pantheon der Inkas. Die kleinere Maske da drüben stellt den Jaguar-Gott dar. Weniger bedeutend, würde ich sagen. Aber wertvoll genug.«

»Ihrem Aussehen nach muß sie ein ganzes Vermögen wert sein«, sagte Chee. »Wie hat das Museum sie bekommen?« Noch während er das sagte, wünschte er, er hätte den Mund gehalten. In seinen Ohren ließ das die Frage anklingen, daß der Erwerb vielleicht nicht ganz ehrenhaft war. Aber vielleicht war das nur ein Produkt seiner eigenen Denkart. Kein ehrenhafter Navajo könnte dem Museum die Maske von Talking God, die er eben bewundert hatte, verkauft haben. Nicht, wenn sie echt war. Solche Masken waren heilig und wurden in der Obhut der Familie aufbewahrt. Niemand hatte das Recht, sie zu verkaufen.

»Sie war ein Geschenk«, sagte Dr. Hartman. »Sie hatte einer Familie dort unten gehört. Einer politisch bedeutenden Familie, soweit ich weiß. Und von dort gelangte sie in die Hände eines wichtigen Vertreters der United Fruit Company oder vielleicht auch von Anaconda Copper. Jedenfalls in der Art. Und dann wurde sie weitervererbt, und in den vierziger Jahren mußte jemand ein großes Problem bei der Einkommenssteuer glattbügeln.« Dr. Hartman machte mit einem unsichtbaren Zauberstab eine schwungvolle Gebärde und lachte. »Simsalabim! Und das Smithsonian, die Rumpelkammer Amerikas, die Rumpelkammer der Welt, bekommt ein weiteres Kultgerät. Und irgendein braver Bürger bekommt für seine Einkommenssteuererklärung eine fette Abschreibung genehmigt.«

»Ich schätze, da kann niemand klagen«, sagte Chee. »Es ist ein herrliches Stück.«

»Irgend jemand findet immer was zum Klagen«, lachte Dr. Hartman. »Sie klagen gerade jetzt. Sie wollen sie zurück haben.«

»Oh«, machte Chee. »Wer?«

»Das chilenische Nationalmuseum. Obwohl das Museum sie natürlich nie selbst in Händen hatte.« Dr. Hartman lehnte sich gegen einen Sockel, auf dem laut Begleittext eine Rabenmaske ausgestellt war, wie sie von Schamanen des Carrier-Stammes an der kanadischen Pazifikküste benutzt wurde. Chee hatte den Eindruck, daß Dr. Hartman sich wohlfühlte in ihrer Haut.

»Eigentlich«, fuhr sie fort, »wurde der ganze Wirbel von einem Mann namens General Huerta veranstaltet. General Ramón Huerta Cardona, um korrekt zu sein. Von seiner Familie nämlich hat der amerikanische Industriemagnat, wer immer er auch war, das Stück ursprünglich bekommen. So habe ich es jedenfalls verstanden. Und ich könnte mir vorstellen, daß der gute General, wenn es ihrem Nationalmuseum gelingt, uns die Maske abzuschwatzen, eine Forderung erheben wird, um sie für seine Familie zurückzuerlangen. Und da er ein sehr, sehr hohes Tier in der chilenischen Politik ist, wird er gewinnen.«

»Werden Sie sie zurückgeben?«

Highhawk lachte.

»Das werde ich nicht«, sagte Dr. Hartman. »Nicht unter den gegebenen Umständen. Ich würde mich ziemlich freuen, wenn ich Henry hier seine Gebeine zurückgeben könnte im Namen des gesunden Menschverstandes, oder auch im Namen des gesunden Anstands. Die Maske aber würde ich nicht zurückgeben.« Sie lächelte Henry Highhawk wohlwollend an. »Romantischen Idealismus weiß ich zu schätzen. Aber nicht Raffgier.« Sie zuckte die Achseln und schnitt eine Grimasse. »Doch schließlich mache ich keine Politik.«

»Er kommt, um sie sich bei der Eröffnung anzuschauen«, sagte Highhawk. »Ich meine, General Huerta. Haben Sie den Artikel darüber neulich in der *Post* gesehen?«

»Ich habe ihn gelesen«, sagte Dr. Hartman. »Demnach zu schließen, was er dem Reporter gesagt hat, kommt der General zwar aus einem gewichtigeren Grund nach Washington, doch hat er, wie ich las, auch gesagt, daß er uns besuchen will, um ...« Dr. Hartmans Stimme wechselte ins Sarkastische. »... ›unseren Nationalschatz‹ anzuschauen.«

»Das wird eine schöne Plackerei«, sagte Highhawk. »Sicherheitsmaßnahmen bringen nur immer alles durcheinander.«

»Er ist ja kein Staatsoberhaupt«, meinte Dr. Hartman. »Nur der Geheimdienstchef. Wir werden ihm ein paar Führer mitgeben und ihn am Haupteingang mit Handschlag eigens empfangen. Danach ist er nur ein Tourist mehr.«

»Außer, wenn die Presse in Scharen hinter ihm herströmt. Und die Fernsehteams«, sagte Highhawk, der in solchen Dingen gut Bescheid wußte.

Chee stellte fest, daß er Dr. Hartman mochte. »Er wird hier ziemlich was zu sehen bekommen«, sagte er.

»Keine falsche Bescheidenheit«, meinte Dr. Hartman. »Das finde ich auch. »Ich wäre ganz gut in Ausstellungen, wenn ich nicht so viel Zeit als Museumsbürokrat verbringen müßte.« Sie lächelte Highhawk zu. »Zum Beispiel bei dem Versuch, herauszufinden, wie ich Frieden stiften kann zwischen einem idealistischen jungen Konservator und den Leuten drüben in der Burg, die die Regeln bestimmen.«

Chee bemerkte, daß Henry Highhawk das Lächeln nicht erwiderte.

»Wir müssen gehen«, sagte Highhawk.

»Gut«, sagte Dr. Hartman. »Ich hoffe, daß Ihr Besuch Ihnen Spaß macht, Mr. Chee. Zeigt Mr. Highhawk Ihnen alles, was Sie sehen möchten?«

Das schien eine günstige Gelegenheit zu sein. »Ich wollte das hier sehen«, sagte Chee. Dabei zeigte er auf den Nachtgesang und die vielen Masken rings im Kreise. »Und ich hoffte, den Tano-Kriegsgott zu sehen, von dem ich gehört habe. Ich habe irgendwo erfahren, daß jemand bei den Pueblo-Indianern hofft, ihn auch wieder zu bekommen.«

Dr. Hartmans Gesicht drückte Zweifel aus. »Ich habe nichts davon gehört«, sagte sie und runzelte die Stirn. Sie sah Highhawk an. »Ein Tano-Fetisch. Wissen Sie etwas darüber? Was für einen Fetisch meinen sie wohl?«

Highhawk blickte zögernd von Dr. Hartman zu Chee. »Ich weiß nicht.«

»Ich meine, Sie könnten es im Bestandsverzeichnis nachsehen«, sagte sie.

Highhawk schaute Chee prüfend an. »Warum nicht?« sagte er. »Wenn Sie wollen.«

Sie fuhren mit dem Personalaufzug in den sechsten Stock, wo sich Highhawks Büro befand, ein stickiger kleiner Raum. Er gab die entsprechende Information in sein Computerterminal ein und bekam als Antwort ein Gewirr von Zahlen und Buchstaben.

»Damit verrät er uns den Korridor, den Raum, den Gang in dem Raum, das Regal in dem Gang und die

Nummer des Behälters, worin er sein muß«, sagte Highhawk. Er drückte eine Reihe weiterer Tasten und wartete. »Jetzt verrät er uns, daß er aus dem Lager genommen wurde, zur Bearbeitung oder so.«

Er schaltete den Computer ab und sah Chee nachdenklich an.

Er weiß, wo er ist, dachte Chee. Er wußte es von Anfang an. Er ist sich nur noch nicht schlüssig, ob er es mir sagen soll.

»Er müßte in der Restaurierung sein«, meinte Highhawk. »Gehen wir mal nachschauen.«

Das Telefon klingelte.

Highhawk blickte erst den Apparat an, dann Chee.

Es klingelte wieder. Highhawk nahm den Hörer ab. »Highhawk«, sagte er.

Und dann: »Ich kann jetzt nicht. Ich habe einen Gast.«

Er hörte zu und blickte Chee an. »Nein, ich konnte das verdammte Ding nicht in Gang kriegen«, sagte Highhawk. »Ich habe keine Ahnung von so 'nem Zeug.« Er hörte zu.

»Ich hab's versucht. Es ging nicht an.« Wieder hörte er zu. »Sieh mal. Du kommst doch sowieso her. Ich lasse es dir zum Befestigen.« Er hörte zu. »Nein. Das ist ein bißchen früh. Zuviel los um die Zeit.« Und schließlich: »Sagen wir also um halb zehn. Und vergiß nicht: der Eingang in der Zwölften Straße.«

Highhawk hörte zu und hängte ein.

»Gehen wir«, forderte er Chee auf.

Highhawk hinkte mit seinem Bein einen scheinbar endlosen Gang hinab. Er wurde zu beiden Seiten von über kopfhohen Regalen mit Holzkisten gesäumt. Die Kisten waren numeriert. Manche waren mit Papieraufklebern versiegelt. Die meisten trugen Schildchen mit der Aufschrift *Vorsicht: Inventarisiertes Material* oder *Vorsicht: Nicht inventarisiertes Material.*

»Was ist da alles drin?« fragte Chee und zeigte auf die Kisten.

»Alles mögliche«, sagte Highhawk. »Ich glaube, hier ist es hauptsächlich früher Agrarkram. Werkzeuge, Butterfässer, Hacken, wissen Sie. Weiter vorne haben wir Gebeine.«

»Die Skelette, die Sie zurück haben wollten?«

»Haben *will*«, sagte Highhawk. »Nach wie vor. Wir haben mehr als achtzehntausend Skelette hier in dieser Rumpelkammer gelagert. Achtzehntausend gottverdammte Skelette von amerikanischen Ureinwohnern in der sogenannten Forschungssammlung des Museums.«

»*Wow*«, sagte Chee. Er hätte vielleicht vier- oder fünfhundert geschätzt. »Wie sieht's mit weißen Skeletten aus?«

»Ungefähr zwanzigtausend schwarze, weiße und so weiter«, sagte Highhawk. »Da aber die Weißgesichter die Rothäute in diesem Land etwa im Verhältnis zweihundert zu eins übertreffen, muß ich, um Gleichheit herzustellen, drei Komma sechs Millionen weiße Skelette ausgraben und hier stapeln. Zumindest, wenn die Wissenschaftler wirklich darauf aus sind, alte Knochen zu untersuchen – was ich allerdings bezweifle.«

Alte Gebeine waren kein Thema, das Chees Wesen als traditionsverhaftetem Navajo entsprach. Leichen waren kein Thema für ein kultiviertes Gespräch. Das Wissen, einen Gang mit Tausenden von Toten zu teilen, erfüllte Chee mit Unbehagen. Er wollte das Thema wechseln. Was versuchte er zu befestigen? Was wollte nicht angehen? Wen würde er um halb zehn treffen? Aber das ging ihn alles nichts an, und Highhawk würde ihm das auch sagen oder seinen Fragen ausweichen.

»Warum die Siegel?« fragte er statt dessen und zeigte darauf.

Highhawk lachte. »Die Republikaner haben die Hauptgalerie für ihren großen Antrittsball gebraucht«, sagte Highhawk. »Ungefähr tausend Typen vom Geheimdienst und vom FBI sind vorher hier hereingeschneit, um Sicherheitsmaßnahmen zu treffen.« Die Erinnerung hatte Highhawks Verbitterung in beste Laune verwandelt. Sein Lachen schlug in ein Glucksen um.

»Sie haben jede Kiste aufgeschlossen und darin herumgestöbert, um sicher zu gehen, daß Lee Harvey Oswald sich nicht darin versteckte, und dann haben sie sie wieder zugeschlossen und das Siegel draufgeklebt, damit sich später keiner hineinschmuggeln konnte.«

»Mein Gott«, rief Chee, dem plötzlich ein Gedanke in den Sinn gekommen war. »Wie viele Schlüssel braucht man denn, um die alle hier aufzuschließen?«

Highhawk lachte. »Keine Angst, wir haben hier nicht das schwerste Schlüsselbund der Welt«, sagte er. »Nur ein Schlüssel, oder vielmehr Nachschlüssel desselben Schlüssels, paßt in die Kistenschlösser. Sie haben nicht den Zweck, Leute davon abzuhalten, irgendwelches Zeug zu stehlen. Wer wollte schon zum Beispiel ein Stück von einem Ruderboot aus der Zeit des Sezessionskrieges stehlen? Das dient nur der Bestandskontrolle. Wenn man an eine dieser Kisten will, geht man in das entsprechende Büro und nimmt den Schlüssel von einem Haken beim Schreibtisch und gibt dafür eine Unterschrift. Trotzdem, der Geheimdienst war zu Tode besorgt. Ungefähr achtzig Millionen Geräte gibt es in diesem Gebäude, und ungefähr hunderttausend davon können benützt werden, um jemanden zu töten. Also wollten sie am liebsten alles festbinden.«

»Es hat ja wohl geklappt. Niemand wurde erschossen.«

»Oder harpuniert oder mit einer Armbrust erlegt oder mit einem Charro-Lasso erledigt oder mit einem Pfeil oder einer Lanze oder einer Stricknadel durchlöchert oder mit einer Kriegskeule erschlagen«, fügte Highhawk hinzu. »Sie wollten auch das ganze Zeug raushaben. Alles, was eine Waffe sein könnte, von Metatekt-Steinen der Cheyennen bis hin zum Walhäutemesser der Eskimos. Es war ein ziemliches Geschrei.«

Highhawk trat plötzlich durch eine Tür in einen langen, hellen, vollgestopften Raum, der von einer Reihe Neonröhren beleuchtet wurde.

»Die Restaurierung«, sagte er, »die Reparaturwerkstatt für vermoderte Kanonenkugeln, ausgefranste Kutschenpeitschen, historische falsche Zähne und so weiter, einschließlich – wenn der Computer recht hat – einen Tano-Kriegsgott.«

Er blieb an einem der langen Tische stehen, die die Mitte des Raumes einnahmen, wühlte kurz darauf herum und förderte dann einen Pappkarton zu Tage. Daraus holte er eine grob geschnitzte Holzform hervor.

Er hielt sie hoch, damit Chee sie sich näher ansehen konnte. Sie war aus einer großen Wurzel gemacht, die ihr eine gebogene und verdrehte Gestalt verlieh. Sie war mit zerzausten Federn geschmückt, und ihr Gesicht erwiderte Chees Blick mit dem gleichen bösartigen Ausdruck, wie er ihm von dem Fetisch in Erinnerung war, den er in Highhawks Arbeitszimmer gesehen hatte. War es derselbe Fetisch? Vielleicht. Er war sich nicht sicher.

»Das ist er, um den es geht«, sagte er. »Das Symbol von einem der Tano-Zwillings-Kriegsgötter.«

»Hat jemand an ihm gearbeitet?« fragte Chee. »Ist er deshalb hier?«

Highhawk nickte. Dann blickte er zu Chee auf. »Wo haben Sie gehört, daß die Pueblos ihn zurückverlangen?«

»Ich kann mich nicht mehr erinnern«, sagte Chee. »Vielleicht stand etwas darüber im *Albuquerque Journal.*« Er zuckte die Schultern. »Oder vielleicht verwechsle ich es auch mit dem Kriegsgott der Zuñis. Den die Zuñis schließlich vom Museum in Denver zurückbekommen haben.«

Highhawk legte den Fetisch behutsam zurück in den Karton. »Egal, ich glaube jedenfalls, daß, als dem Museum zu Ohren kam, die Pueblos würden ihn verlangen, jemand drüben in der Burg eine Aktennotiz rübergeschickt hat. Sie wollten wissen, ob wir wirklich so ein Ding hätten. Und wenn ja, wollten sie verdammt auf Nummer Sicher gehen, daß man sich ordentlich darum kümmerte. Keine Termiten, kein Moos, keine Trockenfäule oder so was. Das wäre schlechte Public Relations.« Highhawk grinste Chee an. »Die Herrschaften in der Burg können schlechte Presse nicht ausstehen.«

»Burg?«

»Das potthäßliche alte Gebäude mit den Türmen und Zinnen und dem ganzen Kram«, erklärte Highhawk. »Es sieht ungefähr wie eine Burg aus, und dort haben die Oberbonzen ihre Büros.« Der Gedanke daran verscheuchte Highhawks gute Laune. »Sie bekommen einen Haufen Geld, um sich Gründe einfallen zu lassen, warum das Museum achtzehntausend gestohlene Skelette braucht. Und diese...« Er klopfte auf den Fetisch. »...diese gestohlene Kultfigur.«

Er reichte sie Chee.

Sie war schwerer, als er erwartet hatte. Vielleicht stammte die Wurzel von einem Baum mit härterem Holz als dem der Pappel. Sie sah alt aus. Wie alt? fragte er sich. Dreihundert Jahre? Dreitausend? Vielleicht auch dreißig. Er hatte keine Möglichkeit, es zu beurteilen. Aber ganz sicher sah nichts daran frisch oder neu aus.

Highhawk blickte auf seine Uhr. Chee reichte ihm den Fetisch. »Interessant«, sagte er. »Es gibt eine Menge Fragen, die ich Ihnen gern dazu stellen würde.«

»Hören Sie«, sagte Highhawk. »Ich habe noch etwas zu

erledigen. Wir gehen jetzt zurück zu meinem Büro. Dort warten Sie, und ich bin gleich wieder da. Das dauert vielleicht...« Er dachte nach. »...sagen wir, zehn, fünfzehn Minuten.«

Chee blickte ebenfalls auf seine Uhr, als Highhawk ihn in seinem Büro zurückließ. Es war fünf vor halb zehn. Er setzte sich neben Highhawks Schreibtisch, die Absätze auf dem Papierkorb, und ruhte sich aus. Er war müde und hatte es nur noch nicht gemerkt. Ein langer Tag, mit vielen Gängen und vielen Enttäuschungen. Was könnte er Janet Pete sagen, was Janet Pete nicht schon wußte? Er konnte ihr sagen, wie unzugänglich Highhawk sich angesichts des Fetischs zeigte. Offensichtlich hatte Highhawk selbst den Kriegsgott in die Restaurierung zur Bearbeitung gebracht. Offensichtlich hatte er genau gewußt, wo er zu finden war. Offensichtlich wollte er nicht, daß Chee von seinem Interesse an der Sache wußte.

Chee gähnte und streckte sich. Dann stand er steif von seinem Stuhl auf, um durch das Büro zu schlendern. Eine eingerahmte Urkunde an der Wand erklärte, daß sein Gastgeber erfolgreich einen Kurs in anthropologischen Konservierungs- und Restaurationsmethoden am Londoner Institut für Archäologie absolviert hatte. Eine andere beurkundete seinen mit Auszeichnung bestandenen Abschluß eines Graduierten-Programms über Materialkonservierung an der George Washington Universität. Noch eine andere bestätigte seine Teilnahme an einem Seminar über »Struktur, Reaktivität, Verfall und Veränderlichkeit proteinhaltigen Gerätematerials sowie ihre Bedeutung für die Konservierung« am amerikanischen Institut für Archäologie.

Chee suchte gerade nach etwas zum Lesen und dachte, daß Highhawks paar Minuten sich ganz schon in die Länge zogen, als er die Geräusche hörte – einen heftigen

Knall, dann einen polternden, wirren Lärm, vermischt mit einem Laut, der ein Schrei gewesen sein konnte. Es war ein ungemütlicher Lärm, der Chee sofort stutzig machte. Er hielt den Atem an und lauschte. Was immer es auch war, es hörte ebenso abrupt auf, wie es angefangen hatte. Chee ging zur Tür, schaute den Korridor hinauf und hinunter und lauschte. Das riesige sechste Stockwerk des Museums für Naturgeschichte war so still wie ein Grab. Der Lärm war von der rechten Seite gekommen. Chee ging den Korridor in diese Richtung hinunter, langsam und ohne ein Geräusch zu machen. Er blieb vor einer geschlossenen Tür stehen, packte den Griff und drückte ihn herunter. Abgeschlossen. Er legte sein Ohr an die Türfüllung, doch hörte er nichts außer dem Geräusch, das sein eigenes Blut machte, während es durch seine Adern pochte. Er ging weiter den Korridor hinab und mußte dabei an die Reihen hölzerner Behälter denken, durch die er lief, an die Gerüche, den Staub, die alten Sachen, die darin vermoderten. Dann blieb er wieder stehen und verharrte vollkommen regungslos, um zu lauschen. Er hörte nichts außer der hallenden Stille, und dann noch ein Geräusch, das von einem Aufzug stammen konnte, der in einem anderen Teil des Gebäudes in Bewegung gesetzt worden war.

Dann Schritte. Schnelle Schritte. Vor ihm, auf der linken Seite. Chee eilte bis zur Ecke des Flurs vor und schaute sich um. Alles leer. Nur ein weiterer Gang zwischen hohen Regalen mit numerierten Behältern. Er lauschte wieder. Wohin waren die eiligen Schritte verschwunden? Was hatte diese seltsamen Geräusche verursacht? Chee hatte keine Ahnung, in welcher Richtung er nachschauen sollte. Er stand einfach da, angelehnt an eine Kiste, und lauschte. Die Stille hallte in seinen Ohren. Wer oder was auch immer den Lärm gemacht hatte, war verschwunden.

Er ging zurück zu Highhawks Büro. Dabei unterdrückte er das Bedürfnis, sich umzuschauen, das Bedürfnis, zu rennen. Nachdem er dort ankam, machte er die Tür fest hinter sich zu und rückte seinen Stuhl so gegen die Wand, daß er der Tür gegenübersitzen konnte. Als er sich hinsetzte, fühlte er sich plötzlich wie ein kompletter Trottel. Für den Lärm würde es eine vollkommen normale Erklärung geben. Etwas war hingefallen. Jemand hatte etwas Schweres fallen lassen.

Er nahm seine Erkundung der Dokumente auf Highhawks unordentlichem Schreibtisch wieder auf, um nach etwas Interessantem zu suchen. Die meisten Schriftstücke waren Verwaltungsakten und technische Unterlagen. Er nahm die Fotokopie eines Berichts mit dem Titel *Ethische und praktische Erwägungen bei der Konservierung ethnographischer Museumsstücke* und machte es sich gemütlich, um ihn zu lesen.

Der Bericht war überraschend interessant – ungefähr fünfundzwanzig Seiten voller Informationen und Ideen, die für Chee größtenteils neu waren. Er las ihn sorgfältig und langsam durch, wobei er ab und zu innehielt, um zu lauschen. Schließlich legte er ihn zurück auf den Schreibtisch, stellte seine Füße wieder auf den Papierkorb und dachte über Mary Landon nach, über Janet Pete und dann über Highhawk. Er blickte auf seine Uhr. Schon nach zehn. Highhawk war nun seit über einer halben Stunde fort. Er ging zur Tür und schaute den Gang hinauf und hinunter. Absolute Leere. Absolute Stille. Er setzte sich wieder auf den Stuhl, behielt diesmal aber die Beine auf dem Boden und erinnerte sich noch einmal genau daran, was Highhawk gesagt hatte. Er hatte gesagt, warten Sie hier ein paar Minuten. Zehn oder fünfzehn vielleicht.

Chee nahm seinen Hut und trat hinaus auf den Gang und schloß die Tür hinter sich. Mühsam fand er seinen

Weg durch das Labyrinth von Gängen zum Aufzug. Er drückte auf den Knopf und hörte, wie er sich aufwärts arbeitete. Highhawk war offensichtlich nicht auf diesem Weg zurückgekehrt. Im Erdgeschoß suchte er den Ausgang zur Zwölften Straße. Dort hatte eine Sicherheitsbeamtin gestanden, als er angekommen war, eine Frau, die Highhawk angesprochen hatte. Sie würde wissen, ob er das Gebäude verlassen hatte. Aber die Frau war nicht da. Niemand bewachte jetzt den Ausgang.

Chee empfand plötzlich ein irrationales Bedürfnis, aus diesem Gebäude herauszukommen und unter freien Himmel zu gelangen. Er schob die Tür auf und eilte die Stufen hinunter. Die kalte, nebelige Luft prickelte herrlich auf seiner Haut. Aber wo war Highhawk? Er erinnerte sich an die letzten Worte, die Highhawk gesagt hatte, als er ihn in seinem Büro verließ: »Ich bin gleich wieder zurück.«

15

Leaphorn rief Kennedy von seinem Hotelzimmer aus an. Er erreichte ihn zu Hause.

»Ich habe ihn«, sagte Leaphorn. »Sein Name lautet Elogio Santillanes. Aber ich brauche dich, damit du mir eine Überprüfung der Fingerabdrücke besorgst und nachschaust, ob das FBI etwas über ihn hat.«

»Wer?« fragte Kennedy. Seine Stimme klang verschlafen. »Worüber redest du eigentlich?«

»Über den Mann neben den Gleisen. Erinnerst du dich? Den Burschen, wegen dem du mich raus in die Prärie geholt hast, damit ich einen Blick auf ihn werfe.«

»Oh«, sagte Kennedy. »Ach, ja. Santillanes, sagst du? Ein hiesiger Hispano demnach. Wie bist du ihm auf die Schliche gekommen?«

Leaphorn erklärte ihm alles, angefangen von St. Germain über Perez bis hin zu der Rezept-Kennziffer, einschließlich des kleinen rothaarigen Mannes, der womöglich (oder auch nicht) Santillanes' Apartment beobachtete.

»Schön, auch mal Dusel zu haben«, sagte Kennedy. »Von wo rufst du an? Bist du jetzt in Washington?«

Leaphorn nannte ihm den Namen seines Hotels. »Ich werde noch hierbleiben – zumindest kann man hier für mich eine Nachricht hinterlassen. Rufst du in Washington an?«

»Warum nicht?« sagte Kennedy.

»Würdest du sie dann bitten, mir eine Mitteilung zu machen, wenn sie etwas herausfinden? Und da sie das wahrscheinlich nicht tun, würdest du mich anrufen, sobald sie dich zurückrufen?«

»Warum nicht?« sagte Kennedy. »Bleibst du so lange da, bis wir etwas wissen?«

»Warum nicht?« sagte Leaphorn. »Mit dem Namen sollte es nicht lange dauern. Entweder sie haben Abdrücke oder sie haben keine.«

Es dauerte nicht lange. Leaphorn schaute sich die Spätnachrichten an. Dann machte er draußen einen Spaziergang durch den feinen, feuchten und kalten Nebel, der sich inzwischen gebildet hatte. Er kaufte eine Ausgabe der *Washington Post* vom nächsten Morgen und las sie im Bett. Er wachte spät auf, frühstückte in der Snack Bar des Hotels und hörte das Telefon klingeln, als er gerade zurück auf sein Zimmer kam.

Es war Kennedy.

»Volltreffer«, sagte Kennedy. »Ich bin heute morgen beim FBI so eine Art Held – was ungefähr bis Sonnenuntergang anhalten wird. Dein Elogio Santillanes war in der FBI-Kartei mit den Fingerabdrücken. Er war einer der ziemlich wenigen überlebenden Führer der alles andere als loyalen Links-Opposition des Pinochet-Regimes in Chile.«

»Nun«, sagte Leaphorn. »Das ist interessant.« Doch was zum Teufel bedeutete das? Was konnte einen chilenischen Politiker nach Gallup in New Mexico locken? Was konnte das Interesse eines solchen Mannes für einen Nachtgesang irgendwo draußen hinter Lower Greasewood wecken?

»Sie fragten sich schon, was mit ihm passiert war«, sagte Kennedy. »Er stand nicht gerade unter ständiger Überwachung, aber das FBI versucht, solche Leute im Auge zu behalten. Ihnen auf der Spur zu bleiben. Besonders bei diesem Verein, wegen dem Auto, das vor einiger Zeit hochging. Erinnerst du dich daran?«

»Sehr vage. Gehörte es einem Chilenen?«

»Allerdings. Einer von diesem Verein, bei dem auch Santillanes Mitglied ist, wurde bei Sheridan Circle in die Luft gesprengt, in der Gegend, wo die ganz wichtigen Leute wohnen. Die Bande von der chilenischen Botschaft hat sich nicht genug Mühe gegeben, ihre Spuren zu verwischen, und das State Department hat eine ganze Horde von ihnen zu *personae non gratae* erklärt und nach Hause geschickt. Es hat einen Mordsprotest an die Adresse der chilenischen Regierung gegeben, Menschenrechtsbeschwerden, die ganze Latte von A bis Z. Fürchterlich schlechte Publicity für die Pinochet-Mafia. Danach scheint das FBI sie jedenfalls im Auge behalten zu haben. Und die Dinge haben sich beruhigt.«

»Bis jetzt«, sagte Leaphorn.

»Sieht ganz so aus, als ob Pinochets Gorillas abgewartet hätten, bis sie den Eindruck hatten, sie würden nicht mehr dafür erwischt«, sagte Kennedy. »Aber woher soll ich das wissen?«

»Das würde die große Mühe erklären, die sie sich gaben, damit Santillanes nicht identifiziert werden konnte.«

»Allerdings«, stimmte Kennedy ihm zu. »Wenn es keine Identifizierung gibt, gibt es auch keinen Anschiß vom State Department.«

»Hast du deine Leute gebeten, mich anzurufen? Hast du ihnen von Santillanes' Nachbarn erzählt? Und hast du weitergegeben, was ich dir über Henry Highhawks Namen in Santillanes' Notizheft gesagt habe?«

»Ja, ich habe ihnen von dem kleinen Mann in Apartment Nr. 2 erzählt, und ja, ich habe Henry Highhawk erwähnt, und ja, ich habe sie gebeten, Joe Leaphorn anzurufen. Haben sie sich gemeldet?«

»Natürlich nicht«, sagte Leaphorn.

Kennedy lachte. »Der alte J. Edgar ist zwar tot, aber nichts hat sich geändert.«

Sie sollten sich doch noch melden. Kaum hatte Leaphorn aufgelegt, hörte er es an seiner Tür klopfen.

Zwei Männer warteten auf dem Flur. Sogar in Washington, wo jedes männliche Wesen – nach Leaphorns flüchtigem Eindruck – wie jedes andere männliche Wesen gekleidet war, fielen ihm diese beiden sofort als FBI-Männer auf.

»Kommen Sie herein«, sagte Leaphorn und schaute auf die Ausweise, die ihm die zwei jetzt unter die Nase hielten. »Ich habe Sie mehr oder weniger erwartet.«

Er stellte sich vor. Ihre Namen waren Dillon und Akron. Sie waren beide blond, Dillon war der größere und dienstältere von ihnen.

»Ihr Name ist Leaphorn? Ist das richtig?« fragte Dillon und schaute in sein Notizbuch. »Haben Sie einen Ausweis?«

Leaphorn zeigte seine Mappe vor.

Dillon verglich Leaphorns Gesicht mit dem Foto. Dann prüfte er die Papiere. Nichts in seiner Miene verriet, daß er irgendwie beeindruckt war.

»Ein Lieutenant der Navajo Tribal Police?«

»Richtig.«

Dillon blickte ihn eindringlich an. »Wie sind Sie in diese Santillanes-Sache geraten?«

Leaphorn erklärte es ihm. Die Leiche neben den Gleisen. Wie er erfuhr, daß der Zug angehalten wurde. Wie er erfuhr, daß das Gepäck liegengelassen worden war. Wie er von der Kennziffer auf dem Rezept erfuhr. Wie er das Apartment mit der Rezeptadresse aufsuchte.

»Haben Sie den Mann in Apartment Nr. 2 überprüft?« fragte Leaphorn. »Er paßt zur Beschreibung des Mannes, den der Zugbegleiter in Santillanes' Abteil gesehen hat. Und er war neugierig.«

Akron lächelte müde und blickte herunter auf seine Hände. Dillon räusperte sich. Leaphorn nickte. Er wußte, was jetzt kam. Er hatte schon vierzig Jahre mit dem FBI zusammengearbeitet.

»Der Fall unterliegt nicht Ihrer Zuständigkeit«, sagte Dillon. »Er unterlag noch nie Ihrer Zuständigkeit. Sie haben sowieso schon ein ziemliches Durcheinander in einen höchst sensiblen Fall gebracht.«

»Der die nationale Sicherheit betrifft«, fügte Leaphorn in Gedanken und mehr an sich selbst gerichtet hinzu. Er wollte nicht sarkastisch sein. Das war nur die Standardfloskel, die das FBI seit den fünfziger Jahren benutzte. Man bekam sie immer zu hören, wenn die Behörde Inkompetenz vertuschte. Er fragte sich lediglich, ob die hier zur Debatte stehende FBI-Schlamperei von Dillons Vorgesetzten ernst genommen wurde. Allem Anschein nach ja.

Dillon schaute ihn an, denn er witterte Sarkasmus. Aber er sah auf Leaphorns eckigem Navajo-Gesicht nichts als Nachdenklichkeit. Leaphorn dachte darüber nach, wie er aus Dillon Informationen herausholen konnte, und er glaubte, eine Lösung gefunden zu haben. Er nickte.

»Hat Agent Kennedy Ihnen gegenüber den Zettel erwähnt, der in Santillanes' Brusttasche gefunden wurde?«

Dillons Gesichtsausdruck wechselte von streng zu unfreundlich. Er biß sich mit den Zähnen auf die Lippen. Ließ sie wieder los. Setzte an, etwas zu sagen. Überlegte es sich anders. Stolz kämpfte mit Neugier. »Ich wurde bis zu diesem Zeitpunkt nicht davon unterrichtet«, sagte er.

Dann hatte es keinen Zweck, mit Dillon darüber zu

reden. Aber er wollte sich Dillon geneigt machen. »Es stand nichts darauf geschrieben, außer dem Namen Agnes Tsosie – Tsosie ist ein ziemlich verbreiteter Name unter Navajos, und Agnes ist sehr beliebt in dem Stamm – und dem Namen einer Heilungszeremonie. Das Yeibichai. Es sollte eins für Mrs. Tsosie abgehalten werden. Stattfinden sollte es ungefähr drei oder vier Wochen, nachdem die Leiche von Santillanes gefunden wurde.«

»Was haben Sie für ein Interesse an der Sache?« fragte Dillon.

»Der verantwortliche Agent in Gallup ist ein alter Freund von mir«, sagte Leaphorn. »Wir arbeiten schon seit Jahren zusammen.«

Dillon ließ sich von dem »verantwortlichen Agenten in Gallup« keineswegs beeindrucken. Tatsache war, daß ein in Washington stationierter Agent sich kaum von einem sonstwo stationierten Agenten beeindrucken ließ, und erst recht nicht mit einer kleinen Stadt im Westen. In früheren Zeiten wurden Agenten in Orte wie Gallup versetzt, weil sie sich in den Augen J. Edgar Hoovers versündigt hatten, oder in den Augen eines Mitarbeiters aus dem Heer der Jasager, mit denen er die höheren Ränge seines Imperiums besetzt hatte. In Hoovers Tagen galt New Orleans als das äußerste Sibirien innerhalb des FBI. Hoover haßte New Orleans als heißen, feuchten und dekadenten Ort und ging davon aus, daß alle anderen FBI-Beamten ebenso empfanden. Seit seinem Tod wurden Agenten, die als unbotmäßig ehrgeizig, unannehmbar intelligent oder anfällig für schlechte Publicity galten, von seinen Nachfolgern gewöhnlich in kleinere Städte verbannt.

»Es ist trotzdem nicht Ihr Fall«, sagte Dillon. »Ihre Zuständigkeit hört genau an der Grenze der Indianerreservation auf. Und in diesem Fall erlischt Ihre Zuständigkeit schon davor.«

Leaphorn lächelte. »Darüber bin ich nur froh«, sagte er. »Das sieht zu kompliziert für mich aus. Aber ich bin neugierig. Ich muß noch mit Pete Domenici zum Lunch, bevor ich abreise, und er wird sicherlich wissen wollen, was ich hier so mache.«

Agent Akron hatte auf einem Stuhl neben dem Bett außerhalb von Leaphorns Blickfeld Platz genommen. Leaphorn hielt seine Augen auf Dillon gerichtet, während er redete. Offensichtlich kannte Dillon den Namen von Pete Domenici, dem altgedienten Senator von New Mexico, der zufälligerweise für die Republikaner in dem Komitee saß, das die Aufsicht über das FBI-Budget innehatte. Leaphorn lächelte Dillon erneut an – ein verschwörerisches Von-Bulle-zu-Bulle-Lächeln. »Sie wissen ja, wie manche Leute sind, wenn es um Mord geht. Pete ist fasziniert davon. Wenn ich Pete von Santillanes erzähle, wird er hundert Fragen stellen.«

»Domenici«, sagte Dillon.

»Eine Sache, die mich der Senator fragen wird, ist, warum Santillanes draußen in New Mexico ermordet wurde«, sagte Leaphorn. »Draußen in seinem Distrikt.«

Leaphorn beobachtete Dillon, wie er sich eine Meinung bildete, und stellte sich den Gedankengang vor. Er würde denken, daß Leaphorn wahrscheinlich log, was Domenici anging, und das war auch der Fall, aber Dillon hatte nicht dadurch in Washington überlebt, daß er auf gut Glück taktierte. Dillon hatte sich zu einer Entscheidung durchgerungen.

»Ich kann nicht darüber reden, was er da draußen gemacht hat«, sagte Dillon. »Agent Akron und ich gehören der Antiterror-Abteilung an. Und ich kann sagen, Santillanes war ein prominentes Mitglied einer terroristischen Vereinigung.«

»Oh«, sagte Leaphorn.

»Die gegen das Regime von Präsident Pinochet kämpft.« Dillon sah Leaphorn an. »Das ist der Präsident von Chile«, fügte er hinzu.

Leaphorn nickte. »Aber Sie können mir nicht sagen, warum Santillanes draußen in New Mexico war?« Er nickte wieder. »Das muß ich respektieren.« In dem Floskelcode, den das FBI im Laufe der Jahre entwickelt hatte, bedeutete das, daß Dillon die Antwort nicht wußte.

»Das darf ich nicht sagen«, meinte er. »Nicht zum gegenwärtigen Zeitpunkt.«

»Was ist mit dem Grund, weshalb er ermordet wurde?«

»Reine Spekulation«, sagte Dillon. »Nichts Offizielles.«

Leaphorn nickte beipflichtend.

»Die Anstrengungen, die unternommen wurden, um eine Identifizierung zu verhindern, legen die Vermutung nahe, daß es sich hier um einen Ausläufer des Krieges handelt, den die Pinochet-Administration gegen die Kommunisten in Chile führt«, sagte Dillon. Er machte eine Pause und musterte Leaphorn, um zu sehen, ob eine Erläuterung erforderlich sei. Er kam zu dem Schluß, daß dies der Fall war.

»Vor einiger Zeit wurde ein chilenischer Dissident hier in Washington in die Luft gesprengt. Eine Autobombe. Das State Department hat mehrere chilenische Staatsbürger ausgewiesen und dem Botschafter eine Ermahnung zukommen lassen. Oder so ähnlich jedenfalls.« Dillon erwiderte denselben Von-Bulle-zu-Bulle-Blick, den er ein paar Minuten früher von Leaphorn empfangen hatte. »Deshalb haben die Sicherheitsleute von der chilenischen Botschaft sich offenbar entschlossen, abzuwarten, bis eine der Personen auf ihrer Liste sich möglichst weit von Washington entfernte, bevor man sie eliminierte. Sie wollten sichergehen, daß nie eine Verbindung hergestellt werden konnte.«

»Ich begreife«, sagte Leaphorn. »Ich habe noch zwei weitere Fragen.«

Dillon wartete.

»Was wird das FBI im Hinblick auf den kleinen Mann in Apartment Nr. 2 unternehmen?«

»Darüber kann ich nicht reden«, sagte Dillon.

»Das sehe ich ein. Sagt Ihnen der Name Henry Highhawk irgend etwas?«

Dillon überlegte. »Henry Highhawk? Nein.«

»Ich glaube, Kennedy hat ihn erwähnt, als er das FBI anrief«, erwiderte Leaphorn.

»Ach ja«, sagte Dillon. »Der Name in dem Notizheft.«

»Wie paßt dieser Henry Highhawk in die ganze Geschichte? Warum sollte Santillanes an ihm interessiert sein? Warum interessierte er sich für Agnes Tsosie? Oder die Yeibichai-Zeremonie?«

»Yeibichai-Zeremonie?« fragte Dillon, allem Anschein nach völlig verblüfft. »Ich bin nicht befugt, über irgend etwas davon zu reden. Zum gegenwärtigen Zeitpunkt kann ich nicht über Henry Highhawk reden.«

Doch Henry Highhawk ging Leaphorn nicht aus dem Sinn. Der Name war ihm irgendwie schon beim erstenmal vertraut vorgekommen, als er ihn geschrieben in Santillanes' Notizheft gesehen hatte. Es war ein ungewöhnlicher Name, und er hatte ein schwaches Glöckchen in seinem Gedächtnis zum Klingeln gebracht. Er erinnerte sich, wie er sich den Namen in Santillanes' zierlicher kleiner Handschrift angeschaut hatte, und versuchte, ihn einzuordnen, doch ohne Erfolg. Er erinnerte sich, wie er Highhawks Foto bei Agnes Tsosie angeschaut hatte. Er wußte, daß er den Mann nie zuvor gesehen hatte. Als Dillon und Akron dorthin verschwunden waren, wohin FBI-Agenten immer verschwinden mochten, versuchte er es noch einmal. Offensichtlich hatte der Name Dillon nichts gesagt.

Offensichtlich mußte er, Leaphorn selbst, schon einmal auf ihn gestoßen sein, bevor die ganze Sache losgegangen war. Aber wie? Er hatte nichts Ungewöhnliches gemacht. Nur Verwaltungsroutine auf dem Revier.

Er griff nach dem Telefon und wählte die Nummer vom Präsidium der Navajo Tribal Police in Window Rock. Nach ungefähr elf Minuten hatte er, was er wollte. Oder zumindest das meiste.

»Ein Haftbefehl wegen Fluchtgefahr? Wie lautete die ursprüngliche Anklage? Wirklich? Das Datum? Nein, ich meinte das Datum der Verhaftung. Wo? Geben Sie mir die Ausschreibungsbehörde des Haftbefehls.« Leaphorn notierte sich eine Washingtoner Adresse. Wer hat die Verhaftung bei uns vorgenommen? Ich warte.« Leaphorn wartete. »Wer?«

Der Officer, der die Verhaftung vorgenommen hatte, war Jim Chee.

»Gut, danke«, sagte Leaphorn. »Ist Chee noch in Shiprock stationiert? Okay. Ich rufe ihn dort an.«

Er wählte die Nummer der Polizei-Nebendienststelle von Shiprock aus dem Gedächtnis. Officer Chee war im Urlaub. Hatte er eine Adresse zurückgelassen, wo er zu erreichen war? Die Vorschriften der Navajo Tribal Police verlangten das zwar, aber Chee stand in dem Ruf, sich manchmal seine eigenen Vorschriften zurechtzubasteln.

»Eine Sekunde«, sagte der Beamte. »Da ist sie. Er ist in Washington, D. C. Ich gebe Ihnen sein Hotel.«

Leaphorn rief in Chees Hotel an. Ja, Chee war noch eingetragen. Aber er nahm das Telefon nicht ab. Leaphorn hinterließ eine Nachricht und legte auf. Er setzte sich aufs Bett und fragte sich, was Officer Jim Chee nur von Shiprock nach Washington verschlagen haben mochte. Lieutenant Joe Leaphorn hatte noch nie an Zufall geglaubt, noch nie in seinem Leben.

16

Leroy Fleck konnte einfach nicht auf andere Gedanken kommen. Er saß auf dem Gartenklappstuhl in seiner leeren Wohnung, das Telefon neben sich auf dem Boden. In ungefähr einer Stunde würde es Zeit sein, zur Telefonzelle rauszugehen, um seinen einmal pro Monat fälligen Kontaktanruf bei Eddy Elkins zu erledigen. Was er Eddy Elkins sagen sollte, war ein Teil des Problems. Er mußte Elkins bitten, ihm genug Geld zu telegrafieren, um Mama woanders unterbringen zu können, genug, um sich die zwei oder drei Tage über Wasser zu halten, die es dauern würde, bis The Client die restliche Summe bezahlte. Er haßte es zu bitten, denn er war sich so gut wie sicher, daß Elkins nur lachen und nein sagen würde. Aber er mußte so viel auftreiben, daß er Mama woanders unterbringen konnte.

Fleck hatte seinen Hut auf und seinen Mantel an. Es war kalt in der Wohnung, denn er versuchte, an den Nebenkosten zu sparen. Was er gerade tat, während er über alles das nachdachte, bereitete ihm normalerweise Vergnügen. Er ging den aufgegliederten Teil mit den Kleinanzeigen der *Washington Post* durch, auf der Suche nach jemandem, mit dem er reden konnte. Normalerweise brachte ihn das auf andere Gedanken. Nicht an diesem Abend. Selbst wenn er mit Leuten redete, wollte Mama ihm nicht aus dem Sinn gehen. Das Schlimmste daran war, daß er Fat Man einen Denkzettel hatte verpassen müssen. Er hatte gedroht, den Scheißkerl umzubringen, und ihm dabei den Arm umgedreht. Es hatte einfach keine andere Möglichkeit gegeben, ihn dazu zu bringen, Mama da zu behalten, bis er eine andere Stelle finden würde. Aber auf diese Weise hatte er dafür gesorgt, daß jetzt erst der richtige Ärger losging – zumindest aller Wahrscheinlichkeit nach. Er hatte den Mann gewarnt, nicht die Polizei anzurufen, und der Drecksack hatte ziemlich eingeschüchtert ausgesehen, so daß er's vielleicht bleiben ließ. Vielleicht aber auch nicht. Und wenn die Polizei seine Adresse überprüfte und herausfand, daß sie faul war – nun, wer weiß, was dann passierte. Sie würden Interesse entwickeln. Fleck konnte es sich nicht leisten, daß die Polizei Interesse entwickelte.

Das Tonbandgerät auf dem Karton vor der Wand machte ein flüsterndes Geräusch. Fleck schaute zu ihm hinüber, in Gedanken ganz woanders. Es flüsterte und verstummte dann. Das Mikrofon, das er im Hohlraum über der Decke von Santillanes' Wohnung installiert hatte, sollte angeblich auf Stimmen reagieren. In Wirklichkeit aber bedeutete das, daß es auf Geräusche reagierte. Eine Menge von dem, was Fleck aufnahm, bestand darin, wie Mrs. Santillanes, oder wie die alte Mexikanerin auch hieß, ihren Staubsauger betätigte oder mit Geschirr herumklapperte. Anfangs hatte er das Band manchmal abgespielt, bevor er es an die Postfachadresse schickte, die Elkins ihm gegeben hatte. Er hatte eine Menge Haushaltsgeräusche gehört und ab und zu, wie Leute redeten. Aber die Gespräche waren auf spanisch. Fleck hatte ein bißchen davon in Joliet bei den Hispanos aufgeschnappt. Gerade genug, um zu begreifen, daß das meiste von dem, was er aufnahm, Familiengespräche waren. Was gibt's heute abend zu essen? Wo ist meine Brille? So'n Zeug. Nicht genug, daß Fleck erraten konnte, warum Elkins' Auftraggeber diesem Verein auf der Spur bleiben wollte. Fleck hatte bei dem Auftrag von Anfang an den Eindruck gehabt, daß diese Leute nebenan clever genug waren, ihre ernsthaften Gespräche irgendwoanders zu führen.

Er fand eine Anzeige, die vielversprechend klang. Ein Apple-Computer, komplett mit zwölf Videospielen, wurde von privat zum Kauf angeboten. Fleck wußte so gut wie nichts von Computern, und sie kümmerten ihn wenig. Aber das hier hörte sich nach einer Familie an, in der die Kinder inzwischen groß waren, wobei es bei dem Angebot um einen ordentlichen Preis ging, so daß der Besitzer nichts dagegen hatte, eine Weile zu reden. Fleck wählte die Nummer, hörte das Besetztzeichen und nahm die Zeitung wieder in die Hand. Diesmal entschied er sich für einen benzinbetriebenen Abfallzerkleinerer. Ein Mann meldete sich nach dem zweiten Klingeln.

»Ich rufe wegen dem Abfallzerkleinerer an«, sagte Fleck. »Wieviel verlangen Sie dafür?«

»Nun, wir haben dreihundertachtzig Dollar dafür bezahlt, und er ist noch wie neu.« Der Mann hatte eine weiche Südstaatlerstimme. »Aber wir haben keine Verwendung mehr dafür. Ich glaube, wir könnten auf, sagen wir mal, zweihundert heruntergehen.«

»Keine Verwendung dafür?« fragte Fleck. »Hört sich an, als würden Sie umziehen oder so. Haben Sie sonst noch was zu verkaufen? Ich könnte verschiedene Dinge brauchen.«

»Wir ziehen nicht um«, sagte der Mann. »Wir hören nur mit der Gartenarbeit auf. Meine Frau hat sich eine Arthritis zugezogen.« Er lachte. »Und sie war diejenige, die die ganze Arbeit gemacht hat.«

Von da brachte Leroy Fleck das Gespräch auf persönliche Dinge – zuerst auf die persönlichen Dinge des Inserenten und dann auf Flecks eigene. Das war etwas, das er schon seit Jahren machte, und mit der Zeit war er sehr gut darin geworden. Das war sein Ersatz dafür, in Kneipen herumzuhängen. Durch Mamas Unterbringung in einem Altersheim waren Kneipen zu teuer geworden, und die Leute, mit denen man dort reden konnte, waren in der Regel sowieso nicht normal. Fleck hatte mehr oder weniger durch Zufall entdeckt, wie angenehm und entspannend es war, mit ordentlichen Leuten zu reden. Das war, als er die Idee hatte, es wäre doch schön für Mama, einen von diesen kleinen Kühlschränken auf ihrem Zimmer zu haben. Ihm war einer zwischen den Kleinanzeigen aufgefallen, er hatte angerufen und ein freundliches Gespräch mit der Dame geführt, die ihn verkaufte. Mama hatte den kleinen Kühlschrank raus auf den Flur geschmissen und kaputt gemacht, aber Fleck hatte sich an den Plausch erinnert. Und so war es allmählich zu einer Gewohnheit geworden. Zuerst tat er es nur, wenn er das Bedürfnis hatte, auf andere Gedanken zu kommen. Aber in den letzten paar Jahren hatte er es fast jeden Abend gemacht. Außer samstags. Die Leute mochten es nicht, wenn man sie am Samstag anrief. Mit zunehmender Praxis hatte er gelernt, auf welche Anzeigen er anrufen und wie er das Gespräch in Gang halten konnte. Nach drei oder vier solcher Anrufe konnte Fleck schlafen. Mit einem normalen Menschen zu reden brachte ihn auf andere Gedanken.

Für gewöhnlich tat es das. Doch heute abend klappte es nicht. Nach einer Weile wollte der Mann, der den Abfallzerkleinerer anbot, nur noch darüber reden – was Fleck dafür bezahlen wollte und so weiter. Fleck hatte dann wegen einem Urlaubs-Zeltcaravan mit vier Schlafgelegenheiten angerufen. Aber diesmal merkte er, daß er noch eher ungeduldig wurde als die Frau, die ihn anbot.

Nach diesem Anruf saß er einfach nur da auf seinem Gartenstuhl. Um sich von den Gedanken um Mama abzulenken, machte er sich Gedanken um diese zwei Indianer – besonders um den, der hier an seine Tür gekommen war. Keine Frage, beide Männer hatten ihm nach Bullen gerochen. Normalerweise wäre er in einer Situation wie dieser gleich hier ausgezogen und untergetaucht. Aber jetzt konnte er nicht umziehen. Dieser Job, den Eddy Elkins ihm diesmal aufgehalst hatte, hielt ihn hier zurück. Er klebte fest. Er brauchte das Geld. Brauchte es unbedingt. Mußte unbedingt noch zwei Tage warten, bis der Monat herum war. Dann würde er die zehn Riesen kriegen, auf die die Bande ihn warten ließ.

Er ging in die Küche und sah im Kühlschrank nach. Er hatte noch ein bißchen Rinderleber übrig und zwei Hamburger-Brötchen, aber kein Hackfleisch und nur zwei Tomaten. Das würde für seinen Hunger heute abend reichen. Aber er würde morgen Lebensmittel brauchen. Er hatte nicht mal genug Fett, um sich die Kartoffeln zum Frühstück zu braten. Fleck nahm Hut und Mantel und ging hinaus in den Nieselregen.

Er kam mit einer Plastikeinkaufstüte wieder und einer frühen Ausgabe der *Washington Post*. Fleck wußte, wie man seine Dollars strecken konnte. Die Tüte enthielt zwei Laibe Brot vom vergangenen Tag, ein Dutzend Eier Güteklasse B, eine Zweilitertüte Milch, eine Packung Velveeta und ein Pfund Margarine. Er stellte die Bratpfanne auf den Gasbrenner und gab einen Löffel Margarine hinein und dann die Leber. Flecks Möbel bestanden aus Sachen, die er zusammenklappen und im Kofferraum seines alten Chevy verstauen konnte, was bedeutete, daß die Küche, abgesehen von den Einbauelementen, völlig leer war. Er lehnte sich gegen die Wand und sah zu, wie die Leber briet. Während sie briet, schlug er die *Post* auf und las.

Auf der Titelseite stand nichts, was er wissen mußte. Auf Seite zwei sprang ihm das Wort *Chile* ins Auge: *Hoher chilenischer Polizeioffizier zu Besuch. Verlangt von Museum Herausgabe goldener Maske.*

Er überflog den Artikel, aus routinemäßigem Interesse an den Geschäften seines Auftraggebers. Daraus ging hervor, daß General Ramón Huerta Cardona, tituliert als »Befehlshaber der für die innere Sicherheit Chiles zuständigen Kräfte«, in Staatsgeschäften in Washington sei und plane, morgen ein persönliches Gesuch bei der Smithsonian Institution um die Herausgabe einer Inka-Maske einzureichen. Dem Artikel zufolge war die Maske »aus Gold und mit Smaragden eingelegt«, und der General bezeichnete sie als einen »chilenischen Nationalschatz, der dem chilenischen Volk zurückgegeben werden sollte«. Fleck las den Artikel nicht zu Ende. Er drehte die Seite um.

Das Bild sprang ihm sofort ins Auge. Der alte Mann. Es war auf Seite vier, ein einspaltiges Foto auf der unteren Hälfte der Seite mit einem Bericht darunter. Old Man Santillanes.

»Oh, Scheiße!« sagte Fleck so laut, daß es fast ein Schrei war.

Die Überschrift lautete: *Erstochener Unbekannter identisch mit chilenischem Revolutionär.*

Fleck warf die Zeitung zu Boden und lehnte sich gegen die Wand. Er bebte am ganzen Körper. »Oh, Scheiße«, wiederholte er, diesmal so leise, daß es fast ein Flüstern war. Er bückte sich, hob die Zeitung wieder auf und las: »Die Leiche eines Mannes, die letzten Monat in New Mexico neben einem Eisenbahngleis gefunden wurde, ist identifiziert worden als Elogio Santillanes y Jiminez, ein im Exil lebender Führer der Opposition der chilenischen Regierung, wie ein Sprecher des FBI heute mitteilte.

Der FBI-Sprecher sagte weiter, Santillanes sei duch eine einzige Stichwunde im Nacken getötet und seine Leiche von einem Amtrak-Zug aus ins Freie geschafft worden.

›Alle Hinweise auf seine Identität wurden von seinem Körper entfernt, sogar sein Gebiß‹, erläuterte der Sprecher. Er betonte, daß dadurch die Identifizierung für das FBI erheblich erschwert worden sei.

Das FBI lehnte jeden Kommentar ab, ob bereits verdächtige Personen verhört worden seien. Vor zwei Jahren war ein weiterer Oppositionsführer des Pinochet-Regimes in Washington umgebracht worden, als eine Bombe in seinem Auto detonierte. Im Anschluß an diesen Zwischenfall übermittelte das State Department eine scharf formulierte Protestnote an die chilenische Botschaft, und zwei Botschaftsangehörige wurden als *personae non gratae* aus den Vereinigten Staaten gewiesen.«

Der Artikel ging noch weiter, aber Fleck ließ die Zeitung wieder fallen. Er fühlte sich elend, doch er mußte nachdenken. Er hatte richtig geschätzt, was die Botschaft anging, und auch warum sie gewollt hatte, daß er Santillanes weit weg von Washington umbrachte, und warum sie solchen Nachdruck darauf legten, daß eine Identifizierung vermieden wurde. Wie zum Teufel hatte das FBI es geschafft, die Verbindung herzustellen? Aber was machte das noch aus? Sein Problem war, wie er darauf reagieren sollte.

Sie würden ihm die zehn Riesen jetzt nicht mehr schikken. Keine Identifizierung und kein öffentliches Aufsehen einen Monat lang. So lautete die Vereinbarung. Ein Monat ohne etwas in den Zeitungen war Beweis genug, daß er die Sache nicht vermasselt hatte. Und jetzt, wieviel waren's? Neunundzwanzig Tage? Einen Augenblick lang gab er sich dem Gedanken hin, sie würden ihm beipflichten, daß dies nahe genug dran sei. Aber solche Gedanken waren einen verdammten Dreck wert. Sie brauchten nur den geringsten Anlaß, um ihn zu bescheißen. Sie schauten auf ihn herab wie auf Abfall. Wie auf Dreck. Genau wie Mama Delmar und ihm immer gesagt hatte.

Er roch, daß die Leber in der Bratpfanne anbrannte, nahm sie vom Brenner und fächelte den Rauch fort. Elkins hatte ihm gesagt, daß Mama recht hatte. Er hatte sich nicht daran erinnert, Elkins von Mama erzählt zu haben, das hätte er normalerweise auch bestimmt nicht getan, aber Elkins meinte, er hätte darüber gesprochen, als er nach dem Pentothal wieder zu sich kam – dem Zeug, das sie ihm gegeben hatten, als sie ihn im Krankenrevier des Gefängnisses wieder aufmöbelten. Direkt nach der Vergewaltigung.

Elkins hatte an seinem Bett gestanden, als er aufwachte, und eine Pfanne in der Hand gehalten für den Fall, daß er sich übergeben mußte wie manche Leute, wenn sie nach Pentothal wieder zu sich kamen. »Ich will jetzt, daß du mir zuhörst«, hatte Elkins ihm zugeflüstert, ganz nah an seinem Gesicht. »Sie kommen gleich rein, sobald sie wissen, daß du reden kannst, und stellen dir Fragen. Sie werden dich fragen, wer die Burschen waren, die dich fertiggemacht haben.« Und er glaubte, er hatte etwas gebrabbelt von Rechnung begleichen mit den Scheißkerlen, denn Elkins hatte seine Hand auf Flecks Mund gelegt – daran erinnerte Fleck sich noch jetzt ganz genau – und gesagt: »Rechne mit ihnen ab. Aber nicht jetzt. Du mußt es selbst tun. Erzähl den Wärtern, daß du nicht weißt, wer dich fertiggemacht hat. Sag ihnen, daß du nicht einen zu Gesicht gekriegt hast. Sie haben dich von hinten niedergeschlagen. Wenn du hier drinnen am Leben bleiben willst, dann sag den Wärtern ja nichts. Du erledigst deine Angelegenheiten selbst. Wie deine Mama dir gesagt hat.«

»Wie deine Mama dir gesagt hat!« Also mußte er von

Mama geredet haben, als er noch unter Narkose war. Es war alles noch so lebendig.

Er hatte Elkins gefragt, ob sie ihn wirklich auf die Weise vergewaltigt hatten, wie er sich erinnerte, und Elkins meinte, ja, das hätten sie getan.

»Dann muß ich sie umbringen.«

»Ja«, sagte Elkins. »Ich glaube auch. Wenn du nicht leben willst wie ein Tier.«

Elkins war ein von der Anwaltsliste gestrichener Anwalt, der schon einige Zeit in Joliet gesessen hatte und etwas von solchen Dingen verstand. Er brummte vier bis acht Jahre, weil er für ein im Bundesstaat Illinois begangenes Verbrechen schuldig befunden worden war. Es hatte etwas damit zu tun, daß Zeugen geschmiert worden waren, oder vielleicht auch Geschworene, für eine wichtige Figur des organisierten Verbrechens in Chicago. Fleck begriff, daß Elkins geschwiegen und den Kopf hingehalten hatte, und auf diese Weise schien die Sache geklappt zu haben. Denn jetzt war Eddy Elkins wieder ein wichtiger Mann in einer Chicagoer Kanzlei, auch wenn er nicht selbst als Anwalt praktizieren durfte.

Aus diesem Grund war Elkins sogar im Gefängnis ein wichtiger Mann gewesen. Er war ein einfacher Wärter, der als Krankenpfleger und Sanitäter auf dem Krankenrevier des Gefängnisses arbeitete. Aber er hatte Geld. Er hatte Verbindungen drinnen und draußen, und jeder wußte das. Als Fleck aus dem Isolationsblock kam, wurde ihm mitgeteilt, daß er eine Arbeit auf dem Krankenrevier hatte. Elkins hatte dafür gesorgt. Und Elkins hatte ihm bei seinem großen Problem geholfen – wie er die drei schweren Jungs umbringen sollte. Sie waren alle größer als er. Alle stärker. Als erstes brachte er ihn dazu, Gewichte zu heben. Fleck war damals ebenso mager wie klein gewesen. Aber mit neunzehn kann man sich schnell entwickeln, wenn man ein Ziel hat. Und Steroide. Auch die besorgte Elkins für ihn. Und dann hatte Elkins ihm gezeigt, wie mit einem Messer aus einem kleinen Mann ein gleichwertiger Gegner für einen großen werden kann, wenn der kleine Mann sehr, sehr schnell ist und eiskalt und mit der Klinge umzugehen weiß. Fleck war immer schon schnell gewesen – hatte es sein müssen, um zu überleben. Elkins benutzte die lebensgroße Anatomiekarte im Büro des Krankenreviers und das Plastikskelett, um ihm beizubringen, wo er das Messer ansetzen mußte.

»Immer flach«, sagte Elkins. »Denk daran. Worauf du aus bist, sitzt hinter den Knochen. Die Knochen treffen nützt dir gar nichts, und der Weg durch sie hindurch geht durch Spalten.« Elkins war ein großer, schlanker, leicht vornübergebeugter Mann. Er hatte in Dartmouth studiert und sein Juraexamen in Harvard gemacht. Er sah aus wie ein Lehrer und er betätigte sich auch gern als Lehrer. Auf dem leeren, ruhigen Krankenrevier stand Elkins oft vor dem Skelett, während Fleck auf dem Bett saß, und brachte Fleck das Handwerk bei.

»Wenn du von vorne in den Mann gehen mußt«, empfahl Elkins, wobei er davon abriet, von vorne in den Mann zu gehen, »mußt du zwischen die Rippen oder direkt unter den Adamsapfel gehen. Rasch hineinstoßen, und dann der Dreher.« Elkins demonstrierte den kleinen Dreher mit seinem Handgelenk. »So erwischst du die Arterie oder den Herzmuskel oder das Rückgrat. Ein Stich ist gewöhnlich einen Dreck wert. Jeder andere Stich geht langsam und macht Lärm. Wenn du von hinten in den Mann gehen kannst, ist es dasselbe. Halt es flach. Halt es waagerecht.«

Elkins machte es ihm an dem Plastikskelett vor. »Am schnellsten geht es hier,« sagte er und zeigte mit einem schlanken, manikürten Finger auf die Stelle, »über dem ersten Rückenwirbel. Wenn du's richtig machst, gibt es keine Bewegung. Nicht einen Laut. Kaum eine Blutung. Der Tod tritt auf der Stelle ein.«

Als es für ihn Zeit war, wieder in den Hof zu gehen, ging er mit einem schmalen, feststehenden kleinen Messer. Es war hergestellt aus einem chirurgischen Messer und so scharf wie das Skalpell, das es einst gewesen war. Elkins hatte es ihm gegeben, zusammen mit seinen letzten Instruktionen.

»Denk daran, deine Zahl ist drei. Drei Mann sind es. Wenn du bei dem ersten erwischt wirst, kannst du die anderen zwei nicht fertigmachen. Denk daran, und denk daran, es flach zu halten. Worauf du aus bist, sitzt hinter dem Knochen.«

Er war zwanzig gewesen, als er es tat. Verdammt lang her. Er hätte so gerne Mama davon erzählt. Aber das war nichts, was man in einem Brief sagen konnte, wenn die Wärter die Post lasen. Und Mama hatte sich nie freimachen können, um an den Besuchstagen zu kommen. Er fühlte sich deshalb ganz elend. Das Leben war hart zu ihr gewesen, und er hatte nicht gerade viel getan, es ihr leichter zu machen.

Die Leber hatte diesen angebrannten Geschmack. Und die Hamburger-Brötchen waren ziemlich vertrocknet. Aber er mochte Leber sowieso nicht. Er kaufte sie nur, weil sie ungefähr halb so teuer war wie Hackfleisch. Und für den geringen Appetit, den er an diesem Abend hatte, reichte sie allemal. Dann nahm er seinen Hut und den Mantel und ging hinaus, um Elkins anzurufen.

»Ich kann absolut nichts für dich tun«, sagte Elkins. »Du weißt doch, wie wir arbeiten. Nach zwanzig Jahren solltest du das wissen. Jeder für sich. Es geht nicht anders.«

»Mehr als zwanzig Jahre«, sagte Fleck. »Erinnerst du dich an den ersten Job?«

Den ersten Job hatte er noch im Gefägnis erledigt. Elkins war draußen, dank einer Menge verlorener Zeit und einer frühen Haftentlassung. Dann war der Besucher gekommen, um ihn zu sprechen. Im Grunde war es der einzige Besucher, den er je gehabt hatte. Ein junger Rechtsanwalt. Elkins hatte ihn geschickt, um Fleck einen Namen zu stecken. Es war ein kurzer Besuch gewesen.

»Elkins hat mich nur beauftragt, Ihnen zu sagen, Sie sollen sich um vier statt um drei kümmern. Um Cassidy und Dalkin und Neal und um David Petresky, meint er. Er sagte, Sie würden schon verstehen. Und ich soll Ihnen ausrichten, Sie würden bei der Entlassungsanhörung von einem Anwalt vertreten, und danach hätte er eine ordentliche Arbeit für Sie.« Der Anwalt war ein untersetzter blonder Mann mit grünlichblauen Augen. Er war nicht viel älter als Fleck und wirkte nervös – ständig schaute er sich um, ob der Wärter zuhörte. »Er gab mir den Auftrag, ein Ja oder ein Nein zurückzubringen.«

Fleck hatte eine Minute darüber nachgedacht, während der er sich fragte, wer Petresky war und wie er an ihn rankommen konnte. »Sagen Sie ihm ja«, antwortete er.

Jetzt erinnerte Elkins sich daran.

»Das war damals eine Art Test«, sagte Elkins. »Sie meinten, du würdest nicht mit Petresky fertig. Ich meinte, ich hätte gesehen, wie du arbeitest.«

»Die ganzen Jahre«, sagte Fleck. »Jetzt brauche ich Hilfe. Ich finde, die bist du mir schuldig.«

»Ich bin immer ein Profi gewesen«, sagte Eddy Elkins. »Das weißt du. Es ging nicht anders. Es wäre einfach zu verdammt gefährlich gewesen.«

Gefährlich für dich, dachte Fleck, aber er sagte nur: »Ich muß einfach diese drei Riesen haben. Ich muß genug haben, um Mama woanders unterzubringen.« Fleck machte eine Pause. »Mann, ich bin verzweifelt.«

Es entstand ein langes Schweigen. »Du sagst, es geht um deine Mutter?«

»Ja.« In Joliet hatte er Elkins eine Menge von Mama erzählt. Er glaubte, Elkins begriff, was er für sie empfand.

Wieder trat ein Schweigen ein. »Wie lautet deine Nummer dort?«

Fleck sagte sie ihm.

»Bleib da. Ich will einen Kontakt herstellen und sehen, was ich tun kann.«

Fleck wartete fast eine Stunde lang, eingemummt in seinen feuchten Mantel in der Telefonzelle, und dann, als er merkte, wie er vor Kälte steif wurde, indem er den Bürgersteig auf und ab ging, immer nah genug, um das Klingeln zu hören.

Als es klingelte, war The Client am Apparat.

»Du schmutziger kleiner *hijo de puta*«, sagte er. »Du willst Geld? Du machst uns nichts als Ärger und willst auch noch Geld dafür?«

»Ich muß es haben«, sagte Fleck. »Sie schulden es mir.« *Hijo de puta*, dachte er. Der Mann hatte ihn einen Hurensohn genannt.

»Wir sollten dir deinen schmutzigen kleinen Hals brechen«, sagte The Client. »Vielleicht tun wir das auch. Ja. Vielleicht schneiden wir dir deine schmutzige kleine Gurgel durch. Wir geben dir einen simplen kleinen Job. Und was machst du? Du vermasselst ihn!«

Fleck fühlte die Wut in sich aufsteigen, fühlte sie wie Galle in seiner Kehle. Er hörte Mamas Stimme: »Sie behandeln euch wie Nigger. Wenn ihr sie laßt, behandeln sie euch wie Hunde. Wenn ihr zulaßt, daß sie euch mit Füßen treten, behandeln sie euch wie Tiere.«

Aber er unterdrückte seine Wut. Er konnte sie sich nicht leisten. Er mußte sie jetzt gleich rausholen. Er mußte sie an einen Ort bringen, wo man sich um sie kümmern würde.

»Ich weiß, wer Sie sind«, sagte Fleck. »Ich bin Ihnen bis zu Ihrer Botschaft gefolgt. Entweder Sie zahlen, oder ich kann Ihnen einigen Ärger machen.« Dann lauschte er.

Was er zu hören bekam, war ein Schwall von Obszönitäten. Er hörte, wie er ein dreckiger, Scheiße fressender Hurensohn genannt wurde, Sohn einer läufigen Hündin. Und dann das Klicken der unterbrochenen Leitung.

Als Fleck im Nieselregen draußen vor der Zelle stand, spuckte er auf den Bürgersteig. Er ließ die Wut nun aufsteigen. Er würde das Geld schon irgendwie anders besorgen. Das hatte er in der Vergangenheit auch geschafft. Überfälle. Eine Menge Überfälle, um dreitausend Dollar zusammenzukriegen, wenn er nicht gehöriges Glück hatte. Es war gefährlich. Fürchterlich gefährlich. Nur die herrschende Klasse trug große Geldbeträge bei sich, und manche hatten auch nur Plastikgeld dabei. Und die Polizei schützte die herrschende Klasse. Und jetzt hatte er noch etwas anders zu tun. Es ging darum, abzurechnen. Darum, wieder sein Messer zu benutzen. Darum, mit der Klinge hinter den Knochen vorzudringen.

17

»Für den Anfang«, sagte Joe Leaphorn, »möchte ich alles wissen, was Sie über diesen Henry Highhawk wissen.«

Sie hatten sich in dem Raum getroffen, der in Jim Chees Hotel als Snack Bar bezeichnet wurde, umgeben von einfachen Arbeitern und Touristen, die wie Chee ihre Reisebüros beauftragt hatten, ihnen eine preiswerte Unterkunft in der Stadtmitte von Washington zu besorgen. Leaphorn trug die Washingtoner Uniform. Doch sein Dreiteiler war ein Modell, das Mitte der 70er Jahre im Kaufhaus von Gallup verkauft wurde, und sein Schlottern zeugte von den Pfunden, die Leaphorn dadurch verloren hatte, daß er seit Emmas Tod selber kochte.

Außer dem einen Mal bei der Segensweg-Zeremonie hatte Jim Chee den legendären Leaphorn immer nur in der Uniform der Reservationspolizei gesehen. Er hatte psychologische Schwierigkeiten, mit dieser ungewohnten Kleidung umzugehen. Wie ein Schlips bei einem Zuchtstier, dachte Chee. Oder Socken bei einem Ziegenbock. Doch über dem Schlipsknoten waren Leaphorns Augen genau so, wie Chee sie in Erinnerung hatte – dunkelbraun, wach, fragend. Wie immer fühlte Chee sich durch etwas in ihnen dazu veranlaßt, sein Gewissen zu überprüfen. Was hatte er versäumt? Was hatte er vergessen?

Er erzählte Leaphorn von Highhawks Arbeit, von seiner Ausbildung, der Anklage gegen ihn wegen Grabschändung, seiner Kampagne, das Smithsonian dazu zu bringen, seine vielen tausend Skelette amerikanischer Ureinwohner für die Wiederbestattung herauszugeben. Er schilderte, wie er und Cowboy Dashee Highhawk verhaftet hatten, und berichtete, wie Gomez aufgekreuzt war, wie Gomez sich bereit erklärt hatte, Highhawks Kaution zu hinterlegen. Wie Gomez am Tag zuvor bei Highhawk aufgetaucht war. Er beschrieb Highhawks Hinken, seine Beinschiene, und wie Janet Pete seine Anwältin geworden war. Er streifte Janet Petes Skepsis hinsichtlich des Tano-Pueblo-Fetischs, und was er in Highhawks Arbeitszimmer gesehen hatte. Aber er sagte kein Wort über Janet Petes Zweifel und Probleme. Das war eine andere Geschichte. Das ging Leaphorn nichts an.

»Was glauben Sie, was er auf dem Yeibichai trieb?« fragte Leaphorn.

Chee zuckte die Schultern. »Er sieht zwar nicht so aus, aber er ist zu einem Viertel ein Navajo. Eine Großmutter war Navajo. Ich glaube, sie hat ihn schwer beeindruckt. Janet Pete sagte mir, er will ein Navajo werden. Er hält sich für einen Navajo.« Chee dachte kurz nach. »Er wollte irgendwie in den Stamm eingeweiht werden. Und er wußte genug über das Yeibichai, um in der letzten Nacht dort aufzukreuzen.« Er blickte Leaphorn an. Wußte dieser Navajo-Mischling von einem Pragmatiker und einem Agnostiker eigentlich genug über das Yeibichai, um zu wissen, was das bedeutete? Er fügte hinzu: »Wenn der *hataalii* ab und zu Jungen einweiht – sie durch die Masken schauen läßt. Highhawk wollte das auch.«

Leaphorn nickte kaum merklich. »Tat er's?«

»Wir haben ihn festgenommen«, sagte Chee.

Leaphorn dachte über die Antwort nach. »Vom Fleck weg?«

»Nun, das nicht«, sagte Chee. »Wir haben ihn eine Weile beobachtet. Und als wir ihn dann festnahmen, fragte er, ob wir nicht noch ein bißchen dableiben könnten. Er wollte den Teil sehen, wenn Talking God und Humpback und der Fringed Mouth-*yei* erscheinen. Also sind wir so lange dageblieben.« Chee zuckte die Schultern. Er hatte die Rolle genossen, mehr zu wissen als Lieutenant Leaphorn. »Das wär's so in etwa«, sagte er.

Leaphorn hob seine Kaffeetasse hoch, schaute sie prüfend an, blickte hinüber zu Chee, nahm einen kleinen Schluck, stellte sie zurück auf die Untertasse und wartete. »So ungefähr zwei Stunden dageblieben«, sagte er. »Stimmt's?«

»Ungefähr«, bestätigte Chee.

»Sie standen doch nicht bloß so herum. Sie haben sicher geredet. Worüber hat Highhawk geredet?«

Chee zuckte die Schultern. Worüber hatten sie geredet?

»Es war höllisch kalt – der Wind kam aus Norden. Darüber haben wir geredet. Er meinte, die Leute, die die *yei*-Masken trugen, müßten gräßlich frieren, weil sie doch nur Leggins und Kilts anhätten. Er stellte eine Menge Fragen. Schützt die Farbe an ihren Körpern sie wohl gegen die Kälte? Welche Maske verkörpert welchen *yei*? Fragen zur Zeremonie. Und er wußte genug darüber Bescheid, um gescheite Fragen zu stellen.« Chee hörte auf zu sprechen. Er war fertig.

»Über irgend etwas sonst noch?«

Chee zuckte die Schultern.

Leaphorn sah ihn eindringlich an. »Das wird nicht reichen«, sagte er. »Ich muß mehr wissen.«

Chee war nicht danach zumute. Er spürte, wie sein Gesicht rot anlief. »Highhawk hat einen Teil davon auf Tonband aufgenommen«, sagte Chee. »Er hielt diesen kleinen Kassettenrekorder in der Hand versteckt. So konnte er ihn in den Ärmel schieben, wenn jemandem was auffiel. Man darf das nicht tun, nur wenn man es mit dem *hataalii* abgesprochen hat. Ich ließ ihn gewähren. Hab nichts gesagt. Und plötzlich hörte ich, wie er die Worte von einem Gesang mitsang. Was sonst noch? Er und Gomez gingen ins Küchenzelt und aßen von dem Eintopf. Und als Dashee und ich ihn verhafteten, kam Gomez hinzu und wollte wissen, was los sei.«

»Wenn er so viel wußte, wie es den Anschein hat, dann wußte er auch, daß er nicht ohne die Erlaubnis des Sängers Tonbandaufnahmen machen durfte«, sagte Leaphorn. »Und Sie hatten den Eindruck, daß er es heimlich tat?«

»Er tat es heimlich«, sagte Chee. »Wenn man den Rekorder in der Hand versteckt. Um ihn in den Ärmel zu schieben.«

»Nicht sehr höflich«, sagte Leaphorn. »Nicht so höflich, wie sich der Brief anhörte.« Das sagte er mehr zu sich selbst, als würde er laut denken.

»Brief?« fragte Chee, lauter als beabsichtigt. Der Ton in seiner Stimme war so scharf, daß am Nebentisch zwei Männer in der Botenuniform von Federal Express von ihren Waffeln aufschauten und ihn ansahen.

»Er schrieb einen Brief an Agnes Tsosie«, sagte Leaphorn. »Sehr höflich. Erzählen Sie mir von diesem Gomez. Beschreiben Sie ihn.«

Chee war sich bewußt, daß sein Gesicht rot war. Er konnte es ganz deutlich spüren.

»Ich bin im Urlaub«, sagte Chee. »Ich bin nicht im Dienst. Ich will, daß Sie mir von diesem Brief erzählen. Wann war das? Wie haben Sie davon erfahren? Wie haben Sie von Highhawk erfahren? Was zum Teufel geht eigentlich vor?«

»Nun ja«, fing Leaphorn an, wobei jetzt sein Gesicht rot

anlief. Aber dann machte er wieder den Mund zu. Er räusperte sich. »Nun ja«, sagte er wieder. »Ich glaube, Sie haben recht.« Und er erzählte Chee von Pointed Shoes, dem Mann mit den spitzen Schuhen.

Leaphorn war ein ungewöhnlich guter Erzähler. Er gliederte alles ordentlich und der Reihe nach. Er berichtete von der Leiche, die neben den Gleisen vor Gallup gefunden worden war, von der rätselhaften Notiz in der Brusttasche des Opfers, von dem Besuch bei Agnes Tsosie, von Highhawks Brief mit Highhawks beigefügtem Foto, was die Autopsie ans Licht gebracht hatte, alle Daten und Fakten.

»Dieser kleine Mann in der Wohnung nebenan paßt zu der Beschreibung des Mannes in Santillanes' Zugabteil. Es ist ganz klar, daß er sich für die Santillanes-Blase interessierte. Besteht die Möglichkeit, daß er und Gomez identisch sind?«

»Nicht nach Ihrer Beschreibung«, sagte Chee. »Gomez hatte schwarzes Haar. Er ist jünger, als sich Ihr Mann anhört, außerdem größer und schlanker – ohne diese Gewichthebermuskeln. Und ich glaube, er hat mehrere Finger verloren.«

Leaphorns Miene veränderte sich von wach zu hellwach. »Mehrere? Was wollen Sie damit sagen?«

»Er trug zwar Lederhandschuhe, aber an beiden Händen waren manche Finger steif – als wären die Handschuhe mit Watte ausgestopft oder als würde der Finger darin sich nicht krümmen. Ich sah jedesmal hin, wenn ich konnte, denn es wirkte komisch. Seltsam, meine ich. Finger an beiden Händen zu verlieren.«

Leaphorn dachte nach. »Irgend welche anderen Narben? Verunstaltungen?«

»Keine sichtbaren«, sagte Chee und wartete ab. Er sah Leaphorn zu, wie er sich die verstümmelten Finger durch den Kopf gehen ließ. Chee rief sich ins Gedächtnis, daß er im Urlaub war, und das gleiche galt für Leaphorn. Bei allen Göttern, nein, er war absolut nicht bereit, den Lieutenant so davonkommen zu lassen.

»Warum?«

Leaphorn, der offenbar in seinen Gedanken unterbrochen wurde, blickte überrascht auf. »Was?«

»Ich kann Ihnen ansehen, daß Sie diese fehlenden Finger für wichtig halten. Warum sind sie wichtig? Wie paßt das mit dem zusammen, was Sie wissen?«

»Wahrscheinlich sind sie nicht wichtig«, sagte Leaphorn.

»Das ist zu wenig«, meinte Chee. »Erinnern Sie sich, ich bin im Urlaub.«

Leaphorns Miene veränderte sich zu einer Art Grinsen. »Ich habe ein paar schlechte Angewohnheiten. Eine Menge davon hat damit zu tun, Zeit zu sparen. Eine seltsame Angewohnheit für einen Navajo, schätze ich. Aber Sie haben recht. Sie sind im Urlaub. Ich übrigens auch.« Er stellte seine Kaffeetasse ab.

»Wo soll ich anfangen? Santillanes hatte keinen einzigen Zahn mehr. Alle gezogen. Aber der Pathologe, der die Autopsie vorgenommen hat, meinte, es gäbe keine Anzeichen für irgendeinen Grund, warum sie gezogen wurden. Keine Kiefernprobleme, keine Spuren von Zahnfleischerkrankungen, wegen denen man sonst seine Zähne verliert. Ich habe mich gefragt, auf welche Weise Santillanes seine Zähne verlor. Sie haben sich gefragt, auf welche Weise Gomez seine Finger verlor.« Leaphorn nahm den letzten Schluck von seinem Kaffee und winkte dem Kellner. »Sehen Sie eine Verbindung?«

Chee zögerte. »Meinen Sie etwa, daß sie beide vielleicht gefoltert wurden?«

»Nur so ein Gedanke. Ich glaube, sie sind chilenische

Linksradikale. Und die rechte Front ist an der Macht. Es hat eine Menge Berichte über die Geheimpolizei gegeben, zum Teil auch die Armee, daß sie Leute umlegen. Daß Leute verschwinden. Über politische Gefangene. Mord. Folter. Lauter wirklich scheußliches Zeug, das Nachforschungen von Amnesty International zur Folge hatte.«

Chee nickte.

»Ich finde, wir sollten gehen und mit Highhawk reden«, sagte Leaphorn. »Okay?«

»Wenn wir ihn finden können«, sagte Chee. »Ich habe heute morgen angerufen. Zuerst bei ihm zu Hause. Dann in seinem Büro. Keine Antwort. Also habe ich Frau Dr. Hartman angerufen. Sie ist die Kuratorin, für die er im Museum arbeitet. Sie hat ihn auch nicht gesehen. Sie suchte schon nach ihm.«

»Dann wollen wir trotzdem probieren, ihn zu finden«, meinte Leaphorn und nahm die Rechnung vom Tisch.

»Ich habe Ihnen noch nicht von gestern abend erzählt«, sagte Chee. Er schilderte, wie Highhawk den Anruf entgegengenommen hatte und dann mit der Bemerkung gegangen war, er sei gleich wieder da, ohne aber zurückzukommen.

»Ich glaube, wir sollten dort draußen weitermachen. Mal nachschauen, ob wir den Mann finden können. Wir versuchen es bei ihm zu Hause, und wenn er nicht da ist, versuchen wir's im Smithsonian.«

Chee setzte sich seinen Hut auf und folgte ihm.

»Warum nicht?« sagte er, doch noch während er das sagte, hatte er eine Ahnung, daß sie Henry Highhawk nicht finden würden.

Sie nahmen ein Taxi nach Eastern Market.

»Bleiben Sie eine Minute hier, bis wir wissen, ob unsere Leute zu Hause sind«, sagte Leaphorn.

Der Taxifahrer war ein untersetzter junger Mann mit

dichtem braunem Kraushaar und dicken roten Lippen. Er nahm eine Taschenbuchausgabe von *Passage to Quivera* aus dem Handschuhfach und schlug sie auf. »Ist ja Ihr Geld«, sagte er. »Sie können es ausgeben, wofür Sie wollen.«

Leaphorn drückte auf die Türklingel. Sie hörten, wie sie drinnen summte. Er drückte noch einmal. Chee ging die Verandastufen wieder hinunter und fischte die Morgenzeitung von der Stelle neben dem Vorderaufgang, wo der Bote sie hingeworfen hatte. Er zeigte sie Leaphorn. Er nickte und drückte wieder auf die Klingel. Chee ging ans Fenster und beschattete mit den Händen sein Blickfeld auf der Scheibe. Die Rollos waren hochgezogen, die Vorhänge offen. Das Zimmer lag leer und dunkel da in dem trüben Licht dieses bewölkten Morgens.

»Was halten Sie davon?« fragte Chee.

Leaphorn schüttelte den Kopf und betätigte wieder die Klingel. Er versuchte es am Türknauf. Es war abgeschlossen.

»Vorhänge offen, Rollos oben«, sagte Chee. »Falls er letzte Nacht nach Hause gekommen ist, hat er vielleicht kein Licht gemacht.«

»Vielleicht, vielleicht auch nicht.« Leaphorn versuchte es noch einmal an der Tür. Sie war immer noch abgeschlossen. »Ich kenne hier einen Bullen«, sagte er. »Ich glaube, den rufen wir mal an, um zu sehen, was er davon hält.«

»FBI?« fragte Chee.

»Ein richtiger Bulle«, sagte Leaphorn. »Ein Captain der Washingtoner Polizei.«

Sie nahmen das Taxi bis zur öffentlichen Telefonzelle bei der Metro-Station von Eastern Market. Leaphorn erledigte seinen Anruf. Chee wartete. Er sah dem Taxifahrer beim Lesen zu und versuchte zu ergründen, was zum

Teufel Highhawk wohl tat. Wohin war er verschwunden? Warum war er verschwunden? Was hatte Bad Hands mit der Sache zu tun? Er stellte sich Bad Hands in der Rolle des Revolutionärs vor. Er stellte sich vor, was es wohl für ein Gefühl war, wenn ein Folterknecht einem die Finger abhackte, um einen zum Reden zu bringen. Leaphorn stieg wieder ins Taxi.

»Er sagt, er würde uns in einer kleinen Cafeteria in der alten Hauptpost treffen.«

Der Taxifahrer wartete auf Anweisungen. »Wissen Sie, wo das ist?« fragte Leaphorn.

»Ist der Papst katholisch?« fragte der Fahrer zurück.

Als sie ankamen, erwartete Captain Rodney sie gleich an der Tür zur Cafeteria, ein großer, massiger Schwarzer, der eine Zweistärkenbrille trug, einen grauen Filzhut und dazu einen passenden Regenmantel. Leaphorns Anblick löste in ihm ein breites freudiges Grinsen aus, bei dem seine weißen Zähne aufblitzten.

»Das ist Jim Chee«, sagte Leaphorn. »Einer von unseren Officers.«

Sie schüttelten einander die Hände. Rodneys zerfurchtes, kaffeefarbenes Gesicht verriet normalerweise nur dann eine Regung, wenn Rodney es ihm erlaubte. Jetzt verriet es, nur für einen kurzen Augenblick, verblüffte Überraschung. Als er seinen Filzhut zog, kam graues, kurzgeschorenes Kraushaar zum Vorschein.

»Jim Chee«, sagte er und prägte sich Chees Gesicht ein. »Ah, ja.«

»Rodney und ich kennen uns schon ewig«, sagte Leaphorn. »Wir haben zusammen die FBI-Akademie überlebt.«

»Zwei Außenseiter«, sagte Rodney. »Damals in den Tagen, als noch *alle* FBI-Agenten blaue Augen hatten und nicht wie jetzt nur noch die meisten von ihnen.« Rodney lachte in sich hinein, doch ließ er dabei Chee keine Sekunde aus den Augen. »Das war, als ich zum erstenmal erfuhr, daß unser Freund hier...«, er wies mit einem Daumen auf Leaphorn, »die Angewohnheit hat, einem nur das zu sagen, was man seiner Meinung nach zu wissen braucht.«

Sie saßen jetzt an einem Tisch, und Leaphorn bestellte Kaffee. Jetzt sah Leaphorn überrascht aus. »Wie zum Beispiel?« fragte er. »Was willst du damit sagen?«

Rodney sah immer noch Chee an. »Sie arbeiten für diesen Burschen, stimmt's? Oder jedenfalls mit ihm zusammen.«

»Mehr oder weniger«, sagte Chee und fragte sich, worauf das alles hinauslief. »Ich bin zur Zeit im Urlaub.«

Rodney lachte. »Urlaub. Das soll einer glauben. Sie sind nur ganz zufällig dreitausend Meilen von zu Hause entfernt am selben Fleck wie Ihr Boss. Na, vielleicht habe ich Joe gerade auch eine allgemeine Eigenschaft der Navajos zum Vorwurf gemacht.«

»Worüber reden wir hier eigentlich?« fragte Leaphorn.

»Darüber, daß die Navajo Tribal Police zwei Männer hierher schickt«, sagte er und zeigte mit dem Finger erst auf Leaphorn, dann auf Chee, »zwei Männer, zählt ruhig nach, hierher nach Washington, District of Columbia, was ein paar Meilen außerhalb von ihrem Zuständigkeitsbereich liegt, um sich um einen Burschen zu kümmern, von dem wir Bullen hier bis jetzt nicht mal gewußt haben, daß es einen Grund gab, sich um ihn zu kümmern.«

»Niemand hat uns hergeschickt«, sagte Leaphorn.

Rodney ignorierte die Bemerkung. Er blickte Chee an. »Um wieviel Uhr haben Sie gestern abend das Smithsonian verlassen?

Chee sagte es ihm. Er war verdutzt. Wie konnte dieser Washingtoner Polizist wissen, daß er gestern abend im

Museum gewesen war? Was kümmerte das ihn? Etwas mußte mit Highhawk passiert sein.

»Welcher Ausgang?«

»Zur Zwölften Straße.«

»Hat Sie niemand kontrolliert?«

»Es war niemand da.«

Wieder verriet Rodneys Gesicht Überraschung.

»Ah«, sagte er. »Kein Museumsdiener? Kein Sicherheitsbeamter? Wie sind Sie rausgekommen?«

»Ich bin einfach rausgegangen.«

»Die Tür war nicht verschlossen?«

Chee schüttelte den Kopf. »Zu, aber nicht abgeschlossen.«

»Haben Sie jemanden gesehen? Irgendeinen Menschen?«

»Ich war selbst überrascht, daß niemand da war. Ich habe mich umgeschaut. Alles leer.«

»Haben Sie keine junge Frau in einer Museumsuniform gesehen? Eine schwarze Frau? Die Aufseherin, die den Eingang zur Zwölften Straße im Auge behalten sollte?«

Chee schüttelte wieder den Kopf. »Niemand. Was ist hier überhaupt Sache?« Doch noch während er die Frage stellte, wußte er, was Sache war. Highhawk war tot. Chee war vermutlich die letzte Person, die ihn lebend gesehen hatte.

»Sache ist«, Rodney blickte jetzt Leaphorn an »daß ich einen Anruf von meinem alten Freund Joe hier bekomme mit der Bitte, nachzuprüfen, ob es irgendeine Akte über einen Mann namens Henry Highhawk gibt, und ich herausfinde, daß dieser Highhawk auf einer Liste von Leuten steht, mit denen das Morddezernat gerne reden würde.« Rodneys Blick wanderte wieder zu Chee hinüber. »Also komme ich her, um mit meinem alten Freund Joe zu reden, und er stellt mir Sie vor, und Sie, wer hätte das gedacht, sind zufällig ein anderer Bursche auf der Wunschliste des Morddezernats. Das ist hier Sache.«

»Wenn eure Leute vom Morddezernat mit Highhawk reden wollen«, sagte Chee, »bedeutet das, daß er noch lebt?«

»Haben Sie irgendeinen Grund, etwas anderes anzunehmen?« fragte Rodney.

»Als Sie vom Morddezernat sprachen, dachte ich, er sei das Opfer«, sagte Chee. Er erklärte Rodney, was letzte Nacht im Smithsonian passiert war. »In einer Minute wieder zurück, sagte er. Aber er kam überhaupt nicht zurück. Ich ging hinaus und lief in den Gängen herum, um nach ihm zu suchen. Dann bin ich schließlich heimgegangen. Heute morgen rief ich bei ihm zu Hause an. Keine Spur. Ich rief in seinem Büro an. Die Frau, für die er arbeitet, suchte ihn auch schon. Sie machte sich Sorgen um ihn.«

Rodney hatte jedes einzelne Wort aufmerksam verfolgt. »Wann sind Sie heimgegangen?«

»Das habe ich Ihnen doch gesagt«, meinte Chee. »Ich muß den Eingang zur Zwölften Straße kurz vor halb elf verlassen haben. Ziemlich genau um diese Zeit. Dann bin ich direkt in mein Hotel zurückgegangen.«

»Und wann bekam Highhawk diesen Telefonanruf? Den Anruf, als er gerade gehen wollte?«

Chee sagte es ihm.

»Wer war der Anrufer?«

»Keine Ahnung. Es war ein kurzes Gespräch.«

»Um was ging es? Haben Sie das gehört?«

»Ich hörte nur Highhawk sprechen. Anscheinend hat er versucht, Highhawk zu erklären, wie er etwas befestigen mußte. Highhawk hatte es versucht, und es hatte nicht geklappt. Ich erinnere mich, wie er sagte, es ›ging nicht an‹, und wie Highhawk sagte, da er ja sowieso herkäme, könnte der Anrufer es auch selbst befestigen. Und dann verabredeten sie sich für halb zehn, und Highhawk erinnerte ihn daran, daß es der Eingang an der Zwölften Straße war.«

»Ihn?« fragte Rodney. »War der Anrufer ein Mann?«

»Ich hätte ihn oder sie sagen sollen. Ich konnte die andere Stimme nicht hören.«

»Ich werde jetzt selber einen Anruf erledigen«, sagte Rodney und stand auf, geradezu anmutig für einen Mann mit einem so massigen Körper. »Um das alles an den Detective weiterzuleiten, der den Fall bearbeitet. Ich bin gleich wieder zurück.« Er grinste Chee an. »Auf jeden Fall schneller als Highhawk.«

»Wer ist das Opfer?« fragte Leaphorn.

Rodney zögerte und schaute auf sie herab. »Es war die Museumswärterin, die am Eingang zur Zwölften Straße Nachtschicht hatte.«

»Erstochen?« fragte Leaphorn.

Leaphorns Stimme hatte jetzt einen ungeduldigen Unterton. »Ich habe dir ja erzählt, warum ich hier bin«, sagte er. »Erinnerst du dich? Santillanes wurde erstochen. Sehr professionell, in den Nacken.«

»Oh, ja«, sagte Rodney. »Nein. Diesmal nicht erstochen. Es war eine Schädelfraktur.« Er machte einen Schritt in Richtung Telefon.

»Wo haben sie die Leiche gefunden?« fragte Chee. »Und wann?«

»Vor ein paar Stunden. Wer immer ihr auch den Schädel eingeschlagen hat, er hat eine perfekte Stelle gefunden, um sie zu verstecken.« Rodney schaute auf sie herab, wie der Märchenerzähler, der eine Pause macht, um die Wirkung seiner Worte zu verstärken. »Sie legten sie draußen auf den Rasen zwischen den Sträuchern und dem Bürgersteig, nahmen ein paar alte Zeitungen aus dem Abfall und streuten sie über die Leiche.«

Chee konnte den sardonischen Beiklang in Rodneys Stimme bestens verstehen, aber Leaphorn fragte: »Direkt am Bürgersteig, und kein Mensch hat den ganzen Morgen über etwas bemerkt?«

»Heute ist Freitag«, sagte Rodney. »Und in Washington kommt der barmherzige Samariter nur am siebten Dienstag im Monat.« Damit ging er fort, um seinen Telefonanruf zu erledigen.

Das einzige verbliebene Anzeichen dafür, daß eine Leiche unter den Sträuchern neben dem Eingang zum Smithsonian Museum für Naturgeschichte an der Zwölften Straße gelegen hatte, war ein uniformierter Polizist, der neben einem abgegrenzten Areal stand. Er pfiff untätig vor sich hin und schaute zu Rodney herüber, ohne ein Zeichen, daß er ihn erkannte. Wahrscheinlich war er zu jung.

Am Gebäude angekommen, verschaffte ihnen Rodneys Dienstmarke Zutritt zum Personaleingang. Sie nahmen den Aufzug in den sechsten Stock und stellten fest, daß Dr. Hartman nicht da war. Eine junge Frau, die ihre Assistentin zu sein schien, sagte, sie sei wahrscheinlich unten im Hauptgeschoß in ihrer Maskenausstellung. Und nein, sagte die junge Frau, Henry Highhawk sei nicht zur Arbeit erschienen.

»Haben Sie gehört, was passiert ist?« fragte sie. »Ich meine, die Aufseherin, die umgebracht wurde?«

»Wir haben davon gehört«, sagte Rodney. »Wissen Sie, wo wir den Schlüssel von Highhawks Büro bekommen können?«

»Frau Dr. Hartman wird vermutlich einen haben«, sagte sie. »Aber war das nicht grauenhaft? Man erwartet nie, daß so etwas einem Menschen passiert, den man kennt.«

»Kannten Sie sie?« fragte Rodney.

Die junge Frau schien leicht irritiert. »Nun, ich habe sie oft gesehen«, sagte sie. »Wissen Sie, wenn ich spät arbeitete, stand sie immer da.«

»Sie hieß Alice Yoakum«, sagte Rodney sanft. »Mrs. Alice Yoakum. Gibt es eine Möglichkeit, Frau Dr. Hartman ausrufen zu lassen? Oder sie irgendwie da unten telefonisch zu erreichen?«

Es gab eine Möglichkeit, aber Dr. Hartman schien entweder unerreichbar oder zu beschäftigt zu sein, um ans Telefon zu kommen.

»Vielleicht ist auch gar nicht abgeschlossen«, meinte Chee. »Es war jedenfalls nicht abgeschlossen, als ich weggegangen bin. Wenn er nicht zurückgekommen ist, wer soll dann abgeschlossen haben?«

»Vielleicht ein hausinterner Sicherheitsdienst«, sagte Rodney.

Doch es hatte niemand abgeschlossen. Die Tür ging bei Rodneys Griff auf. Es war still in dem Raum, der von einer Deckenneonleuchte erhellt wurde. Die Rollos waren heruntergelassen, wie Chee es in Erinnerung hatte. Highhawks Vorkehrung, die dafür sorgen sollte, daß kein Licht aus seinem Büro in die Nacht hinaus drang, hielt nun von außen das Tageslicht ab.

»Haben Sie gestern abend das Licht angelassen?« fragte Rodney.

Chee nickte. »Er sagte ja, er würde zurückkommen. Und ich dachte, das würde er auch. Ich habe nur die Tür hinter mir zugezogen.«

Sie standen im Eingang und inspizierten den Raum.

Rodney griff zum Telefon, wählte und lauschte. »Hier ist Rodney«, sagte er. »Versuchen Sie, Sergeant Willis zu erwischen, und sagen Sie ihm, daß ich von Henry Highhawks Büro im sechsten Stock des Smithsonian Museums für Naturgeschichte anrufe. Er ist nicht da. Niemand hat ihn gesehen. Sagen Sie ihm auch, daß ich Jim Chee hier bei mir habe. Wir schauen uns hier oben mal um, und wenn ich nicht vorher von ihm höre, rufe ich in« – er blickte auf seine Uhr – »ungefähr einer Dreiviertelstunde zurück.« Er legte den Hörer auf und setzte sich auf Highhawks Stuhl. Dann schaute er Leaphorn an, der an der Wand lehnte, und anschließend Chee, der am Fenster stand.

»Hat einer von euch beiden eine Idee?« fragte er. »Das ist zwar nicht mein Bier – und eures übrigens auch nicht –, doch trotzdem waten wir bis zu den Knien darin.«

»Ich stelle mir ein paar Fragen«, sagte Leaphorn. »Wir haben eine vage Verbindung herausgefunden zwischen diesem Highhawk und der Ermordung eines Terroisten, oder als was immer du ihn bezeichnen willst, draußen in New Mexico. Nur der Name im Notizbuch des Opfers. Jetzt ist er uns durch die Lappen gegangen, wie es aussieht, und zwar in derselben Nacht, in der diese Museumswärterin umgebracht wurde. Aber wissen wir, um wieviel Uhr die Aufseherin umgebracht wurde?«

»Der Coroner meint, auf den ersten Blick hin müßte es vor Mitternacht gewesen sein«, antwortete Rodney. »Vielleicht kann er es genauer eingrenzen, wenn sie mit der Autopsie fertig sind.«

Leaphorn wirkte nachdenklich. »Also wird es kurz vorher oder kurz nachher gewesen sein, daß Highhawk hier weggegangen ist. Eins von beiden.«

»Sieht ganz so aus«, sagte Rodney. Er blickte zu Chee hinüber. »Was meinen Sie?«

»Ich meine, daß hier der beste Ort auf der Welt ist, um eine Leiche zu verstecken«, sagte Chee langsam. »Zehntausende von Kisten und Behältern die Gänge entlang. Die meisten davon groß genug für eine Leiche.«

»Aber verschlossen«, meinte Rodney. »Und einige von ihnen, ist mir aufgefallen, waren auch versiegelt.«

»Sie benützen alle denselben Hauptschlüssel«, sagte Chee. »Zumindest die meisten benützen ihn, sonst bräuchte man ja einen ganzen Lastwagen, um seine Schlüssel mit sich herumzuschleppen. Soviel ich weiß, schnappt man sich einfach einen Schlüssel, unterschreibt und behält ihn so lange, bis man damit fertig ist. So in dem Stil.«

»Wissen Sie, ob Highhawk einen Schlüssel hatte?«

»Ich schätze schon«, sagte Chee. »Er war Konservator. Er mußte doch mit dem Zeug die ganze Zeit arbeiten.«

Leaphorn legte den Zeigefinger auf einen Haken, der in den Türpfosten geschraubt war. »Ich frage mich, wofür der wohl da war«, sagte er. »Schätze, hier hat Highhawk seinen Schlüssel aufgehängt.«

Jetzt hing kein Schlüssel dort, aber die weiße Farbe unter dem Haken war von den Fingerabdrücken vieler Jahre verblaßt.

»Gehn wir mal, uns umschauen«, sagte Rodney und stand auf.

»Er nahm ihn, als er ging«, sagte Chee. »Und warum rufen wir nicht erst an, bevor wir gehen? Die Restaurierung, oder wer sonst noch eine Ahnung haben kann, und fragen, ob sie heute morgen irgend etwas Ungewöhnliches entdeckt haben.«

Rodney blieb im Eingang stehen und blickte sich interessiert um. »Zum Beispiel?«

Chee merkte, daß Leaphorn ihn mit einem leichten Lächeln anschaute.

»Chee ist ein Pessimist«, sagte Leaphorn. »Er glaubt, daß jemand Highhawk umgebracht hat. Sollte das jemand getan haben, wäre es ein hartes Stück Arbeit gewesen, ihn aus dem Gebäude zu schleppen – auch wenn die Museumswärterin tot war. Ich glaube zwar nicht, daß viele Leute in der Nacht hier herumlaufen, aber es ist nur einer nötig, um gesehen zu werden.«

Rodney schien immer noch verdutzt. »So?«

»Also, dieser Ort ist vollgestopft mit Kisten und Kästen und Behältern und Containern, in denen man eine Leiche verstecken kann. Aber sie sind alle voll mit irgendwelchen Dingen. Also leert der Mörder eine aus, legt die Leiche hinein und schließt sie wieder ab. Aber jetzt hat er das Zeug am Hals, das in dem Behälter war. Also schaut er sich nach einem Platz um, wo er es loswerden kann.«

Rodney nahm wieder den Hörer ab. Er wählte eine Nummer, nannte seinen Namen und sagte: »Geben Sie mir bitte den Sicherheitsdienst des Museums.« Nach Rodneys Reaktionen während des Gesprächs zu schließen, hatte der Sicherheitsdienst keine brauchbaren Informationen. Der Anruf wurde an die Restaurierung weitergeleitet. Chee sah zu Leaphorn hinüber und staunte, wie schnell sein Verstand funktioniert hatte. Leaphorn trug schwarze, auf Hochglanz polierte Budapester Straßenschuhe. Seine Füße waren genauso wie Chees an Stiefel und mehr Bewegungsfreiheit gewöhnt. Chee glaubte, daß Leaphorns Füße sicher schmerzten, und das machte ihm das Wohlergehen seiner eigenen Füße bewußt, die behaglich in ihren vertrauten Stiefeln steckten. Es geschah Leaphorn recht, wenn er versuchte, wie ein waschechter Ostküstenamerikaner auszusehen.

»Eine was?« fragte Rodney. »Wo hat man sie gefunden?« Er hörte zu. »Wie groß ist sie?« Er hörte wieder zu. »Woher stammt sie?« Er hörte zu. »Okay. Wir überprüfen das. Danke.« Er legte auf und blickte Chee an.

»Sie haben eine Fischreuse gefunden«, sagte er. »So ein Ding, das jemand aus Bambus gemacht hat. Sie sagen, es wäre zwischen zwei Containerstapel geschoben worden.«

»Wie groß?« fragte Leaphorn.

Rodney wählte wieder eine Nummer. Er schaute zu Leaphorn auf und sagte: »So groß wie ein Mensch.«

18

Als erstes rief Leroy Fleck seinen Bruder an. Das tat er sonst nur selten. Delmar Fleck hatte ihm sehr deutlich zu verstehen gegeben, daß er es sich nicht leisten konnte, Kontakt zu ehemaligen Sträflingen zu haben – besonders nicht mit einem, von dem man wußte, daß er mit ihm verwandt war. Delmars Frau nahm den Hörer ab. Sie erkannte seine Stimme nicht, und Leroy gab sich nicht zu erkennen, denn wenn er das tat, konnte er ziemlich sicher sein, daß sie einfach auflegte.

»Ja«, sagte Delmar. Leroy kam gleich auf den Punkt.

»Ich bin's. Leroy. Ich brauche ein bißchen Hilfe bei Mama. Sie schmeißen sie raus aus dem Heim hier im Distrikt, und das andere, das ich gefunden habe, um sie dort unterzubringen, will eine größere Vorauszahlung, als ich aufbringen kann.«

»Ich habe dir doch gesagt, mich nicht anzurufen«, erwiderte Delmar.

»Ich brauche bloß ein bißchen Hilfe bei Mama«, sagte Leroy. »Ich sollte heute eine Zahlung bekommen, aber durch irgendwas hat sie sich verzögert. Zehntausend Dollar. Wenn ich sie nächste Woche kriege, zahl ich's dir sofort zurück.«

»Das haben wir doch schon durchgekaut«, sagte Delmar. »Ich verdiene so gut wie nichts in der Garage, und

Faye Lynn bekommt in ihrem Schönheitssalon nur Trinkgelder.«

»Wenn du mir nur zweitausend Dollar schickst, könnte ich den Rest auftreiben. Dann schick ich's dir nächste Woche zurück. Mit Western Union.« Nächste Woche würde man weitersehen. Bis dahin würde ihm schon etwas einfallen. Elkins würde einen anderen Job für ihn haben. Elkins hatte immer Jobs für ihn. Und bis Elkins mit einer größeren Sache rüberkam, mußte er eben ein paar Tage auf Streifzug gehen.

»Kein Saft mehr in der Zitrone«, sagte Delmar. »Sie ist schon ausgequetscht. Ich könnte keine zweitausend Dollar besorgen, selbst wenn mein Leben davon abhinge. Wir müssen zwei Autos abbezahlen, dann die Miete und die Kreditkarte und die Krankenversicherung und ...«

»Delmar. Delmar. Ich brauche bloß ein bißchen Hilfe. Kannst du nicht was leihen? Nur für eine Woche oder so?«

»Das haben wir doch schon alles durchgekaut. Der Staat kümmert sich um Leute wie Mama. Laß den Staat sich darum kümmern.«

»Das dachte ich auch«, sagte Leroy. »Aber in Wirklichkeit tut er's nicht. Leute wie Mama sind nicht vorgesehen.« Am anderen Ende der Leitung war Schweigen. »Außerdem, Delmar, mußt du eine Möglichkeit finden, herzukommen und sie zu besuchen. Es ist schon Jahre her, und sie fragt die ganze Zeit nach dir. Sie meinte zu mir, die Araber würden dich irgendwo als Geisel gefangenhalten. Sie glaubt das, damit ihre Gefühle nicht verletzt werden. Ihr Verstand funktioniert nicht mehr so wie früher. Manchmal erkennt sie sogar mich nicht wieder.«

Auch jetzt antwortete ihm nichts als Schweigen. Dann hörte er Delmars Stimme. Sie klang ganz weit weg, während er mit jemandem sprach. Dann hörte er ein Lachen.

»Delmar!« rief er. »Delmar!«

»Tschuldigung«, sagte Delmar. »Wir haben Besuch gekriegt. Aber das ist mein Rat. Wende dich an die Sozialhilfe. Ich würde dir ja helfen, wenn ich könnte, aber ich bin selbst im Druck. Ich muß jetzt auflegen.«

Damit legte er auf und ließ Fleck in seiner Telefonzelle stehen. Er blickte auf den Apparat, während er zuerst seine Verzweiflung und dann den Ärger runterwürgte und überlegte, wen er sonst noch anrufen könnte. Aber es gab niemanden.

Fleck hatte seine eiserne Reserve in einem Kinderportemonnaie unter dem Ersatzreifen im Kofferraum seines alten Chevy versteckt – ein ziemlich sicherer Ort in einer Gesellschaft, in der Diebe sich von einer verbeulten Limousine Baujahr '76 kaum angezogen fühlten. Er kramte das Geld jetzt hervor, und während der Fahrt quer durch die Stadt in Richtung Pflegeheim zählte er es, wenn er an den Ampeln auf Grün wartete.

Er zählte drei Hunderter, zweiundzwanzig Fünfziger, elf Zwanziger und einundvierzig Zehner. Zusammen mit dem, was er in seiner Brieftasche hatte, addierte sich das auf 2.033 Dollar. Er wollte sehen, wie weit er damit bei Fat Man im Altersheim kam. Er kehrte unter diesen Umständen alles andere als gern dorthin zurück. Das war absolut nicht die Art und Weise, wie er es geplant hatte oder überhaupt je etwas geplant hätte – das war so sicher wie das Amen in der Kirche. Normalerweise wäre er gescheit genug gewesen, sich nicht einen Mann zum Feind zu machen, den er um einen Gefallen bitten mußte. Aber vielleicht würde auch die Kombination, ihn einerseits zu bezahlen und ihm andererseits Angst einzujagen, eine Zeitlang ihre Wirkung tun. Bis er etwas an Land ziehen würde. Er könnte draußen am Flughafen jemanden kaltmachen. Auf dem Männerklo. Das Messer gezückt und dann ab mit der Brieftasche. Leute, die mit dem Flugzeug reisten, hatten immer Geld dabei. Es würde riskant sein. Aber er sah keine andere Möglichkeit. Er würde es probieren, und sich dann an die Touristen in der Gegend vom Kapitol ranmachen. Auch das war riskant. In Wirklichkeit flößten ihm beide Orte Angst ein. Aber er hatte sich entschlossen. Er würde mit Fat Man eine Vereinbarung treffen, um etwas Zeit rauszuschinden, und dann soviel abkassieren, daß er Mama an einem sicheren und anständigen Ort unterbringen konnte.

Fat Man war nicht da.

»Er ist weggegangen, um etwas zu besorgen. Runter zur Siebenhundertelften Straße, hat er, glaube ich, gesagt«, teilte ihm die Frau an der Pforte mit. »Warum kommen Sie nicht einfach später im Laufe des Tages wieder? Oder vielleicht rufen Sie besser vorher an.« Sie schaute auf den kleinen Beutel, den Fleck in der Hand hielt, und machte ein mißtrauisches Gesicht, als wäre es Dope oder so. Dabei war es echte Lakritze. Mama mochte das Zeug, und Fleck brachte ihr immer einen Vorrat davon mit. Die Frau an der Pforte hatte spanisches Blut – wahrscheinlich eine Puertoricanerin, schätzte Fleck. Und sie wirkte ebenso nervös wie mißtrauisch, während sie mit Fleck sprach. Das machte Fleck nervös. Vielleicht würde sie die Polizei anrufen. Vielleicht hatte sie etwas gehört, als er das letzte Mal hier war und er Fat Man gesagt hatte, er würde ihn umbringen, wenn er nicht Mama dabehalten würde, bis er für sie einen anderen Platz gefunden hatte. Aber er hatte die Frau an dem Tag nicht gesehen und seine Stimme bewußt gedämpft, als er das dem Fettsack verklickerte. Vielleicht war sie irgendwo herumgeschlichen und hatte gelauscht. Vielleicht auch nicht. Er konnte jetzt nichts daran ändern. Er hatte keine Wahl.

»Ich gehe dann hinten in den Aufenthaltsraum und besuche Mama so lange, bis er zurückkommt«, sagte Fleck.

»Oh, da ist sie nicht mehr«, sagte die Frau. »Sie rauft sich die ganze Zeit mit den anderen alten Damen. Und sie hat wieder die arme alte Mrs. Endicott verletzt. Sie hat ihr den Arm umgedreht.«

Fleck wollte nichts mehr von diesem Gerede hören. Eilig ging er den Flur hinunter zu Mamas Zimmer.

Mama saß in ihrem Rollstuhl und starrte in den kleinen Fernseher, den Fleck ihr gekauft hatte. Sie schaute irgendeine Seifenoper an, *Young and Restless*, glaubte Fleck. Sie hatten sie in dem Stuhl festgebunden, wie sie es mit allen alten Leuten machten, und es tat Fleck weh, sie so zu sehen. Sie war jetzt so hilflos. Mama war nie hilflos gewesen, bis sie diese Anfälle bekam. Bis dahin war Mama immer auf dem Posten gewesen. Es machte Fleck unglücklich, wenn er sie besuchen kam. Es bereitete ihm eine Art trübseliger Verbitterung, so daß er sich wünschte, er käme weit genug voran, daß er sich irgendwo ein Haus leisten könnte, um sich selbst um sie zu kümmern. Und immer wieder überlegte er von neuem, wie er das bewerkstelligen könnte. Aber es gab einfach keine Möglichkeit. So, wie Mama war, müßte er die ganze Zeit bei ihr bleiben. Er könnte nicht einfach fortgehen und sie angebunden in ihrem Stuhl zurücklassen. Aber auf diese Weise könnte er unmöglich für ihren Lebensunterhalt sorgen.

Mama schaute zu ihm herüber, als er zur Tür hereinkam. Dann wandte sie sich wieder dem Fernsehprogramm zu. Sie sagte kein Wort.

»Hallo«, sagte Fleck. »Wie fühlst du dich heute?«

Mama schaute nicht auf.

»Ich habe dir Lakritz mitgebracht, Mama«, sagte Fleck und hielt ihr die Tüte hin.

»Leg sie da auf das Bett«, sagte Mama. Manchmal redete Mama ganz normal, aber manchmal brauchte sie eine ganze Weile, um die Worte zu bilden – im Kampf ihres unnachgiebigen, unbeugsamen Willens gegen ein widerspenstiges, von vielen Anfällen ramponiertes Nervensystem. Er erinnerte sich, wie Mama früher geredet hatte. Er erinnerte sich, wie Mama früher gewesen war. Damals hätte sie mit Fat Man kurzen Prozeß gemacht.

»Geht's dir gut heute, Mama?« fragte er. »Gibt es etwas, das ich für dich tun könnte?«

Mama schaute ihn immer noch nicht an. Sie starrte auf den Fernseher, wo eine Frau gerade in schlecht geheuchelter Wut einen gut gekleideten Mann anschrie. »Es ging«, sagte Mama schließlich. »Immer kommen Leute rein und ärgern mich.«

»Ich glaube, das kann ich abstellen«, sagte Fleck.

Mama drehte sich nun um und sah ihn an. Ihre Augen waren ohne jeden Ausdruck. Plötzlich fiel ihm ein, daß sie vielleicht ihn damit meinte. Er musterte sie und fragte sich, ob sie ihn wohl erkannte. Wenn sie es tat, verriet sie es durch keinerlei Anzeichen. Sie tat es nur selten in den letzten Jahren. Nun, er würde jedenfalls hier bei ihr bleiben. Nur um ihr Gesellschaft zu leisten. Ihr ganzes Leben hindurch, so weit Fleck sich bis in seine Kindheit zurückerinnern konnte, hatte sie herzlich wenig Gesellschaft gehabt.

»Das Mädchen da hat ein hübsches Kleid an«, sagte Fleck. »Ich meine das im Fernsehen.«

Mama hörte ihn nicht. Arme Frau, dachte Fleck. Arme, bemitleidenswerte alte Frau. Er stand neben der offenen Tür und musterte sie von der Seite. Sie war einmal eine stattliche Frau gewesen – hundertvierzig Pfund oder so. Stark und schnell und gescheit wie nur wer. Jetzt war sie abgemagert wie ein Skelett und auf diesen Rollstuhl angewiesen. Sie konnte kaum reden, und ihr Verstand funktionierte nicht richtig.

»Wie wär's, wenn ich dich ein bißchen schieben würde?«

fragte Fleck. »Hast du Lust auf eine kleine Spazierfahrt? Draußen regnet es zwar, aber ich könnte dich ja drinnen herumschieben. Damit du ein bißchen Abwechslung hast.«

Mama starrte immer noch auf den Fernseher. Die wütende Frau in *Young and Restless* war hinausgegangen und hatte die Tür hinter sich zugeknallt. Jetzt redete der Mann am Telefon. Mama beugte sich in ihrem Stuhl vor. »Ich hatte mal einen Jungen, der hatte einen viertürigen Buick«, sagte sie mit klarer Stimme, die überraschend jung klang. »Dunkelblau und Samtpolster auf den Sitzen. Mit dem hat er mich nach Memphis gefahren.«

»Das muß Delmars Auto gewesen sein«, sagte Fleck. »Es war ein schönes Auto.« Mama hatte schon früher davon geredet, aber Fleck hatte es nie gesehen. Delmar mußte es gekauft haben, als Fleck seine Zeit in Joliet absaß.

»Delmar heißt er, genau«, sagte Mama. »Die Araber halten ihn als Geisel in Jerusalem oder was weiß ich gefangen. Sonst hätte er mich längst besucht, Delmar bestimmt. Er würde sich um mich kümmern. Er war ein ganzer Kerl. Wie er im Buche steht.«

»Ich weiß, daß er das tun würde«, sagte Fleck. »Delmar ist ein guter Kerl.«

»Delmar war ein ganzer Kerl«, sagte Mama und starrte weiter auf den Fernseher. »Er würde es nie zulassen, daß ihn jemand wie einen Nigger behandelt. Wer Delmar anrührt, den schlägt er gleich zurück. Der weiß, wie man sich Respekt verschafft. Darauf kannst du Gift nehmen. Das ist etwas, was du immer tun mußt: abrechnen. Wenn du das nicht tust, behandeln sie dich wie ein gottverdammtes Tier. Setzen dir den Fuß auf den Nacken. Delmar würde es nie zulassen, daß ihn jemand nicht anständig behandelt.«

»Nein, Mama, das würde er nicht«, sagte Fleck. Eigentlich, erinnerte er sich, war Delmar nicht besonders für's Kämpfen. Er war eher dafür, Ärger aus dem Weg zu gehen.

Mama schaute zu ihm auf, ihre Augen funkelten feindselig. »Du redest, als würdest du Delmar kennen.«

»Ja, Mama. Das tue ich. Ich bin Leroy. Ich bin Delmars Bruder.«

Mama schnaubte verächtlich. »Das bist du nicht. Delmar hatte nur einen Bruder. Der endete als ein verdammter Knastbruder.«

Leroy fand, daß es im Zimmer muffig roch. Es roch nach verdorbenem Essen, nach Schmutz und der säuerlichen Ausdünstung von getrocknetem Urin. Arme alte Frau, dachte er. Er mußte blinzeln und rieb sich mit dem Handrücken über die Augen.

»Ich glaube, es wäre angenehm für dich, wenn du wenigstens auf den Flur rauskommen würdest. Ein bißchen raus aus diesem Zimmer. Mal was anderes sehen, nur so zur Abwechslung.«

»Ich wäre nicht hier, wenn die verdammten Araber Delmar nicht gefangen hätten. Er würde mich sonst irgendwo hinbringen, wo's schön ist.«

»Ich weiß, daß er das tun würde«, sagte Fleck. »Ich weiß, er würde dich besuchen kommen, wenn er könnte.«

»Ich hatte eigentlich zwei Jungen«, sagte Mama. »Aber der andere hat sich als ein Knastbruder entpuppt. Hat nichts zustande gebracht, nur Scheiße.«

In diesem Augenblick hörte Leroy Fleck den Bullen. Er konnte die einzelnen Worte zwar nicht verstehen, aber er erkannte den Ton. Angestrengt lauschte er.

Aber Mama redete immer noch. »Sie sagten, er hätte sich im Gefängnis als Schwuler entpuppt. Er hat zugelassen, daß sie ihn wie ein Mädchen benutzten.«

Leroy Fleck beugte sich vor in den Flur, nicht zuletzt um

zu sehen, ob die Stimme, die sich nach einem Bullen anhörte, wirklich von einem Bullen stammte. Sie tat es. Der Bulle stand neben der Frau an der Pforte am Ende des Flurs. Sie zeigte direkt auf Leroy Fleck.

Elkins hatte ihm immer gesagt, daß er von Natur aus schnell sei. Er konnte rasch denken und blitzschnell reagieren. »Es liegt zum Teil an deinem Verstand, zum Teil an deinen Reflexen«, hatte Elkins ihm gesagt. »Wir können deine Muskeln vergrößern, deine Kraft, indem du Gewichte hebst. Aber das kann jeder. Diese Schnelligkeit dagegen ist etwas, womit man geboren sein muß. Mit ihr bist du den anderen überlegen, wenn du weißt, wie man sie richtig benutzt.«

Jetzt benutzte er sie. Ihm war augenblicklich klar, daß er eine Festnahme nicht zulassen durfte. Um keinen Preis. Vielleicht konnte er sauber aus der Santillanes-Sache herauskommen. Wahrscheinlich nicht. Weshalb sonst schnüffelten die beiden wie Indianer aussehenden Bullen hinter ihm her? Doch selbst wenn sie ihm diese Sache nicht nachweisen konnten, würden sie, sobald sie seine Fingerabdrücke verglichen, ihm etwas anderes nachweisen. Er hatte für Elkins in zu vielen Jobs gearbeitet und zu viele Streifzüge in Flughäfen und Nachtclubs unternommen, um sich einfach verhaften zu lassen. Er hatte nur überlebt, weil er immer höllisch auf der Hut gewesen war, um das zu vermeiden. Aber jetzt hatte Fat Man, dieser alte Fettsack, dem ein Ende bereitet. Er mußte mit Fat Man abrechnen. Aber er hatte jetzt keine Zeit, darüber nachzudenken. Im Bruchteil einer Sekunde hatte Fleck sich entschieden, wie er hier den Kopf aus der Schlinge ziehen würde. Es war ein Vorteil, daß Fat Man nicht da war, um dem Fall Nachdruck zu verleihen. Die Frau an der Pforte hatte offensichtlich den Auftrag, die Polizei anzurufen, sobald er hier auftauchte. Aber sie arbeitete hier nur als Aushilfe zum

Mindestlohn. Sie würde sich nicht darum kümmern, was als nächstes geschah.

Fleck ging zurück in das Zimmer und setzte sich aufs Bett. »Mama«, sagte er sanft. »Du wirst gleich noch mehr Gesellschaft haben. Ein Polizist. Ich möchte dich bitten, nur ruhig und höflich zu bleiben.«

»Polizist«, sagte Mama und spuckte auf den Boden neben dem Fernseher.

»Es ist wichtig für mich, Mama«, sagte Fleck. »Ganz fürchterlich wichtig.«

Und dann stand schon der Polizist in der Tür und schaute herein.

»Sind Sie Dick Pfaff?«

Fleck brauchte einen winzigen Augenblick, um sich zu erinnern, daß dies der Name war, den er bei Mamas Anmeldung hier benutzt hatte.

Fleck stand auf. »Jawohl, Sir«, sagte er. »Und das hier ist meine Mama.«

Der Polizist war noch jung. Er hatte eine glatte, blasse Haut und einen kurzgeschnittenen blonden Schnurrbart. Er nickte Mama zu. Sie starrte ihn an. Wo war sein Kollege? fragte sich Fleck. Er war sicher der Erfahrenere in diesem Gespann. Wenn Fleck Glück hatte, würde der Kollege draußen im Streifenwagen bleiben und es dem Anfänger überlassen, wie er diesen Pipikram, diese belanglose kleine Beschwerde erledigte. Wenn sie glaubten, daß irgendein Risiko bestand, die Sache könnte ernst sein, wären sie beide hier. Strenggenommen, dachte Fleck, verlangten die Dienstvorschriften das wohl sogar. Irgend jemand schlampte hier.

»Wir haben eine Beschwerde vorliegen, wonach sie hier eine Störung verursacht haben«, sagte der Polizist. »Es wurde behauptet, Sie hätten gedroht, den Geschäftsführer umzubringen.«

Fleck brachte ein schuldbewußtes Lachen hervor. »Das tut mir sehr leid. Das ist auch der Hauptgrund, warum ich heute hierhergekommen bin – um mich für mein Benehmen zu entschuldigen.« Während er das sagte, bemerkte Fleck, daß Mama nicht mehr den Fernseher anschaute. Mama schaute ihn an.

»Das ist ein ziemlich ernstes Vergehen«, meinte der Officer. »Einem Mann zu sagen, man würde ihn umbringen.«

»Ich weiß nicht recht, ob ich das wirklich so gesagt habe«, erwiderte Fleck. »Aber merken Sie, wie es hier drin riecht? Sie haben meine Mama hier nicht richtig sauber gehalten. Sie hatte sich wundgelegen und alles, und da habe ich einfach die Beherrschung verloren. Ich hatte ihm das schon vorher gesagt.«

Der Polizist war sich des Geruchs offensichtlich bewußt. Fleck konnte seinem Gesicht ablesen, daß sich seine Einstellung ihm gegenüber von vorsichtiger Abwehr zu verhaltener Sympathie gewandelt hatte.

»Wenn er jetzt wieder da ist, gehe ich hin und entschuldige mich. Es tut mir leid, egal, was ich gesagt habe. Ich war einfach verärgert über die Art, wie sie Mama hier behandeln.«

Der Polizist nickte. »Ich glaube, er ist sowieso nicht da«, sagte er. »Die Frau meinte, er wäre irgendwo hin. Ich suche Sie nur kurz nach Waffen ab.« Er grinste Fleck an. »Wenn Sie nicht bewaffnet hierhergekommen sind, wäre das meiner Meinung nach ein gutes Argument für Sie, denn er ist ungefähr viermal so groß wie Sie.«

»Jawohl, Sir«, sagte Fleck. Er widerstand dem im Gefängnis erworbenen Instinkt, die Beine zu spreizen und die Hände hochzunehmen. Der Bulle würde sein Messer nie finden. Es steckte in dem Schlitz, den er dafür in seinem Stiefel gemacht hatte. Aber wenn er von sich aus die Stellung zum Filzen einnehmen würde, müßte selbst diesem Anfänger auffallen, daß er es mit einem Ex-Sträfling zu tun hatte.

»Was soll ich also tun?« fragte Fleck.

»Drehen Sie sich um. Und dann verschränken Sie ihre Hände im Nacken«, sagte der Polizist.

»Leg dich doch gleich hin...«, fing Mama an. Dann brachen die Worte zu einem unverständlichen Gestammel zusammen. Aber sie versuchte weiterzureden, und Fleck schaute von dem Polizisten weg zu ihr herüber. In ihrem Gesicht stand eine so heftige Verachtung geschrieben, daß Leroy Fleck sich in seine Kindheit zurückversetzt fühlte.

»...und leck ihm seine gottverdammten Schuhe ab«, sagte Mama.

Er hatte seine Entscheidung getroffen, noch bevor sie ihn dazu drängte. »Nun, Mama«, sagte er, und während er sich zu Boden beugte, ließ er die Klinge aus seinem Stiefel in seine Hand gleiten. Er hielt sie flach und waagerecht, und als er auf den Polizisten zuging, sagte er: »Mama hat einen Anfall...« Und bei dem Wort »Anfall« drang die Klinge durch das Uniformhemd.

Sie fuhr mit der ganzen Kraft von Flecks Gewichthebermuskeln zwischen die Rippen des Polizisten. Und dort, in jenem so furchtbar empfindlichen Gebiet, das Elkins »hinter dem Knochen« genannt hatte, ließ Flecks Gewichtheberhand es hin und her zucken, hin und her, hin und her. Um die Arterie aufzuschlitzen. Die Herzwand. Der Mund des Officers öffnete sich und zeigte zwei Reihen weißer, ebenmäßiger Zähne unter dem gelben Schnurrbart. Er gab ein Geräusch von sich, doch nicht sehr laut, denn der Schock tötete ihn bereits. Es war kaum zu hören bei dem Geschrei, das gerade in *Young and Restlesss* veranstaltet wurde.

Fleck ließ den Messergriff los, packte den Polizisten an

der Schulter und ließ ihn auf seine Knie nieder. Er zog das Messer heraus und wischte es an dem Uniformhemd ab. (»Wenn du alles richtig machst«, hatte Elkins immer gesagt, »gibt es fast nur innere Blutungen. Du selbst kriegst keinen Tropfen Blut ab.«) Dann ließ Fleck den Körper zu Boden gleiten. Mit dem Gesicht nach unten. Er steckte das Messer wieder in seinen Stiefel und drehte sich zu Mama herum. Er wollte etwas sagen, aber er wußte nicht was. Sein Verstand funktionierte nicht richtig.

Mama schaute auf den Polizisten, dann schaute sie zu ihm auf. Ihr Mund war einen Spalt geöffnet und arbeitete, als versuche sie, etwas zu sagen. Doch nichts kam heraus außer einem seltsamen Geräusch. Eine Art Quieken. Plötzlich dachte er, daß Mama Angst hatte. Angst vor ihm.

»Mama«, sagte Leroy Fleck. »Ich habe abgerechnet. Hast du's gesehen? Ich habe ihm nicht erlaubt, mich mit Füßen zu treten. Und ich habe auch keine Stiefel geküßt.«

Er wartete. Nicht lange, aber länger, als er es sich unter diesen Umständen leisten konnte. Wartete darauf, daß Mama in ihrem Ringen um Worte Sieger blieb. Aber es kamen keine Worte, und Fleck konnte in ihren Augen nichts lesen außer Furcht. Er ging zur Tür hinaus, ohne einen Blick in Richtung Pforte, und dann den schmalen Flur entlang zum Hinterausgang, und dann hinaus in den kalten, grauen Regen.

19

Der Sicherheitsdienst des Museums hatte Dr. Hartman ausfindig gemacht, und Dr. Hartman mögliche Fundorte der Fischreuse. Es ging zum einen darum zu entscheiden, aus welchem Teil der Welt die Reuse stammte (offenbar von einem Ort, wo es Vorkommen sowohl an Bambus wie auch an ziemlich großen Fischen gab), und dann mußte man wissen, wie man die Daten in dem computergestützten Bestandsverzeichnis aufspürte. Der Computer nannte ihnen siebenunddreißig mögliche Bambus-Fischreusen des entsprechenden Alters. Dr. Hartman wußte praktisch alles über Fische und praktisch alles über primitive Konstruktionsmethoden und eine ziemlich Menge über Botanik. Von daher war sie gut gerüstet, die Jagd zu organisieren.

Sie schob ihren Stuhl vom Computerterminal zurück und strich sich ihr Haar aus der Stirn.

»Ich würde sagen, am ehesten kommt dieser Stamm von der Palawan-Insel in Frage. Und dann meine ich, sollten wir die Sammlung von der Borneo-Küste überprüfen, und dann wahrscheinlich Java. Wenn in keiner dieser Sammlungen eine Fischreuse fehlt, dann stammt sie von unserem Reißbrett. Dann muß sie eine Smithsonian-Reuse sein, und wenn sie eine ist, können wir herausfinden, wo sie lagerte.«

Sie führte sie den Flur entlang, eine Gruppe von inzwischen fünf Personen, zu denen noch ein müde aussehender Sicherheitsbeamter des Museums hinzukam. Mit Dr. Hartman und Rodney an der Spitze eilten sie an einem in Leaphorns Augen endlosen Gewirr verzweigter Gänge vorbei, die alle gesäumt waren von unzähligen, weit über Kopfhöhe sich stapelnden Behältern. Sie bogen nach rechts ab, dann nach links und noch einmal links und blieben stehen, als Dr. Hartman eine Tür aufschloß. Über seinem Kopf bemerkte Leaphorn ein Gebilde, das so aussah – obwohl es das sicher nicht war – wie einer von diesen gemeißelten Steinsärgen, in denen die alten Ägypter die Leichen besonders wichtiger Persönlichkeiten beisetzten. Das Ding war mit einer schweren Plastikplane bedeckt, die früher durchsichtig gewesen, jetzt aber durch den Staub der Jahre nur noch durchscheinend war.

»Ich stehe mit Schlössern auf Kriegsfuß«, sagte Dr. Hartman. »Sie wollen bei mir nie aufgehen.«

Leaphorn überlegte, ob es wohl schlechtes Benehmen sei, die Plane für einen flüchtigen Blick zu lüften. Er bemerkte, daß auch Chee danach schaute.

»Sieht aus wie eine von diesen ägyptischen Mumienkisten«, sagte Leaphorn. »Wie heißen sie noch? Aber sie haben hier doch keine Mumien.«

»Ich glaube, das ist so was«, sagte Chee und lüftete die Plane. »Ja, ein Mumiensarg.« Sein Gesicht verriet Ekel. »Ich kann mich auch nicht an den Namen erinnern.«

Dr. Hartman hatte das Schloß endlich geöffnet. »Hier herein«, sagte sie und führte sie in einen großen, düsteren Raum, der Reihe auf Reihe vollgestellt war mit vom Boden bis zur Decke reichenden Metallregalen. Soweit Leaphorn in jeder Richtung sehen konnte, war jeder Kubikmeter Regalfläche mit etwas angefüllt – meist mit großen Behältern, die wie verschlossene Blechbüchsen aussahen.

Dr. Hartman blickte in ihre Liste mit möglichen Standorten von Fischreusen, dann lief sie rasch den Hauptgang hinunter und prüfte dabei die Nummern der Reihen.

»Reihe elf«, sagte sie und bog plötzlich nach links ab. Nach einem Drittel der Strecke blieb sie stehen und kontrollierte die Behälternummern.

»Okay, da wären wir«, sagte sie und steckte ihren Schlüssel in das Schloß.

»Ich glaube, das mache besser ich«, sagte Rodney und streckte seine Hand nach dem Schlüssel aus. »Und jetzt ist es an der Zeit, jeden daran zu erinnern, daß hier Fingerabdrücke von Interesse sein könnten. Also bitte nichts berühren.«

Rodney schloß den Container auf. Dann öffnete er die Klappe. Der Container war vollgestopft mit allen möglichen Gegenständen, wovon der größte ein Bambusgerät war, das noch größer war als die Fischreuse, die der Hausmeister gefunden hatte. Er nahm den meisten Platz in dem Behälter ein, während der verbleibende Rest angefüllt war mit Netzen, die offenbar zum Fischfang dienten, und anderen ähnlichen Geräten.

»Hier haben wir kein Glück«, sagte Rodney. Er machte die Klappe wieder zu und schloß sie ab. »Also weiter, wohin noch mal? Borneo?«

»Ich habe meine Probleme damit, ob ich das für wirklich wahr halten soll«, sagte Dr. Hartman. »Glauben Sie ernsthaft, daß jemand Henry Highhawk umgebracht und dann seine Leiche hier zurückgelassen hat?«

»Nein«, meinte Rodney. »Nicht ernsthaft. Aber er wird vermißt. Und eine Aufseherin wurde getötet. Und eine Fischreuse wurde an einem Ort gefunden, wo sie nicht hingehörte. Also ist es vernünftig, nachzuschauen. Vor allem, weil wir nicht wissen, wo wir sonst nachschauen sollen.«

Der Borneofischer-Container, Dr. Hartmans zweite Wahl, war zufällig nur zwei Gänge weiter.

Rodney schloß ihn auf und öffnete die Klappe.

Sie blickten auf den Scheitel eines menschlichen Kopfes.

Leaphorn hörte, wie Dr. Hartman nach Luft schnappte und Jim Chee einmal tief durchatmete. Rodney beugte sich vor, tastete am Hals des Mannes und trat beiseite, damit Chee besser sehen konnte. »Ist das Highhawk?«

Chee beugte sich vor. »Das ist er.«

Ein paar Gerichtsmediziner waren noch draußen am Eingang der Zwölften Straße und kamen schnell herbei. Ebenso der Sergeant vom Morddezernat, der den Fall Alice Yoakum bearbeitete. Rodney nannte ihm den Namen des Opfers. Er erklärte ihm, was es mit der Fischreuse auf sich hatte und wie sie die Leiche fanden. Dr. Hartman ging fort, blaß und sichtlich erschüttert. Chee und Leaphorn blieben da. Sie traten ein paar Schritte zurück vom Geschehen und versuchten, niemandem im Weg zu sein. Fotos wurden gemacht. Messungen vorgenommen. Der steife Körper Henry Highhawks wurde aus dem Container gezogen und auf eine Bahre gelegt.

Leaphorn sah das lange Haar, das nach Navajo-Art zu einem Knoten gebunden war, sah das schmale Gesicht, aus dem trotz der Entstellung durch den Tod noch große Sensibilität sprach. Er sah den dunklen Fleck über dem Auge, der ein Einschußloch sein mußte, und das verschmierte Blut, das daraus hervorgequollen war. Er sah die Metallschiene, die das Bein unterstützte, und den Schuhabsatz, der es verlängerte. Hier lag der Mann, dessen Name auf einem Notizzettel in der Tasche eines Terroristen gekritzelt war. Der Mann, der einen zweiten Terroristen den ganzen Weg bis Arizona gelockt hatte, wenn

Leaphorns Vermutung richtig war, zu einer Heilungszeremonie bei Agnes Tsosie. Hier lag ein Weißer, der unbedingt ein Indianer sein wollte – genauer, ein Navajo. Ein Mann, der die Gebeine von Weißen ausgrub, um gegen das Ausgraben der Gebeine von Indianern zu protestieren. Leaphorn schaute in Highhawks nach oben gerichtetes Gesicht, als er auf der Polizeibahre an ihm vorüberkam. Weswegen warst du so wichtig? fragte sich Leaphorn. Was hat Mr. Santillanes dazu veranlaßt, seine spitzen Schuhe zu putzen und seine Taschen zu packen und nach Westen bis New Mexico zu fahren, um nach dir zu suchen? Was führtest du im Schilde, weshalb jemand mit einer Pistole an diesen verstaubten Ort gekommen ist, um dich hinzurichten? Und wenn du meine Fragen hören und sprechen könntest, würdest du selbst überhaupt die Antwort wissen? Die Leiche war jetzt an ihm vorbei und unten im Korridor verschwunden. Leaphorn blickte Chee an. Chee sah betroffen aus.

Chee hatte gleichzeitig beobachtet, wie der Körper, der einmal Henry Highhawk gewesen war, aus dem Container hervorkam, und wie er selbst reagierte auf das, was er sah. Er war schon lange genug Polizist, um sich an den Tod gewöhnt zu haben. Er hatte eine alte Frau geborgen, die in ihrem Hogan erfroren war, einen halbwüchsigen Jungen, der sich im Pausenraum seiner Internatsschule aufgehängt hatte, und ein Kind, daß von einem Kleinlaster mit der eigenen Mutter am Steuer überfahren worden war. Er hatte als zuständiger Officer so viele Alkoholopfer untersucht, daß er schon gar nicht mehr versuchte, sie in seiner Erinnerung auseinanderzuhalten. Aber er hatte noch nie mit dem Tod eines Menschen zu tun gehabt, den er persönlich kannte, eines Menschen, der ihn interessierte, eines Menschen, mit dem er nur ein paar Minuten vor dessen Tod noch geredet hatte. Er hatte seine Navajo-

Prägung, den Umgang mit Toten zu meiden, rational überwunden, doch hatte er noch nicht in sich die tief verwurzelte Vorstellung ausgelöscht, daß, während der Körper starb, der *chindi* noch ausharrte, um Gemütskrankheiten und böse Träume hervorzurufen. Highhawks *chindi* würde jetzt in den Museumsfluren umgehen. Und er würde auch Jim Chee heimsuchen.

Rodney hatte die Gegenstände aus dem Container untersucht, in dem Highhawks Leiche gelegen hatte. Er hielt ein flaches, schwarzes Kästchen hoch, das durch Drähte mit etwas Rundem verbunden war. »Das sieht ein bißchen zu modern aus für ein Borneo-Fischerdorf«, sagte er und zeigte ihnen allen das Kästchen. Es war ein Panasonic Mikro-Kassettenrekorder.

»Ich glaube, das ist Highhawks Rekorder«, sagte Chee. »Er hatte genau so einen, als er bei Agnes Tsosie war.« Chee konnte jetzt sehen, daß der Rekorder mit einer von diesen kleinen, batteriebetriebenen Uhren verbunden war. Sie war ganz ähnlich wie das Neun-Dollar-neunundneunzig-Cent-Modell, das er selber trug, nur daß sie Zeiger statt Digitalziffern hatte.

»Ich glaube, sie ist angeschlossen, um den Rekorder einzuschalten«, sagte Leaphorn. »Womöglich ist es das, wovon Highhawk am Telefon sprach. Das Ding zu befestigen.«

Rodney nahm es gründlich in Augenschein. Er lachte. »Wenn es das war, so war es allerdings nicht besonders gut befestigt«, sagte er. »Falls Highhawk das gemacht hat, dann hat er von Elektrizität nicht mehr Ahnung als meine Frau. Und die glaubt, Elektrizität würde aus dem Telefon lecken.« Er zog die Drähte heraus und machte die Uhr los. Vorsichtig hielt er das Gerät an den Rändern, während er den Rekorder öffnete und das Miniaturband herausspringen ließ. Er wog es in seiner Hand, musterte es und legte es wieder in den Apparat. »Wollen mal hören, was wir darauf haben«, sagte er. »Aber erst wollen wir sehen, was es sonst noch in dem Container gibt.«

Rodney sortierte vorsichtig die Fischnetze, Bambusharpunen, Kanupaddel, Kleider und einige verschiedene Gegenstände, die Chee nicht identifizieren konnte. Gequetscht an die Seitenwand des Behälters, halb verdeckt durch die aufgerollten Schnüre von Fischnetzen, wai etwas Weißes. Es sah wie Leder aus. Tatsächlich, nach Chees Meinung sah es so aus, als könnte es eine *yei*-Maske sein.

»Ich glaube, das wär's«, sagte Rodney. »Außer eure Leute kommen her und machen eine gründliche Durchsuchung und finden die Mordwaffe hier und ein Foto von dem Mörder zusammen mit seinen Fingerabdrücken und vielleicht noch seiner Geschäftskarte.«

»Das erledigen wir später«, sagte der Sergeant. »Wir holen jemanden vom Museum hinzu, der weiß, was da drin sein sollte und was nicht.«

Chee beugte sich an Rodney vorbei und wendete das weiße Leder mit seinen Fingern. Die Maske von Talking God starrte ihm ins Gesicht.

»Das ist die Maske, an der Highhawk arbeitete«, sagte Chee. »Oder eine von ihnen.«

Der Sergeant holte sie hervor, drehte sie in den Händen und betrachtete sie prüfend. »Was haben Sie gesagt, was das ist?« fragte er Chee, während er sie ihm weiterreichte.

»Das ist eine Yeibichai-Maske. Eine religiöse Navajo-Maske. Highhawk arbeitete an ihr, oder an einer, die aussah wie diese, für die Maskenausstellung unten.«

»Oh«, sagte der Sergeant, dessen Neugier befriedigt und dessen Interesse erschöpft war. »Sehen wir zu, daß wir damit fertig werden.«

Sie folgten Highhawks Leiche in das helle Neonlicht der

Restaurierung. Wenn der Sergeant mit allem fertig war, was er mit ihm anstellen wollte, würde Henry Highhawk von dort aus weiter ins Leichenschauhaus gebracht. Die Todesursache schien jetzt offensichtlich. Der schwärzliche runde Fleck, der ein Einschußloch sein mußte, befand sich deutlich sichtbar über dem linken Auge. Daraus verlief ein Faden geronnenen Blutes, der die eine Hälfte von Highhawks Gesicht entstellte.

Der Sergeant durchsuchte Highhawks Taschen und breitete den Inhalt auf einem Labortisch aus. Brieftasche, Taschenmesser, eine halb verbrauchte Rolle Rennie, drei Vierteldollarmünzen, zwei Zehncentstücke, einen Penny, ein Schlüsselbund mit sechs Schlüsseln, ein zerknülltes Taschentuch, eine Geschäftskarte von einer Installationsfirma und ein kleiner, aus Basalt gemeißelter Froschfetisch.

»Was zum Teufel ist denn das?« fragte der Sergeant und schubste den Frosch mit den Fingern weg.

»Das ist ein Froschfetisch«, sagte Leaphorn.

Der Sergeant war alles andere als glücklich darüber, daß zwei Fremde und Rodney dabeistanden, während er arbeitete. Der Sergeant hatte die Verantwortung, aber Rodney hatte offensichtlich den höheren Dienstgrad.

»Was zum Teufel ist ein Froschfetisch?« fragte der Sergeant.

»Das hat mit der Navajo-Religion zu tun«, sagte Leaphorn. »Highhawk war zum Teil ein Navajo. Er hatte eine Navajo-Großmutter. Er interessierte sich für die Kultur.«

Der Sergeant nickte. Er sah jetzt nicht mehr ganz so abweisend aus.

»Kein Containerschlüssel?« fragte Chee.

Der Sergeant schaute ihn an. »Containerschlüssel?«

»Als er gestern abend sein Büro verließ, nahm er den

Schlüssel, der alle diese Behälter hier öffnet, von einem Haken neben seiner Tür und steckte ihn in die Tasche«, sagte Chee. »Es war ein kleiner einfacher Stahlring.« Der Mörder hatte wahrscheinlich Highhawks Schlüssel an sich genommen, um den Container zu öffnen und wieder zu schließen. Es sei denn natürlich, der Mörder war ein Museumsangestellter – oder eine Museumsangestellte – mit eigenen Schlüssel.

»Haben Sie gesehen, wie er den Schlüssel in seine Tasche steckte?«

Chee nickte. »Er nahm ihn vom Haken. Er steckte ihn in seine rechte vordere Hosentasche.«

»So ein Schlüssel war nicht in seiner Tasche«, sagte der Sergeant. »Was Sie hier sehen, ist alles, was er bei sich trug. Nach den Autoschlüsseln, die er bei sich trug, sieht es so aus, als ob er einen Ford fuhr. Wissen Sie etwas darüber? Kennen Sie die Zulassungsnummer?«

»Ein Ford Mustang parkte in der Einfahrt seines Hauses. Ich würde sagen, so um die fünf oder sechs Jahre alt. Die Nummer habe ich mir nicht gemerkt. Und ich weiß auch nicht, ob es seiner war«, sagte Chee.

»Das erfahren wir beim Kraftfahrzeugamt. Er parkt hier wahrscheinlich irgendwo in der Nähe.«

Rodney legte den Rekorder neben Highhawks Besitz auf den Labortisch. »Ich habe den Draht zwischen Rekorder und Uhr rausgezogen. Nur für den Fall«, sagte er. »Möchten Sie sich's anhören?«

Er zückte einen Kugelschreiber aus der Innentasche seiner Jacke, hielt ihn auf die *Start*-Taste und schaute den Sergeant in Erwartung einer Antwort an.

Der Sergeant nickte mit dem Kopf. »Natürlich.«

Die ersten Laute, die Chee hörte, versetzten ihn in seine Kindheit zurück, in den Winter-Hogan von Frank Sam Nakai am Westhang des Chuska-Gebirges. Draußen war es bitterkalt, der gußeiserne Holzofen unter dem Abzugsloch glühte vor Hitze. Frank Sam Nakai, der Bruder seiner Mutter, belehrte die Kinder, wie die Heiligen Wesen Holy Boy und seine Schwester vor der Blitzkrankheit bewahrten. Sein Onkel saß auf einem Schaffell, die Beine untergeschlagen, den Kopf gegen die Decke gelehnt, die an der Wand aus rohen Baumstämmen hing, und sang mit geschlossenen Augen. Zuerst war die Stimme so leise, daß Cousin Emmet und die kleine Shirley und Chee sich vorbeugen mußten, um sie zu hören:

»*Huu tu tu. Huu tu tu*«, sang Frank Sam Nakai, die Laute der Nachtvögel, die Laute Talking Gods zur Anrufung der *yei* um Beistand in der gerade drängenden Angelegenheit. Und die Stimme schwoll an: »*Ohohoho, hehehe heya haya...*« Die Laute der anderen Geister antworteten. Und nun wußten die Kinder, daß dies keine Worte in irgendeiner menschlichen Sprache waren. Dies waren die Worte der Götter.

Aus dem winzigen Lautsprecher des winzigen Rekorders hörte Chee nun denselben Gesang. Talking Gods Anrufung der *yei*, zur Naakhai-Zeremonie in der Schlußnacht des Yeibichai zu erscheinen, zu dem Ritual, das Agnes Tsosie heilen und sie wieder in Harmonie versetzen würde. Zwar nicht gesund machen, denn Agnes Tsosie würde an Leberkrebs sterben. Aber heilen, sie wieder ihrem *hozro* zuführen, der Harmonie mit ihrem Schicksal. Während er zuhörte, wurde Chee klar, daß Henry Highhawk schon lange, bevor Chee ihn dabei beobachtet hatte, Aufnahmen gemacht haben mußte. Chee erinnerte sich an den Moment. Highhawk hatte neben einer der Feuerreihen gestanden, die den Tanzbezirk abgrenzten. Zwischen dem Gesang hörte Chee das Knistern von brennendem Salbei und Pinienholz und den erschrockenen Schrei einer Frau, die plötzlich gemerkt hatte, daß ihre Decke von einem Funken schwelte. Und dann ertönten die Stimmen von Water Sprinkler und den männlichen *yei.* Sie bildeten Laute, die – als Laute von Göttern – keinen Sinn ergaben, den gewöhnliche Menschen zu begreifen vermochten.

Chee merkte, daß sowohl Rodney als auch der Sergeant ihn ansahen und eine Erklärung erwarteten.

»Das ist ein Gesang des Yeibichai«, sagte Chee. »Der Nachtgesang.« Das erklärte natürlich noch nichts. »Highhawk war bei dieser Zeremonie dabei in der Nacht, als ich ihn festnahm«, sagte Chee. »Er nahm sie auf.«

Während er sprach, wurde der Gesang von Henry Highhawks Stimme abgelöst.

»Der Gesang, den Sie gerade hörten, ist der Anfang eines von mehreren hundert Gesängen, aus denen die Dichtung der Navajo-Heilungszermonie besteht«, sagte Highhawks Stimme. »Die Weißen nennen sie Nachtgesang. Die Navajos nennen sie das Yeibichai – oder Talking God. Talking God ist einer der mächtigen, übernatürlichen Geister dieses großen Stammes, ein Verbindungsglied zwischen dem Navajo und dem großen, allmächtigen Schöpfergott. Wir können ihn mit der Gestalt des Erzengels Raphael im jüdisch-christlichen Schöpfungsmythos vergleichen.«

Es trat eine Stille ein. Chee blickte auf. Rodney sagte: »Nun ja...« Dann fuhr Highhawks Stimme fort:

»Ich, Talking God, fordere Sie, die Sie an diesen Ort gekommen sind, um sich die hier gezeigten Masken anzusehen, dazu auf, sich in dieser Ausstellung und im ganzen Museum umzuschauen. Sehen Sie da Masken der Götter des Christentums ausgestellt, oder des Judentums oder des Islam oder irgendeiner anderen Kultur, die stark genug ist, um ihren Glauben zu verteidigen und eine solche Entweihung zu bestrafen? Wo ist die Darstellung des großen Gottes Jahwe, der die Juden aus ihrer Knechtschaft in Ägypten führte, wo die Maske des Erzengels Michael oder der Mutter des Christengottes, den wir Jesus nennen, wo eine Verkörperung Jesu selbst? Sie werden sie hier nicht sehen. In einem Lagerraum dieses Museums hier begegnen Sie einer Darstellung der Tano Pueblos von einem ihrer heiligen Zwillings-Kriegsgötter. Wo aber ist die geweihte Hostie aus der römisch-katholischen Kathedrale? Sie werden sie hier nicht entdecken. Hier sehen Sie nur die Götter der besiegten Völker, ausgestellt wie exotische Tiere im öffentlichen Zoo. Nur die unterworfenen und gefangenen Götter sind hier. Hier sehen Sie die Kultgegenstände, die den Tempeln der Inka-Gläubigen entnommen wurden, gestohlen aus den heiligen *kivas* des Pueblo-Volkes, Kultbilder, geplündert aus den angezündeten Tipi-Dörfern in den Büffelebenen.«

Highhawks Stimme war höher geworden, beinahe schrill. Sie wurde unterbrochen von dem Geräusch, wie jemand tief Atem holte. Dann trat einen Augenblick Stille ein. Die Sanitäter hoben Highhawks Bahre an und gingen hinaus – zurück ließen sie nur seine Stimme. Die Gerichtsmediziner sortierten seinen Besitz in Asservatenbeutel.

»Bezweifeln Sie etwa, was ich sage?« fuhr Highhawks Stimme fort. »Bezweifeln Sie, daß Ihre privilegierte Rasse, die solchen Adel, solche Menschlichkeit für sich in Anspruch nimmt, so etwas tut? Über Ihren Köpfen, entlang den Fluren und Gängen eben dieses Gebäudes, befinden sich Tausende von Kisten und Kästen und Schachteln. Darin finden Sie die Gebeine von über achtzehntausend Ihrer Mitmenschen. Sie finden dort die Skelette von Kindern, von Müttern, von Großvätern. Sie sind aus den Grabstätten ausgegraben worden, in denen ihre trauernden Angehörigen sie beigesetzt hatten, um sie wieder mit ihrer Großen Mutter Erde zu vereinen. Sie lagen in großen Haufen und Stapeln, nicht mehr geachtet als die Knochen von Affen...«

Rodney drückte die *Aus*-Taste und blickte sich in der entstandenen Stille um.

»Was meint ihr? Wollte er das wohl irgendwie im Zusammenhang mit der Maskenausstellung abspielen, an der er arbeitete? War das sein Plan?«

»Wahrscheinlich«, sagte Chee. »Er scheint sich an das Ausstellungspublikum zu wenden. Hören wir uns mal den Rest an.«

»Warum nicht?« sagte Rodney. »Aber gehen wir hier raus. Runter in Highhawks Büro, wo ich ein Telefon benutzen kann.«

Die Gegenstände aus Highhawks Taschen waren jetzt in Asservatenbeuteln, abgesehen von dem Rekorder.

»Ich muß mich jetzt aufmachen«, sagte der Sergeant. »Ich habe noch eine Menge Arbeit im Fall Alice Yoakum zu erledigen.«

»Ich bringe den Rekorder vorbei«, sagte Rodney. »Ich räume hier auf.«

»Ich muß mit...« Der Sergeant zögerte und suchte nach dem Namen. »...mit Mr. Chee reden, und mit Mr. Leaphorn. Ich brauche ihre Aussagen für den Bericht.«

»Wann immer Sie möchten«, sagte Leaphorn.

»Ich bringe sie vorbei«, sagte Rodney.

In Highhawks Büro stellte Rodney den Rekorder auf den Schreibtisch und drückte die *Start*-Taste. Auch er war gespannt darauf, den Rest zu hören.

»...Antilopen. Ihre Nachkommen haben verlangt, daß diese Gebeine zurückgegeben werden, damit sie wieder in Ehrfurcht und Würde mit ihrer Mutter Erde vereint werden können. Und was teilt uns das Museum mit? Es teilt uns mit, daß seine Anthropologen die Gebeine unserer Vorfahren für ihre wissenschaftlichen Studien brauchen.

Warum brauchen sie nicht die Gebeine ihrer weißen amerikanischen Vorfahren für diese Studien? Warum graben sie nicht ihre Gräber auf? Denken Sie einmal! Achtzehntausend menschliche Skelette! Achtzehntausend! Meine Damen und Herren, was würden Sie sagen, wenn das Museum Ihre Friedhöfe plündern würde, wenn Anthropologen und Archäologen die geweihte Erde Ihrer Grabstätten in Indianapolis und Topeka und White Plains öffnen und die Skelette Ihrer Angehörigen hierher schleppen würde, damit sie hier in den Fluren in Kisten und Containern vermodern? Denken Sie darüber nach! Denken Sie an die Gräber Ihrer Großmütter. Helfen Sie uns, die Gebeine unserer Vorfahren zurück zu bekommen, damit sie wieder mit ihrer Mutter Erde vereint werden können.«
Dann herrschte Stille. Das Band lief eilig seine Miniaturspule ab, und der Rekorder schaltete aus. Rodney drückte auf die *Rücklauf*-Taste. Er blickte Chee an. »Ziemlich überzeugend.«

Chee nickte. »Die Sache hat allerdings noch einen anderen Aspekt. Die meisten dieser Gebeine wurden von einer früheren Generation von Anthropologen ausgegraben. Und ein paar davon hat das Museum wieder zurückgegeben. Ich glaube, es hat vor einiger Zeit sechzehn Skelette an die Schwarzfußindianer geschickt und erklärt, daß es Gebeine herausgeben will, wenn sie von ordentlichen Friedhöfen gestohlen wurden oder wenn man eine familiäre Beziehung nachweisen kann.«

Rodney lachte. »Erst werden die Skelette in Reih' und Glied aufgestellt«, sagte er. »Dann holt man die Verwandtschaft herbei und schaut, ob sie ihre Oma von irgend 'ner Tante unterscheiden können.« Ungefähr eine Zehntelsekunde, bevor er mit seinem Witz fertig war, veränderte sich Rodneys Gesichtsausdruck von belustigt zu beschämt. Hier in diesem Kreis war das vielleicht kein Anlaß zum Lachen. »Tschuldigung«, sagte Rodney. »Ich hab nicht nachgedacht.«

Jetzt schien Chee belustigt. »Wir Navajos sind beileibe keine Leichenfetischisten«, sagte er. »Unser Glaube ist dem Leben und dem Lebenden zugewandt. Dem Tod kehren wir den Rücken. Wir gehen alten Knochen aus dem Weg. Sie werden keinen Navajo finden, der die Rückgabe von gestohlenen Skeletten fordert.«

Jetzt aber schien auch Leaphorn belustigt zu sein. »Und ob wir das tun. Der Navajo-Stamm fordert das Museum auf, uns unsere Skelette zu schicken, wenn es welche hat. Ich glaube, jemand in der Stammesbürokratie ist zu dem Schluß gekommen, daß das eine Chance ist, politisch einen Punkt zu machen. Um Washington eins auszuwischen.«

»Gibt es einen Grund, daß wir uns das noch mal anhören?« fragte Rodney. Er ließ den Rekorder in einen Asservatenbeutel gleiten, versiegelte ihn, lehnte sich schwer gegen die Tischkante und seufzte. Er sah müde aus, dachte Chee, und unglücklich.

»Ich kann es nicht leiden, wenn ich in Dinge verwickelt bin, die ich nicht begreife«, sagte Rodney. »Ich hab nicht den blassesten Schimmer, warum irgendwer diesen komischen Highhawk umgebracht hat oder ob eine Beziehung zu dem Mord an der Aufseherin besteht oder ob dieses verdammte Band überhaupt etwas mit irgendwas zu tun hat. Das Tonband hört sich so an, als könnte das Smithsonian Museum einen Grund haben, ihn sich vom Hals zu schaffen.« Rodney rieb sich mit dem Handrücken über die Stirn und zog eine Grimasse. »Aber ich glaube, das Museum wartet lieber, bis du tot bist, und schnappt sich dann dein Skelett. Deshalb würde ich glauben, daß dieses Tonband nicht viel damit zu tun hat.«

»Ich schätze doch«, sagte Chee.

Leaphorn musterte ihn und nickte zustimmend mit dem Kopf. »Inwiefern?«

»Ich hab's noch nicht richtig durchdacht«, sagte Chee. »Aber denken Sie mal eine Minute darüber nach. Highhawk unternimmt Mordsanstrengungen, um zu diesem Yeibichei zu kommen und diese Aufnahme zu machen.« Er blickte Leaphorn an. »Er hat an Old Woman Tsosie geschrieben, stimmt's? Dafür mußte er erst mal einen Weg finden, ihre Adresse aufzutreiben.«

»Agnes Tsosie war in dem großen Artikel, die der *National Geographic* über die Navajo-Reservation gebracht hat«, sagte Leaphorn. »Daher hatte er ihren Namen.«

»Dann macht er den ganzen Weg von Washington dahin und findet raus, wo Lower Greasewood liegt und wo Agnes Tsosie wohnt, saugt sich diese idiotische Geschichte aus den Fingern, daß er ein Navajo werden will, dann ...«

»Vielleicht gar nicht so idiotisch«, sagte Leaphorn. »Nach allem, was Sie mir über ihn erzählt haben.«

»Nein«, sagte Chee nachdenklich. »Vielleicht nicht. Ich glaube jetzt, das war womöglich ein Teil des eigentlichen Highhawk-Komplexes. Aber wie auch immer, es bedeutete eine Menge Anstrengung. Er muß diesen Sermon, den wir eben gehört haben, erst aufgeschrieben und dann auf Band gesprochen haben. Aber warum? Was hat er damit vorgehabt? Ich glaube, es liegt auf der Hand, daß er es in diese Maskenausstellung einschleusen wollte, in seine Talking-God-Ausstellung. Das Band bestätigt das ja regelrecht. Und Highhawk ist ja Weltmeister darin, wie man Publicity kriegt. Solche, um dem Smithsonian Dampf zu machen. Das Band war sicher dafür gedacht. Ausgeflippt genug, um auf die Titelseite zu kommen.«

»Ja«, sagte Rodney. »Talking God, der Sprechende Gott, wie er wirklich spricht.«

»Hatte er es bei sich, als er Sie in seinem Büro zurückließ?« fragte Leaphorn.

»Er hatte einen Pappkarton. Ungefähr dreimal so groß wie ein Schuhkarton. Auf jeden Fall war er groß genug für die Maske und alles. Er nahm ihn mit, als er ging.«

»Und was können wir daraus schließen?« fragte Rodney. Er schüttelte den Kopf und dachte nach.

In dem Raum herrschte Schweigen. Rodney hatte sich auf Highhawks Drehstuhl gelümmelt. Chee lehnte an der Wand in der routiniert lümmeligen Haltung eines Mannes, der schon oft irgendwo angelehnt gestanden und für sein Alter eine Menge Zeit mit Warten verbracht hatte. Joe Leaphorn saß auf der Schreibtischkante und wirkte unbehaglich in seinem Dreiteiler. Den grauen, kurzgeschorenen Schädel hielt er ein wenig vorgeneigt, und sein Gesicht hatte den Ausdruck eines Mannes, der auf die Töne im Innern seines Kopfes lauscht. Die abgestandene Luft um sie herum roch nach Staub und ganz leicht nach Verfall.

»Officer Chee hier, er und ich, wir haben ein Problem«, sagte Leaphorn, halb an Rodney und halb an den Schreibtisch gerichtet. »Wir sind wie zwei Hunde, die zwei verschiedenen Fährten zu demselben Gebüsch gefolgt sind. Der eine Hund denkt, es ist ein Kaninchen unter dem Busch, der andere meint, es ist ein Luchs. Derselbe Busch, verschiedene Informationen.« Er schaute Chee an. »Richtig?«

Chee nickte.

»Was mich anbelangt, so sehe ich die Leiche eines leicht heruntergekommenen, zahnlosen Mannes, der seine alten Schuhe immer auf Hochglanz wienert. Seine Leiche liegt unter einem Dickicht Wüstensträucher in New Mexico. Und in der Brusttasche seines Jacketts ist eine Notiz, auf der das Yeibichai von Agnes Tsosie erwähnt wird. Als ich zu Agnes Tsosie rausfahre, stoße ich auf den Namen von Henry Highhawk. Er kommt dorthin. Ich folge diesen spitzen Schuhen zurück nach Washingten und stöbere ein kleines Nest mit chilenischen Terroristen auf – oder vielleicht genauer, Opfern von chilenischem Terror. Und gleich in der nächsten Wohnung neben diesem Nest wohnt ein kleiner Mann mit rotem Haar und Sommersprossen und dem Oberkörper eines Gewichthebers, auf den zufällig die Beschreibung des Burschen paßt, der Pointed Shoes mit seinem Messer umgebracht hat. Aber hier gerate ich in eine Sackgasse. Nun, ich bin mir zwar ziemlich sicher, wer meinen Mann umgebracht hat. Und ich denke, daß die Witwe von dem Mann, seine Familie mir sagen wird, warum. Aber kein Glück in der Richtung. Statt dessen benehmen sie sich, als hätten sie noch nie von ihm gehört.«

Leaphorn seufzte, trommelte mit seinen Fingern auf der Schreibtischplatte und fuhr fort, ohne einen von seinen Zuhörern einmal anzublicken. »Das FBI schickt mir einen Aktenauszug über Mr. Pointed Shoes, und es stellt sich heraus, daß er einer von den großen Tieren in den Splittergruppen ist, die sich mit der chilenischen Rechtsregierung regelrecht im Krieg befinden. Und es stellt sich heraus, daß die Regierungsfritzen schon früher einen von seinem Verein umgebracht haben. Also ist mein Rätsel gelöst. Ich weiß, wer Pointed Shoes ist. Sein Name lautet Santillanes. Ich weiß, wer ihn umgebracht hat – oder ich glaube es wenigstens zu wissen – und ich glaube zu wissen, warum. Aber jetzt habe ich ein neues Problem. Warum benehmen sich Santillanes' Angehörige so merkwürdig? Sie taten so, als dürfte niemand wissen, daß der Mann umgebracht worden war.«

Leophorns monotone Stimme hielt für ein paar Sekunden inne. »Warum nun in aller Welt sollten sie das wollen?« fragte er und runzelte die Stirn. Dann schüttelte er den Kopf und schaute Rodney und Chee an. »Möchte einer von euch mich hier unterbrechen?«

Keiner wollte es.

»Damit«, sagte Leaphorn, »damit wäre ich fast bei unserem Gebüsch angelangt. Jetzt lautet meine Frage, was zum Teufel geht hier vor? Und aus irgendeinem Grund will mir Highhawk nicht aus dem Schädel. Er scheint nirgendwo reinzupassen. Ich glaube, ich weiß, wie Santillanes auf die Idee gekommen ist, in die Reservation zu fahren und Highhawk zu suchen. Aber ich begreife nicht warum.«

Leaphorn machte wieder eine Pause und schaute Chee an. »Haben Sie vielleicht eine Ahnung? Gleich nachdem Highhawk seinen Coup gelandet hatte, Gräber auszubuddeln und die Knochen dem Museum zuzuschicken, bekam er die Riesenpublicity, die er wollte. Aber bevor jemand einen Haftbefehl auf ihn ausstellen konnte, war er schon von der Bildfläche verschwunden. Alle seine Freunde und seine Nachbarn erzählten jedem, der nach ihm fragte, daß er auf dem Weg nach Arizona sei, um einer Yeibichai-Zeremonie für eine Verwandte namens Agnes Tsosie beizuwohnen. Ich glaube, Santillanes hat wahrscheinlich von seinen Heldentaten in der Zeitung gelesen und sich ungefähr um dieselbe Zeit wie die Polizei aufgemacht, um ihn zu suchen. Santillanes hat Wind davon gekriegt, daß Henry zu dem Yeibichai in den Westen fahren wollte. Aber er wußte nicht, daß es erst einen Monat später stattfand.«

Leaphorn hielt wieder inne, holte einmal tief Luft, atmete wieder aus, trommelte mit seinen Fingern auf die Schreibtischplatte und dachte nach. Rodney gab einen Laut von sich, als wolle er einen Satz anfangen, doch brach er ab, ohne wirklich etwas gesagt zu haben. Dafür sah er auf seine Uhr.

»Warum sollten sich chilenische Politiker mit Henry Highhawk treffen?« fragte Leaphorn sich selbst. »Sie mußten ziemlich dringend seinen Kontakt suchen, wenn sie jemanden dreitausend Meilen weit weg schickten, und dann, nachdem er umgebracht wurde, einen anderen losschickten, um den Auftrag zu erfüllen. Und seine Kaution zu hinterlegen.« Er blickte zu Chee auf. »Das stimmt doch wohl, oder? Und Highhawk nannte den Burschen mit den fehlenden Fingern seinen Freund, nicht wahr? Haben Sie eine Ahnung, wie lange sie sich schon kannten?«

»Sie kannten sich nicht«, sagte Chee. »Highhawk hat gelogen. Sie hatten sich bis zu dem Yeibichai noch nie gesehen.«

»Sind Sie sicher?« fragte Leaphorn.

»Ich habe sie beobachtet, wie sie sich trafen«, sagte Chee. »Ich bin ganz sicher.«

Rodney hob eine Hand. »Freunde, ich habe noch ein paar Dinge zu erledigen. Genauer, zwei oder drei. Ich sollte eigentlich ungefähr vor einer Stunde wieder im Büro sein. Bleibt ihr hier. Ich komme wieder.« Er rutschte von der Schreibtischkante und verschwand auf dem Flur.

»Jede Wirkung hat ihre Ursache«, sagte Leaphorn zu Chee.

»Ab und zu mag von mir aus eine Sternschnuppe durch Zufall vom Himmel fallen. Aber ich glaube nicht an Zufall. Die Santillanes-Blase mußte verdammt gute Gründe haben, Highhawk nachzujagen. Nur welche?«

»Ich weiß es nicht«, sagte Chee. »Alles, was ich über die Santillanes-Blase weiß, erschöpft sich darin, daß ich Bad Hands ein paarmal gesehen habe. Ich bin auf einer ganz anderen Fährte dorthin gelangt. Und wenn ich auf Ihren Busch klopfen will, dann wegen einer ganz anderen Frage.« Er setzte sich ungefähr dort auf den Schreibtisch, wo vorher Rodney sich angelehnt hatte. Er dachte nach und überlegte, wie er diese Vorahnung, dieses dunkle Gefühl erklären sollte, das ihm solches Unbehagen bereitete.

»Ich muß mich immer wieder an Highhawk bei dem Yeibichai erinnern«, sagte Chee. »Ich war neugierig auf ihn, deshalb habe ich ihn beobachtet, ein bißchen abseits, so daß ich sein Gesicht sehen konnte. Ihm war kalt.« Er lachte und blickte Leaphorn an. »Natürlich war ihm kalt. Jedem ist kalt bei einem Nachtgesang, aber ihm war kälter als den meisten von uns, denn Sie wissen ja, wenn man von der Ostküste kommt, meint man, daß es in der Wüste immer heiß ist, deshalb war er nicht so angezogen wie wir. Er hatte nur eine Lederjacke an. Auf jeden Fall zitterte er.« Chee unterbrach sich. Warum erzählte er Leaphorn das alles? Von Highhawk, wie er da stand und vor Kälte bibberte, sich die Arme um den Leib schlug, während der Wind Staub über den Tanzbezirk blies und zu seinen Füßen aufwirbelte und das flackernde Licht von den Feuern sein Gesicht rot färbte. Er sah ganz verzückt aus, und Chee hatte bemerkt, daß sich seine Lippen bewegten. Highhawk sang zu sich selbst. Agnes Tsosie stand auf einer Decke, die auf dem gestampften Boden ausgebreitet war, vor dem Medizin-Hogan in der Obhut des *hataalii*. Talking God, Humpback God und Water Sprinkler näherten sich mit ihren langsamen, würdevollen Schritten. Chee drängte sich näher heran, so nah, daß er hören konnte, was Highhawk sang. »Er rührt sich. Er rührt sich. Er rührt sich. Er rührt sich«, sang Highhawk. »Schreitend nun in hohem Alter, er rührt sich.« Das waren Worte aus dem Weckgesang gewesen, den der *hataalii* um Mitternacht am ersten Abend der Zeremonie gesungen hatte, um den Geist in der Maske aus seinem kosmischen Schlaf wachzurufen, damit er seinen Teil zu dem Ritual beitrug. Er erinnerte sich noch, wie ihm bei Highhawks Singen aufgefallen war, daß manche seiner Worte zwar falsch waren, aus der Miene des Mannes aber tiefe Ehrfurcht sprach.

Jetzt fiel ihm auf, daß Leaphorns Miene irritiert war. »Ihm war kalt«, sagte Leaphorn. »Na schön, aber Sie sind noch nicht auf den eigentlichen Punkt gekommen.«

»Er war ein Gläubiger«, sagte Chee. »Sie wissen, was ich damit meine. Manche Leute kommen zu einer Zeremonie nur aus familiärer Verpflichtung, manche kommen aus Neugier oder um Freunde zu treffen. Aber für manche ist es ein spirituelles Erlebnis. Man kann das ihren Gesichtern ansehen.«

Leaphorns Miene war immer noch irritiert. »Und er war einer von ihnen? Er glaubte?«

Ja, dachte Chee, Highhawk war einer von ihnen. Du nicht, Lieutenant. Du glaubst nicht. Du betrachtest den Navajo-Weg als einen harmlosen kulturellen Brauch. Du gehörst zu denen, die nur aus familiärer Verpflichtung hingehen. Aber dieser verrückte Weiße glaubte. Glaubte aufrichtig.

»Allerdings«, sagte Chee. »Er war innerlich bewegt. Er wußte sogar die Worte aus dem Gesang, mit dem der Geist von Talking God in der Maske geweckt wird. Er sang den Text zwar zur falschen Zeit, aber er wußte die Worte. Und der Punkt, auf den ich mit all dem hinauswill – der Punkt ist, daß mich die Maske irritiert, die wir gefunden haben.«

Leaphorn wartete, daß Chee das näher erklärte.

»Vielleicht irre ich mich, aber ich glaube nicht. Ich glaube nicht, daß Highhawk die *yei*-Maske auf diese Weise benützen würde. Ich glaube nicht, daß er sie für eine öffentliche Ausstellung einer Puppe aufsetzen würde. Ich glaube auch nicht, daß das Museum das gutheißen würde. Ganz egal, was Highhawk meinte. So haben sie zum Beispiel einen *hataalii* herbeigeholt, einen Mann namens Sandoval, damit er die Ausstellung kontrollierte, um sicherzugehen, daß Henry nicht irgendein Sakrileg unterlief. Also...« Chee machte eine Pause und dachte darüber nach.

»Weiter«, sagte Leaphorn.

»Also fertigte Highhawk ein Duplikat an. Eine Nachbildung der echten Yeibichai-Maske in der Museumssammlung. Eine Kopie. Er muß sie beide letzte Nacht hier gehabt haben.« Chee packte die *yei*-Maske an ihrer Pelzmanschette am Hals, hielt sie hoch und sah Leaphorn ins Gesicht.

»Diese Maske, die wir hier haben, ist nicht die echte Yeibichai-Maske«, sagte Chee. »Sie ist nur eine exakte Nachbildung. Highhawk hat sie angefertigt, weil er die echte nicht für eine öffentliche Ausstellung benutzen würde, und ganz bestimmt hätte er auch nicht sein Tonband darin installiert.«

»In meinen Augen sieht sie uralt aus«, sagte Leaphorn. »Rissig und abgewetzt.«

»Er ist ziemlich gut in solchen Sachen«, sagte Chee. »Aber schauen Sie sie sich mal von nahem an. Schauen Sie nach Pollenflecken an den Wangen, wo der Medizinmann die Pollen hinstreut, wenn er die Maske füttert, und am Ende des Mundstücks. Und drinnen in der Lederröhre, die den Mund bildet. Nichts zu sehen. Keine Flecken. Er hat das Wildleder irgendwie getrocknet oder ein altes Stück erwischt, und er hat die Farbe ausgetrocknet, aber warum sich um die Pollen kümmern? Kein Mensch würde es merken.«

»Nein«, sagte Leaphorn langsam. »Kein Mensch würde das. Demnach wäre die Maske unten in der Ausstellung die echte Yeibichai-Maske.«

»Was sonst könnte sie sein? Und es muß doch eine Maske auf der Talking-God-Puppe sitzen. Dr. Hartman war heute morgen unten, um alles zu überprüfen. Sie konnte Highhawk nicht finden, also wird sie seinen Teil der Ausstellung sorgfältig kontrolliert haben. Das ist ganz natürlich. Wenn Talking God seine Maske nicht aufgehabt hätte, wäre ihr das todsicher aufgefallen. Doch konnte sie nicht die echte Maske von Highhawks Nachbildung unterscheiden.«

»Wer hat sie dann dorthin getan?« überlegte Leaphorn laut. »Derjenige, der Highhawk umgebracht hat, hat sie auch dorthin getan, würden Sie sagen, oder? Aber...«, unterbrach sich Leaphorn mitten im Satz, »wo ist die Yeibichai-Abteilung?«

»Ein bißchen abseits, links vom Zentrum der Maskenausstellung. Direkt gegenüber wird irgendein Andenzeug gezeigt, Inka-Kunst und so. Das Prunkstück ist eine Smaragdmaske, die ein chilenischer General versucht zu...« Diesmal verstummte Chee mitten im Gedanken. »Mein Gott!« sagte er. »Dr. Hartman meinte, daß dieser chilenische General – ich glaube, er ist der Chef der politischen Polizei dort – heute hierherkommen soll, um sich das Ding anzuschauen.«

»Ist diese chilenische Ausstellung direkt gegenüber von Talking God?« fragte Leaphorn. »Ist sie das?«

Er bewegte sich schon zur Tür, während er die Frage stellte, erstaunlich rasch für einen Mann seines Alters in einem Dreiteiler. Und Jim Chee folgte ihm auf den Fersen.

20

Leroy Fleck ging anderthalb Straßenzüge bis zu der Stelle, wo er die alte Chevy Limousine geparkt hatte. Er ging rasch, doch ohne in einen Laufschritt zu verfallen, ohne jedes Anzeichen von Eile, an das jemand, der ihn sah, sich womöglich erinnern konnte. Worauf es ankam, war zu verhindern, daß eine Verbindung zwischen der Tat und dem Wagen hergestellt werden konnte. Wenn das geschah, war er erledigt. Wenn nicht, hatte er Zeit, die Dinge zu tun, die er tun mußte.

Er fuhr genauso schnell, wie es erlaubt war, achtete vorsichtig auf die Ampeln, wechselte vorsichtig die Fahrbahn, und beim Fahren lauschte er auf den Polizeifunk, den das Abhörgerät auf dem Beifahrersitz übertrug. Nichts Aufregendes außer einem Unfall mit vielen beteiligten Fahrzeugen und vielen Verletzten auf der Ausfahrt des Interstate Highway 66 an der Theodore-Roosevelt-Brücke. Er war schon fast in der Innenstadt, als die Durchsage kam. Eine leichte Anspannung war in der lakonischen Stimme des Funkstellenleiters zu hören, und Fleck erkannte die Adresse des Pflegeheims und das Codewort. Es bedeutete »Beamter angegriffen«. Es bedeutete, daß für eine Weile im Gesetzesvollzug des Distrikts nichts anderes mehr eine Rolle spielte. Ein Polizist war ermordet worden. Innerhalb von fünfzehn Minuten, wahrscheinlich weniger, würde Flecks Beschreibung an jeden Polizeiwagen im Distrikt gesendet werden. Die Mittagsnachrichten würden sie in großer Aufmachung bringen. Aber niemand hatte sein Bild, und er hatte noch Zeit.

Sein erster Aufenthalt war bei Western Union. Die Nachricht, die er Delmar schickte, war kurz: *Kümmere dich um Mama. Sag ihr, daß ich sie liebe. Schicke Geldanweisung.*

Er gab dem Mädchen am Schalter den Text. Dann öffnete er das Plastikportmonnaie und zählte 2.033 Dollar ab. Er dachte einen Moment nach. Er hatte fast noch eine halbe Tankfüllung Benzin, aber er mußte vielleicht einen Telefonanruf machen oder irgendwo Eintritt bezahlen. Er behielt drei Dollar zurück und steckte sie in seine Hemdtasche. Er bat das Mädchen, die Bearbeitungsgebühr abzuziehen und für den Rest eine Geldanweisung zu machen. Dann fuhr er zur chilenischen Botschaft.

Er parkte unten an der Straße an einer Stelle, von der aus er das Eingangstor beobachten konnte. Dann ging er durch den Nieselregen zum Münzfernsprecher, wählte die Nummer der Botschaft und nannte der Frau, die sich meldete, das Kennwort, das The Client ihm für Notfälle gegeben hatte.

»Verbinden Sie mich mit Stone«, sagte er. Er hatte sich immer gewundert, warum der Mann sich diesen Decknamen ausgesucht hatte. Warum nicht irgend etwas auf spanisch?

»Ah«, sagte die Frau. »Momentchen, bitte.«

Dann wartete er. Er wartete lange. Der Regen vermischte sich jetzt mit Schnee – dicke, nasse Flocken, die an der Scheibe der Zelle eine Sekunde lang kleben blieben und dann an der Glasfläche herabglitten. Fleck ging seinen Plan noch einmal durch, aber da gab es nicht viel durchzugehen. Er würde versuchen, The Client herauszulocken, so daß er ihn zu fassen bekam. Wenn The Client nicht herauskäme, würde er warten. Er würde ihn am Ende doch erwischen. Er würde so viele erwischen, wie er nur konnte. Je wichtiger sie waren, desto besser. Das war alles, was er tun konnte. Er wußte, daß The Client nicht selber entscheiden konnte. Er bekam seine Befehle von jemandem über ihm auf der Leiter. Aber das war Fleck egal. Wie Mama sagte, sie waren einer wie der andere.

»Ja«, sagte die Stimme. Es war nicht die Stimme von The Client.

»Ich muß mit Stone sprechen«, sagte Fleck.

»Er ist nicht abkömmlich. Nicht im Augenblick.«

»Wann denn?« fragte Fleck.

»Später im Laufe des Tages.«

Vielleicht, dachte Fleck, konnte er jemand anderen bekommen. Jemand Wichtigeren. Das wäre genauso gut. Sogar besser.

»Geben Sie mir dann seinen Vorgesetzten.«

»Einen Augenblick.« Fleck konnte hören, wie eine Stimme im Hintergrund Fragen stellte.

»Sie sind gerade im Begriff zu gehen«, sagte der Mann. »Sie haben jetzt keine Zeit.«

»Ich muß aber mit jemandem reden. Es ist ein Notfall.«

»Keine Zeit jetzt. Rufen Sie zurück. Heute abend.«

Das Telefon war verstummt.

Fleck schaute es an. Dann legte er sachte den Hörer auf und ging zurück zu seinem Wagen. Im Grunde machte es überhaupt keinen Unterschied. Er konnte warten.

Er hatte noch keine fünf Minuten gewartet, als das eiserne Tor zur Auffahrt sich quietschend öffnete und die Limousine auftauchte. Danach kam eine zweite. Sie bogen Richtung Stadtmitte ein, auf den Kapitolshügel zu.

Leroy Fleck hängte sich in seinem verrosteten Chevy an sie dran.

Die Limousinen bogen nach links in die Constitution Avenue ab, fuhren an der Nationalen Kunstgalerie vorbei und stoppten in der Zwölften Straße am Nebeneingang des Museums für Naturgeschichte. Fleck hielt mit seinem Wagen im Parkverbot, schaltete die Zündung ab und schaute hinaus.

Sieben Männer stiegen aus den zwei Limousinen. Fleck erkannte The Client. Von den anderen trug einer Kameras und eine Kameratasche, zwei andere waren mit einer Filmkamera, Stativen und, wie Fleck vermutete, der Ausrüstung für die Tonaufnahmen beladen. Die übrigen drei waren ein kleiner, rundlicher Mann mit einem pelzbesetzten Mantel, ein großer, elegant gekleideter Herr mit Schnauzbart und ein stämmiger, hart aussehender Gewichthebertyp mit einer eingequetschten Nase. Der Fahrer der vorderen Limousine hielt einen schwarzen Schirm über dem Schnauzbart aufgespannt, um ihn gegen die nassen Schneeflocken zu schützen, bis das Gefolge das schützende Vordach des Museumseinganges erreicht hatte. Fleck blieb einen Moment sitzen und sortierte sie im Geiste. Der Rundliche war wahrscheinlich der Botschafter selbst, oder zumindest jemand, der in der Machthierarchie ganz oben stand. Der Elegante war wahrscheinlich das hohe Tier, das gerade zu Besuch war und von dem er in der *Post* gelesen hatte. Danach zu schließen, für wen der Schirm gehalten wurde, mußte der Besucher im Rang über dem Botschafter stehen, so daß er die persönliche Aufmerksamkeit von The Client verdiente. Der Gewichtheber würde der Gorilla des VIP sein. Was The Client betraf, so hatte Fleck ihn schon vor langer Zeit als den Sicherheitsbeauftragten der Botschaft eingestuft. Alle zusammen bildeten sie einen großartigen Verein.

Fleck verließ den Chevy, ohne den Schlüssel aus der Zündung zu nehmen und ohne die Tür abzuschließen. Er war jetzt fertig mit dem Chevy. Hatte keine Verwendung mehr für ihn. Er trottete die Stufen zum Museum hinauf und betrat das Eingangsfoyer. Die letzten beiden Kameramänner der Limousinen-Delegation verschwanden gerade durch einen Eingang in den Hauptkorridor. Sie eilten in einen Nebenflur rechts von ihm, unter einem Transparent entlang, auf dem *Die maskierten Götter von Amerika* stand. Fleck folgte ihnen.

Es waren vielleicht fünfzig oder sechzig Menschen in der Maskenausstellung. Zwei Drittel von ihnen, schätzte Fleck, sahen nach einer Mischung gewöhnlicher Touristen aus. Der Rest bestand aus Reportern, Fernsehkameramännern und Museumsbeamten, die hier darauf gewartet haben mußten, daß der VIP und sein Gefolge erschienen. Jetzt bildeten sie eine Traube um den elegant aussehenden Mann. The Client stand ein wenig abseits von der mittleren Gruppe entfernt. Er tat seinen Job. Er beobachtete, musterte jeden mit den Augen. Sie ruhten einen Moment lang auf Fleck, ließen dann von ihm ab und wanderten weiter.

The Client mußte als erster drankommen, entschied Fleck. Er war der Profi. Dann würde er mit dem VIP weitermachen. Fleck wußte, daß er zwei Vorteile auf seiner Seite hatte. Keiner von ihnen hatte ihn je gesehen, und sie waren auf keinen Angriff vorbereitet. Beim ersten, den er sich vornahm, konnte er auf völlige Überraschung bauen, und vielleicht blieb noch ein wenig Überraschung für Nummer zwei übrig, wenn die Verwirrung nur groß genug war. Er würde mehr Glück brauchen, als er erwarten konnte, um den dritten auszuschalten, aber es war einen Versuch wert.

Der Röhrenblitz eines Kameramanns erleuchtete die Szene. Dann ein zweiter. Offenbar bereiteten sie irgendeinen Film vor, mit dem VIP auf der Ausstellung von diesem südamerikanischen Zeug. Neben Fleck war eine Ausstellung mit maskierten Tänzern in Lebensgröße. Offenbar irgendwelche amerikanischen Indianer. Fleck bückte sich, ließ das Messer aus seinem Stiefel gleiten und hielt es dann in der Hand, die geschliffene Klinge im Ärmel versteckt. Dann wartete er. Er wollte, daß die Menge genau die richtige Größe hatte. Er wollte, daß es genau zum richtigen Zeitpunkt geschah.

21

»Miguel Santero, so hieß er doch, oder? Dieser Bursche mit den verstümmelten Händen. Haben Sie irgendeine Spur von ihm hier in der Gegend gestern abend gesehen?«

Leaphorn stand genau vor der senkrechten Linie, die zwischen den Aufzugtüren verlief, und starrte auf den Spalt, während er die Frage stellte. Chee hatte den Eindruck, daß sich der Aufzug kaum von der Stelle bewegte. Warum hatten sie nicht nach einer Treppe geschaut? Sechs Stockwerke. Sie hätten die sechs Stockwerke runterlaufen können, während dieser unglaublich langsame Aufzug heruntergekrochen kam.

»Ich habe ihn nicht gesehen«, sagte Chee. »Ich hatte nur das Gefühl, daß Santero der Anrufer am Telefon war.«

»Ich wollte, wir wüßten genauer, wie seine Verbindungen waren«, sagte Leaphorn, den Blick weiter fest auf die Aufzugtür geheftet. »Wir haben lediglich drei dünne Fäden – vielleicht auch vier –, um ihn mit der Santillanes-Blase zu verknüpfen. Erstens bringt das FBI die beiden in Verbindung, aber das FBI hat die schlechte Angewohnheit, oft auf faule Informationen hereinzufallen. Zweitens, nachdem Santillanes bei seiner Suche nach Highhawk umgebracht wurde, machte sich Santero auf und fand ihn. Vielleicht war das nur Zufall. Drittens scheint der kleine rothaarige Mann, der Santillanes umgebracht hat, auch Santero gefolgt zu sein.«

Die Stockwerksanzeige des Aufzugs durchlief die Drei und sank dann auf Zwei herab. Leaphorn beobachtete sie. Er mußte Chee erklären, wie die Ausstellungsteile angeordnet waren. Er berichtete Chee, was er in der *Post* über General Huerta Cardona und dessen Forderung nach Herausgabe der Inkamaske gelesen hatte. Wenn er je etwas von der Unruhe spürte, die Chee veranlaßte, andauernd auf seiner Unterlippe zu kauen, erlaubte er sich nicht, sie zu zeigen.

»Und was ist viertens?« fragte Chee.

Leaphorn hatte sich in Gedanken schon von diesem Teil des Puzzles abgewandt, um etwas anderes zu ergründen. »Viertens?«

»Sie sagten, vielleicht vier dünne Fäden.«

»Ach, ja. Der vierte. Santeros verunstaltete Hand und Santillanes' Zähne. Sie wurden herausgebrochen, glaube ich. Der Pathologe meinte, daß mit dem Zahnfleisch des Mannes alles in Ordnung war.« Er schaute Chee an. »Ich glaube, das hat bei mir den Ausschlag gegeben. Santero ist einer von Santillanes' Leuten. Das FBI hat diesmal recht. Beschreiben Sie ihn mir noch mal.«

Chee gab eine detaillierte Beschreibung von Bad Hands.

»Was glauben Sie, womit wir's hier zu tun haben?«

»Schätze, mit einer Bombe«, sagte Chee.

Leaphorn nickte. »Wahrscheinlich«, sagte er. »Plastiksprengstoff in der Maske und jemand in der Nähe, der sie hochgehen läßt, sobald der General an der richtigen Stelle ist.«

Der Aufzug kam quietschend im Erdgeschoß zum Stehen.

»Ich übernehme die Maske«, sagte Chee. »Sie halten nach Santero Ausschau.«

Santero zu finden stellte sich als unproblematisch heraus.

Sie eilten aus dem Aufzug, durch die Tür hindurch, die zum Hauptgang der Ausstellungssäle führte, und dann den Korridor entlang zu dem Transparent *Die maskierten Götter von Amerika* – Chee vorneweg, Leaphorn schnaufend hinter ihm her. Chee blieb stehen.

»Da ist es«, sagte er.

Santero hatte ihnen den Rücken zugekehrt. Er stand neben einer Ausstellung mit Toltekenmasken. Er schaute in die Menge, die Fernsehteams in einer anderen Ausstellung zuschaute. Gleißendes Licht blitzte auf – ein Fernsehteam bereitete Dreharbeiten vor.

Chee beschleunigte seinen eiligen Gang zum Laufschritt, schlängelte sich durch die Zuschauer, rempelte ein junges Mädchen, das im rückwärts in den Weg lief, wurde seinerseits von einer stämmigen Frau gerempelt, die ihn mit der Schulter streifte, als er an ihr vorbeikam. Das Yeibichai selbst hatte nur wenige Besucher angelockt. Das Interesse an den Fernsehteams und die berühmte Maske in der Inka-Abteilung zogen die Leute an, aber Chee mußte sich erst einen Weg durch das Gedränge bahnen, um die Ausstellung zu erreichen. Er zwang sich, nicht an zwei fürchterliche, undenkbare Gedanken zu denken. Er würde die Maske erreichen und darunter würde eine Bombe sein, und Bad Hands würde sie vor seiner Nase hochgehen lassen. Er würde die Maske erreichen und sie herunterreißen, und es würde nichts darunter sein. Nur der modellierte Plastikkopf der Puppe. Im ersten Fall würde er augenblicklich tot sein. Im zweiten wäre er grausam, unsäglich und für alle Zeit blamiert – um den Rest seines Lebens als öffentliche Witzfigur zu verbringen.

Chee stieß einen Jungen beiseite und sprang über die Absperrung in die Yeibichai-Ausstellung. Aus der Nähe schien die Puppe, die Talking God verkörperte, noch größer, als er sie in Erinnerung hatte. Er packte die Pelzmanschette am Hals der Maske. Hinter sich hörte er eine Stimme rufen: »Hey! Sie da! Kommen Sie da raus!« Er zog an dem Leder. (› Sie wird explodieren‹, dachte er. ›Dann bin ich tot.‹) Dem Gefühl seiner Finger nach schienen Maske und Kopf eins zu sein – eine geschlossene Einheit. Das steife Leder ging nicht ab.

»Hey!« hörte er hinter sich. »Lassen Sie das los! Was zum Teufel machen Sie da?« Ein Sicherheitsbeamter kletterte über das Seil.

Chee riß mit einem Ruck an der Maske, so daß die Puppe auf ihn kippte. Er riß noch einmal. Die Maske, der Kopf, alles zusammen landete in seinen Armen. Ohne Kopf polterte die Puppe zu Boden. »Hey!« rief der Beamte.

Leroy Fleck hatte mehrere fürchterliche Schwächen und mehrere fürchterliche Stärken. Eine seiner Stärken war, sein Opfer anzupirschen und dabei genau den richtigen Ort, genau die richtige Zeit und genau die richtige Position abzupassen, um sein Messer genau so zu benutzen, wie Eddy Elkins – und anschließend seine eigene Erfahrung – es ihn gelehrt hatte. Das Geheimnis von Leroy Flecks Überleben hatte darin bestanden, eine Methode zu finden, die ihm ein rasches und lautloses Töten ermöglichte. Und Fleck hatte es geschafft, siebzehn Jahre zu überleben, seit er aus dem Gefängnis entlassen worden war.

Jetzt pirschte er sich an. Während er die Menge beobachtete und auf den richtigen Augenblick wartete, ließ er das Messer aus dem Ärmel gleiten und einen Umschlag aus seiner Tasche. Er steckte das Messer in den Umschlag und hielt es in seiner rechten Hand, verborgen in seiner rechten Jackentasche, wo es zum Einsatz bereit war. Der Umschlag war Elkins' Idee gewesen. »Wenn Zeugen einen Umschlag sehen, reagieren sie so, als würden sie jemanden sehen, der jemandem einen Brief reicht. Genauso ist es mit dem Opfer. Aber wenn die Leute ein Messer auf sich zukommen sehen, ist die Reaktion eine völlig andere.« Das hatte sich als wahr herausgestellt. Und das Papier war überhaupt nicht im Weg und verlangsamte die Sache auch nicht. Mit dem Messergriff einsatzbereit zwischen Daumen und Zeigefinger, ließ er The Client und den VIP und den Gorilla des VIP's und den Botschafter und die übrige Meute nicht aus den Augen. Aus der Art, wie sich der Mann bewegte und wie er um sich schaute, schloß er, daß der Standfotograf gleichzeitig der Leibwächter des Botschafters war. Teilweise aus diesem Grund hatte er seine Strategie geändert. Der VIP würde als erster drankommen. The Client als zweiter. Der VIP war derjenige, auf den es ankam, derjenige, der am deutlichsten demonstrieren würde, daß Leroy Fleck ein Mann war und kein Hund, dem man straflos ins Gesicht spucken durfte.

Er könnte es jetzt gleich tun, dachte er, aber die Lage verbesserte sich gerade. Fleck begriff, was dort geschah. Der VIP hatte eine Art Pressekonferenz hier auf der Inka-Ausstellung einberufen. Das brachte die Fernsehkameras herbei, und die TV-Teams zogen die Neugierigen an. Je größer die Menschenmenge war, desto besser standen die Chancen für Fleck. Das würde die Verwirrung vermehren und seine Aussichten verbessern, zwei oder vielleicht sogar drei von ihnen zu erwischen.

Dann sah er Santero – den Mann, der immer Handschuhe trug. Fleck begriff fast im selben Augenblick, daß auch Santero auf der Pirsch war. Santero schien zwei Ziele zu haben. Er hielt sich aus dem Sichtfeld von The Client, und er behielt den VIP im Blick. Fleck dachte darüber nach. Es machte wohl kaum etwas aus. Santero war nicht mehr der Feind. Der Mann war wahrscheinlich hierhergekommen, um etwas zu versuchen. Aber wenn er das tat, konnte das Fleck nur förderlich sein. Er konnte kein Problem darin erkennen.

Gerade als er zu diesem Schluß gekommen war, entdeckte er die zwei Indianerbullen. Sie kamen zusammen in den Ausstellungssaal geeilt. Dann fing der größere an, auf ihn zuzulaufen, während der ältere sich in Santeros Richtung wandte. Darin konnte Fleck allerdings ein Problem erkennen. Beide Männer hatten ihn gesehen, der ältere ganz deutlich und bei hellem Licht. Jetzt war keine Zeit mehr, abzuwarten, daß die Menge wuchs. Fleck bahnte sich seinen Weg an einem Mann im Regenmantel und an einem Fernsehbeleuchter vorbei auf den VIP zu. Der VIP stand zusammen mit einem gut gekleideten Dikken, der eine Bifokalbrille trug. Sie studierten ein Blatt Papier und diskutierten darüber. Wahrscheinlich, dachte Fleck, suchten sie nach Formulierungen für die Erklärung, die er machen wollte. Wenn er es einrichten konnte, beschloß Fleck, würde er den VIP von hinten nehmen. Er ließ seine rechte Hand aus der Tasche gleiten und zerknüllte das eine Ende des Umschlags, während er den Messergriff packte. Dann handelte er, ganz Fleck-Manier, so schnell wie ein Blitz.

Leaphorn dachte die Dinge immer bis ans Ende durch, plante immer voraus, reduzierte die Möglichkeit zu irren immer auf ein Minimum. Das war eine lebenslange Angewohnheit, und das war auch der Grund für seinen Ruf als der Mann, der mit unmöglichen Fällen fertig wurde. Jetzt hatte er nur ein paar Sekunden, um nachzudenken, und überhaupt keine Zeit, um zu planen. Er mußte davon ausgehen, daß es eine Bombe gab, daß Santero den Sprengzünder in der Hand hielt und daß Santero allein arbeitete, weil nur eine Person erforderlich war. Santeros Gegenwart, die Art, wie er den General belauerte, schienen diese Mutmaßungen zu bestätigen. Der Mann wartete ab, bis der General zu der Position vorrückte, die der Bombe am nächsten war. Und der Sprengzünder? Wahrscheinlich so ein Ding wie das Gerät, mit dem man den Fernseher einschaltete und die Programme wechselte. Ihn sich einfach zu schnappen würde nicht gehen. Er war zu stark und behende, als daß Leaphorn mit ihm fertig werden konnte, selbst wenn er ihn überraschte. Er würde einfach das Ding in die entsprechende Richtung halten und den Knopf drücken. Leaphorn wollte es mit Verwirrtaktik probieren.

Santero hörte, wie er herbeistürzte, wirbelte herum und sah ihm ins Gesicht. Seine rechte Hand steckte in seiner Jackentasche, der Arm war steif.

»Señor Santero«, sagte Leaphorn mit einem lauten, heiseren, atemlosen Flüstern. »*Venga conmigo! Venga! Pronto! Pronto! Venga!*«

Santeros schockiertes Gesicht war blutlerr. Das Gesicht eines Mannes, der im Augenblick eines Massenmordes aufgehalten wurde.

»Mit Ihnen kommen?« stammelte er. »Wer sind Sie?«

»*Los* Santillanes schicken mich«, sagte Leaphorn. »Kommen Sie. Beeilung.«

»Aber was...« Santero spürte, daß Leaphorn seinen rechten Arm gepackt hatte. Er riß ihn los und zog seine rechte Hand aus der Tasche. Er trug einen schwarzen

Handschuh, und in dem Handschuh hielt er eine kleine, flache Plastikbox. »Lassen Sie mich los«, sagte Santero mit wütender Stimme.

Plötzlich wurde ein Geschrei in der Menschenmenge laut. Jemand rief: »Hey! Sie da! Kommen Sie da raus!« Santero wandte sich von Leaphorn ab und trat einen Schritt von ihm zurück, als gerade ein zweiter Ruf ertönte: »Hey! Lassen Sie das los.«

Santero machte noch einen Schritt zurück. Er hob die Box hoch.

»Santero«, rief Leaphorn. *»El hombre ahí no está el general. No está el General Huerta Cardona. Es un...«* Leaphorns Grenzgänger-Spanisch kannte kein kastilisches Wort für »Double« oder wenigstens »Ersatzmann«. *»Es un* Betrüger«, schloß er.

»Betrüger?« fragte Santero. Er ließ die Box ein bißchen sinken. »Reden Sie Englisch. Ich kann Ihr Spanisch nicht verstehen.«

»Man hat mich geschickt, Ihnen zu sagen, daß sie ein Double eingesetzt habèn«, sagte Leaphorn. »Sie haben von dem Plan gehört. Sie haben jemanden losgeschickt, der so ausstaffiert wurde, daß er wie der General aussieht.«

Santeros Gesichtsausdruck wechselte von zweifelnd zu wütend. »Ich glaube, daß Sie lügen«, sagte er. »Drängen Sie sich nicht immer zwischen mich und...«

Aus der Menge bei der Ausstellung war der Schrei einer Frau zu hören.

»Was zum Teufel...?« fing Santero an. Und dann gingen Rufe und Schreie durcheinander, und eine Männerstimme rief: »Er ist ohnmächtig! Holt einen Arzt!«

Leaphorns Reaktion war eine reine Reflexhandlung. Sein einziger Vorteil war, daß Santero ein wenig verwirrt, ein wenig unsicher war. Und die Hand, in der Santero den

Sender hielt, hatte nur noch zwei Finger unter dem Handschuh. Leaphorn schlug ihm auf die Hand.

Leroy Fleck sagte: »Entschuldigen Sie mich. Entschuldigen Sie mich bitte.« Dann drängte er sich an der Frau vorbei, die er als Abschirmung benutzt hatte, und schob sich hinter den Rücken des Generals. Doch tat er das genau in dem Moment, in dem sich der General herumdrehte. Fleck sah, wie der General ihn anstarrte und der Leibwächter des Generals eine schnelle Reflexbewegung machte, um ihn abzublocken. Sein Instinkt sagte ihm, daß das nicht gutgehen würde.

»Ein Brief...«, sagte er und zielte auf die Brust des Generals. Er fühlte, wie der Papierumschlag an seiner Faust zerknüllte, während die Stahlklinge des Messers durch die Weste des Generals und durch das Hemd und durch den dünnen Brustmuskel glitt und zwischen die Rippen eintauchte.

»...von einem Bewunderer«, sagte Fleck, während seine Hand hin und her zuckte, hin und her, und er den General nach Atem ringen hörte und spürte, wie der General gegen ihn sackte. »Er ist ohnmächtig!« rief Fleck. »Holt einen Arzt!«

Der Gorilla hatte ihn bei der Schulter gepackt, gerade als er das rief, und ihm einen fürchterlichen Schlag in die Nieren verpaßt. Aber Fleck hielt den herabsackenden Körper des Generals umklammert und rief wieder: »Hilfe!«

Das sorgte für Verwirrung, genau wie Fleck gehofft hatte. Der Gorilla ließ Flecks Arm los und versuchte, den General aufzufangen. The Client war jetzt neben ihnen und beugte sich über den zusammengesunkenen Körper. »Was?« rief er. »Was ist passiert? General!«

Fleck zog das Messer heraus und ließ den zerknüllten Umschlag zu Boden fallen. Er stach The Client in die Seite. Stach wieder und wieder auf ihn ein.

Der Leibwächter war nicht länger verwirrt. Zweimal schoß er auf Fleck. Die Ausstellung hallte wider vom Knall der Pistole und von den Schreien der in Panik versetzten Besucher.

Die Rufe, die Schreie, der allgemeine Tumult um ihn herum drangen Chee nur halb zu Bewußtsein. Er war wie betäubt. Er wendete die Maske in seinen Händen und blickte in sie hinein, ohne eine Vorstellung, was er dort erwarten sollte. Er sah zwei baumelnde Drähte, einen roten und einen weißen, eine verwirrende Anordnung kupferfarbener Schaltverbindungen, ein kleines quadratisches graues Kästchen und eine schwere kompakte Masse von blaugrauer Färbung.

Der Sicherheitsbeamte packte ihn beim Arm. »Kommen Sie!« rief er. »Kommen Sie hier raus!« Der Sicherheitsbeamte war ein rundlicher junger Mann mit schweren Hängebacken. Die Schreie lenkten ihn ab. »Sehen Sie«, sagte Chee und drehte die offene Seite der Maske zu ihm herum. »Das ist eine Bombe.« Während er das sagte, zog Chee an den Drähten. Er ließ sie zu Boden fallen und setzte sich auf den Rücken der umgestürzten Puppe, um sorgfältig die blaugraue Plastikmasse aus der Yeibichai-Maske zu schälen, die dort hineingepreßt war.

»Eine Bombe«, sagte der Beamte. Er blickte Chee an, dann die Maske und schließlich hinüber zu dem Getümmel in der angrenzenden Inka-Ausstellung. »Eine Bombe?« wiederholte er, kletterte über die Absperrung und stürzte sich in das Inka-Gemenge. »Aufhören«, rief er. »Wir haben hier eine Bombe.«

Und genau in diesem Augenblick schoß General Huerta Cardonas Leibwächter auf Leroy Fleck.

Chee blickte auf, um zu sehen, was passierte. Und dann hörte er auf, die Plastikreste aus der Maske von Talking God zu kratzen, und strich den starrenden Fächer Adlerfedern glatt und die Fuchspelzmanschette. Er nahm die Maske in die eine Hand, den Klumpen Plastiksprengstoff in die andere, kletterte über die Absperrung und verließ die Ausstellung. Er wollte Leaphorn zeigen, daß sie richtig geraten hatten.

Joe Leaphorn schlug mit der Hand den Sender aus Santeros Umklammerung. Das Gerät kullerte auf den Mamorboden zwischen ihnen. Santero streckte den Arm danach aus. Leaphorn trat es mit dem Fuß fort. Es schlitterte den Flur entlang und sauste vorbei an den Füßen der wegrennenden Menschen. Santero setzte ihm nach und rannte in die Menschenmenge, die in einer Massenflucht den Ausstellungssaal verließ. Leaphorn lief hinterher.

Ein Mann mit einer Kamera stieß mit ihm zusammen. »Er hat den General ermordet«, rief der Fotograf jemandem vor ihm zu. »Er hat den General ermordet.« Auf dem Boden neben der Wand sah Leaphorn Bruchstücke von schwarzem Plastik und eine Mini-Batterie. Jemand hatte den Sprengzünder zertrampelt. Er blieb stehen und trat aus der fliehenden Masse heraus. Santero war verschwunden. Leaphorn lehnte sich gegen die Wand und rang nach Atem. Seine Brust schmerzte. Seine Hüfte schmerzte, wo die schwere Kamera ihn gerammt hatte. Er wollte gehen und nach Jim Chee sehen. Aber erst mußte er sich wieder sammeln. Verdammt, er wurde allmählich zu alt für diesen Job.

22

Jim Chee saß auf seinem Bett, angelehnt an seinen Koffer, und versuchte dadurch mit seinen Kopfschmerzen fertigzuwerden, daß er nicht an sie dachte. Er trug das beste Hemd und die bestgebügelte Hose, die er beim Auspakken sorgfältig in den Schrank gehängt hatte, um sie sich für den Fall aufzusparen, daß er gut aussehen mußte. Jetzt brauchte er sie nicht mehr aufzusparen. Er würde sie im Flugzeug tragen. Es waren ganz verteufelte Kopfschmerzen. Er hatte kaum geschlafen – teils wegen der ungewohnten, wulstigen Hotelmatratze (Chee war an die harte, dünne Unterlage im Einbaubett seines Wohnwagens gewöhnt), und teils weil er zu angespannt gewesen war, um zu schlafen. Sein Kopf war voller Horror- und Schrekkensbilder. Manchmal döste er ein, dann schreckte er auf und saß auf dem Matratzenrand, zitternd von den Nachwirkungen unruhiger, grotesker Träume, in denen Talking God vor seinen Augen tanzte.

Ungefähr eine halbe Stunde, bevor der Wecker ihn von der Nacht erlösen sollte, hatte er aufgegeben. Er hatte geduscht, seine Sachen gepackt und an der Rezeption nachgeschaut, ob dort Nachrichten für ihn hinterlegt waren. Es war eine von Leaphorn da, worin lediglich stand, daß Leaphorn nach Window Rock zurückgekehrt war. Das überraschte Chee. Es war eine ziemliche Höflichkeit für den harten alten Knochen. Dann war da noch eine Nachricht von Janet Pete, die um einen Rückruf bat. Er versuchte es, doch niemand hob ab. Zu diesem Zeitpunkt waren die Kopfschmerzen auf ihrem Höhepunkt, und er mußte noch eine Menge Zeit totschlagen. Unten trank er zwei Tassen Kaffee. Das half für gewöhnlich, aber nicht an diesem Morgen. Er ließ den Toast, den er bestellt hatte, auf dem Teller liegen und ging hinaus, um einen Spaziergang zu machen.

Das milde, vorwinterliche Unwetter, das Washington am Vortag Schneeregen gebracht hatte, war über den Atlantik abgezogen und hatte eine grimmige graue Wolkendecke zurückgelassen, mit der Vorhersage einer Auflockerung der Bewölkung und weiterem Aufklären am späten Nachmittag. Jetzt war es kalt und ruhig. Chee stellte fest, daß er sogar an diesem Ort, sogar unter diesen Umständen noch weiter funktionierte, während sein Herz und seine Lungen in einem schnellen und heftigen Rhythmus schwer arbeiteten. Die quälenden Bilder verblaßten ein wenig. Nach und nach erschienen sie ihm wie abstrakte Erinnerungen an etwas, das er kaum geträumt hatte. Highhawk hatte in Wirklichkeit nie existiert. In Wirklichkeit gab es keine achtzehntausend Vorfahren in Kisten, die in einem alten Museum Gänge und Flure säumten. Niemand hatte wirklich versucht, einen Massenmord mit der Maske von Talking God zu begehen. Er schritt rasch die Pennsylvania Avenue hinunter, bog nach Norden in die Zwölfte Straße ab und ging im Laufschritt wieder westlich die H Street entlang, bis er schließlich auf eine Bank sank, an einem Platz, der einem Schild zufolge, das er bemerkt hatte, ohne es eigentlich zu registrieren, wohl der Lafayette Square war. Durch die Bäume konnte er das Weiße Haus sehen und auf der anderen Seite ein imposantes Hotel. Chee hielt den Atem an, dachte über die

Notiz von Leaphorn nach und kam zu dem Schluß, daß es eine Art unterschwellige Anspielung war. (Du und ich, Junge. Zwei Navajos allein unter den Fremden.) Vielleicht auch nicht. Aber es war bestimmt nichts, wonach er den Lieutenant je fragen würde.

Eine taubengraue Limousine hielt unter dem Vordach des Hoteleingangs und dahinter ein roter Sportwagen, den Chee nicht identifizieren konnte. Vielleicht ein Ferrari, dachte er. Danach kam ein langer schwarzer Mercedes, der nach einer Sonderanfertigung aussah. Chee war jetzt nicht mehr außer Atem. Die feuchte Tieflandkälte kroch ihm in die Ärmel und die Hosenbeine hoch und unter seinen Kragen. Er stand auf, halb wegen der Kälte und halb aus Neugier, und ging auf das Hotel zu.

Drinnen war es warm und luxuriös. Chee ließ sich in ein Sofa sinken, nahm seinen Hut ab, wärmte sich mit seinen Händen die Ohren und beobachtete, was sein Soziologielehrer »die privilegierte Klasse« genannt hatte. Der Professor hatte eingestanden, ein Vorurteil gegenüber dieser Klasse zu hegen, aber Chee fand es interessant, sie zu beobachten. Er verbrachte fast eine Viertelstunde damit, Frauen in Pelzmänteln zuzuschauen und Männern in Anzügen, die vermutlich, obwohl sie für Chees ungeübte Augen alle mehr oder weniger gleich aussahen, maßgeschneidert waren. Er entdeckte jemanden, der Senator Teddy Kennedy aufs Haar glich, und einen anderen, der wie Sam Donaldson aussah, und dann einen Mann, der warscheinlich Ralph Nader war, und drei oder vier weitere, die mit Sicherheit irgendwelche Berühmtheiten waren, deren Namen ihm allerdings nicht einfallen wollten.

Er verließ das Hotel aufgewärmt, aber immer noch mit den Kopfschmerzen. Der materielle Glanz, die Pelze und die teuren Ledersachen der Hotelgäste hatten die quälenden Bilder durch eine Depression ersetzt. Er eilte durch die feuchte Kälte zurück zu seinem eigenen Hotelzimmer.

Das Telefon klingelte gerade. Janet Pete war am Apparat.

»Ich habe versucht, dich gestern abend anzurufen«, sagte sie. »Wie geht's dir? Ist alles in Ordnung?«

»Gut«, sagte Chee. »Wir hatten Ärger unten im Museum. Das FBI kam hinzu und...«

»Ich weiß, ich weiß«, sagte Janet. »Ich hab's im Fernsehen gesehen. Die Zeitung ist voll davon. Es ist ein Bild von dir drin, mit der Statue.«

»Oh«, sagte Chee. Die endgültige Demütigung. Er konnte es schon in der *Farmington Times* vor sich sehen: Officer Chee aus Shiprock, New Mexico, oben im Kampf mit einer Nachbildung von Talking God, der er den Kopf abgerissen hat, im Smithsonian Museum, Washington D. C.

»Es kam auch im Fernsehen. In den Morgennachrichten von ABC. Sie brachten ein paar Sekunden von dir mit der Maske. Aber ich bin nicht sicher, ob Leute, die nicht wissen, was du anhattest, erkennen würden, daß du es warst.«

Chee fiel nichts ein, was er dazu sagen sollte. Sein Kopf schmerzte immer noch. Er wünschte sich sehnlichst zurück nach New Mexico. Nach seinem Wohnwagen unter der Pappel am Ufer des San Juan River. Er würde zwei Aspirin nehmen und es sich in seinem gemütlichen schmalen Bett bequem machen und *A Yellow Raft on Blue Water* zu Ende lesen. Er hatte den Roman aufgeschlagen auf Seite 158 zurückgelassen. Eine Stelle, bei der es schwerfiel, aufzuhören.

»Sie sagten, Henry Highhawk sei tot«, meinte Janet Pete mit dünner Stimme.

»Ja. Die Polizei glaubt, daß Santero ihn umgebracht

hat«, sagte Chee. »Es scheint ziemlich klar, daß Santero es gewesen sein muß.«

»Henry war ein liebenswerter Kerl«, sagte Janet. »Ein netter Bursche.« Sie machte eine Pause. »Das war er doch, oder, Jim? Aber wenn er das war, wie konnten sie ihn dann dazu überreden, mitzumachen bei dieser – dieser fürchterlichen Bombengeschichte?«

»Ich glaube nicht, daß sie das konnten«, sagte Chee. »Wir werden es wohl nie mit Sicherheit wissen, schätze ich. Aber ich glaube, sie haben ihn reingelegt, ihn benutzt. Wahrscheinlich haben sie den Artikel in der *Post* über Highhawk gelesen, daß er Skelette ausgräbt. Sie suchten nach einem Weg, den General umbringen zu können, und sie hatten auf irgendeinem Weg in Erfahrung gebracht, daß ihr Opfer das Smithsonian besuchen wollte. Also gingen sie los und freundeten sich mit Henry an.«

»Aber das erklärt nicht, warum er ihnen helfen sollte.«

»Ich glaube, Highhawk dachte, sie würden sich mit dem identifizieren, was er tat. Ja, ich würde wetten, daß den Einbau der Tonbandnachricht in die Maske sich einer aus der Santillanes-Blase ausgedacht hat. Vielleicht wußten sie, daß er technische Hilfe brauchen würde, mit der Zeituhr an dem Kassettenrekorder und so weiter.«

»Ich möchte glauben, daß du recht hast«, sagte Janet. »Ich möchte glauben, daß ich kein kompletter Idiot war. Ihm helfen zu wollen, während er selber dabei mithilft, einen Haufen unschuldiger Leute zu ermorden.« Aber ihre Stimme klang voller Zweifel.

»Wenn ich nicht recht hätte – wenn du nicht recht hättest –, dann hätten sie ihn nicht umbringen müssen«, sagte Chee. »Aber sie haben ihn umgebracht. Vielleicht hat er etwas gemerkt und kapiert. Vielleicht konnten sie ihn nicht einfach so herumlaufen lassen, mit der Gefahr, daß er alles der Polizei erzählte.«

»Bestimmt«, sagte Janet. »Daran habe ich nicht gedacht. Ich fühle mich jetzt besser. Ich hatte wohl das Bedürfnis, weiter glauben zu können, daß Henry einfach nur etwas Gutes tun wollte.«

»Ich meine, das stimmt auch«, sagte Chee. »Ich brauchte eine Weile, aber dann bin ich auch zu dem Schluß gekommen.«

»Was hast du jetzt vor?«

»Ich fliege heute nachmittag zurück nach Albuquerque. Dann nehme ich den Flug der Mesa Airlines nach Farmington, schnappe mir meinen Wagen und fahre zurück nach Shiprock«, sagte Chee.

Janet Pete faßte den Unterton in seinen Worten richtig auf.

»Es tut mir leid«, sagte sie. »Ich hatte ja keine Ahnung, in was ich dich da hineinzog. Ich hätte nie ...«

Chee, der sonst immer dem Navajo-Brauch folgte, nie einen Menschen zu unterbrechen, unterbrach sie jetzt.

»Ich wollte doch kommen«, sagte er. »Ich wollte dich sehen.«

»Willst du mich immer noch sehen? Ich komme rüber und bringe dich zum Flughafen.« Es entstand eine lange Pause. »Wenn du wirklich fliegen mußt. Du bist doch im Urlaub, oder?«

»Das wäre schön«, sagte Chee. »Eine Fahrt zum Flughafen.«

Also wartete er jetzt wieder. Er konnte jetzt darüber nachdenken, was gestern passiert war. Die Distriktpolizei würde Santero wahrscheinlich früher oder später erwischen. Er merkte, daß ihn das nicht interessierte. Aber er fragte sich, was Leaphorn angestellt hatte, um Santero davon abzuhalten, den Knopf zu betätigen. Chee ging alles noch einmal in der Erinnerung durch. Wie er dem Museumswärter den Klumpen Plastiksprengstoff in die

Hand drückte. (»Hier. Seien Sie vorsichtig damit. Das war eine Bombe. Geben Sie das den Bullen.«) Dann war er zurück zum Personalaufzug gegangen, die Maske von Talking God unterm Arm. Er hatte sich seinen Weg durch die aufgebracht rennende und schreiende Menge gebahnt. Er war im sechsten Stock ausgestiegen und zurück zu Highhawks Büro gegangen. Er hatte eine Sammlung von Lederstücken, Federn und Knochen aus einem Karton neben Highhawks Stuhl geleert. Er legte die Maske behutsam in den Karton und machte ihn zu. Dann durchsuchte er das Büro, rasch und gründlich, doch ohne zu finden, was er wollte. Damit blieben noch zwei Orte übrig, wo er nachschauen konnte.

Er nahm die Maske, die Highhawk nach dem Original angefertigt hatte, legte sie zuoberst in den Karton und trug ihn zum Aufzug, der ihn in den Ausstellungssaal hinunterbrachte.

Inzwischen waren die Zuschauer gegangen, und zwei Distriktpolizisten bewachten den Gang. Er sah Rodney, und Rodney ließ ihn durch. Rodney hielt den Plastiksprengstoff in der Hand.

»Was zum Teufel ist passiert?« hatte Rodney gefragt. »Joe sagt mir, daß diese Bombe hier unter der Maske war und Sie sie losgemacht haben. Stimmt das?«

»Ja«, sagte Chee. Er reichte Rodney die Nachbildung. »Hier«, sagte er. »Wer es auch getan hat, er hat den Sprengstoff regelrecht in die Maske geknetet. Ihn hineingequetscht.«

Leaphorn stand da mit grauem Gesicht.

»Bei Ihnen alles in Ordnung?« fragte er.

»Mir geht's gut«, sagte Chee. »Aber Sie sehen nicht ganz so frisch aus.«

Auf dem Boden zwischen der Yeibichai-Ausstellung und der Inka-Abteilung lagen drei Männer in der vollkommen gleichgültigen Haltung ausgestreckt, in der nur Tote daliegen können. Einer von ihnen paßte zu Leaphorns Beschreibung eines kleinen Rotschopfs mit der Figur eines Gewichthebers. Früher oder später würde er sich fragen, was der Rotschopf hier verloren hatte und was geschehen war. Wenn es soweit war, würde er Leaphorn fragen. Jetzt schien es nicht darauf anzukommen. Und dann trudelten die Leichenbeschauer ein. Und noch mehr Bullen in Zivil und Männer, die ihren Anzügen nach FBI-Fritzen sein mußten.

Chee war nicht nach FBI zumute. Er ging hinaus, durch den Ausgang zur Zehnten Straße, und lief um das Gebäude herum. Er überprüfte die parkenden Autos. Ein Abschleppwagen schleppte gerade eine alte Chevy Limousine ab, die in der Einfahrt der Feuergasse stand, aber Chee suchte Highhawks Ford Mustang. Er fand ihn schließlich in einer Lücke auf dem Mitarbeiter-Parkplatz.

Das Auto war abgeschlossen. Das, wonach er suchte, konnte er im Innenraum nicht sehen, und es war zu groß, als daß es unter den Sitz oder an einen anderen nicht einsehbaren Platz gepaßt hätte. Wenn es nicht im Auto war, mußte er ein Taxi nehmen, um raus zu Highhawks Wohnung zu fahren und dort danach zu schauen. Aber zuerst würde er den Kofferraum checken. Abgeschlossen, natürlich. Chee fand einen Brocken Beton neben dem Bürgersteig. Er schlug damit auf die Kofferraumhaube, so daß sie aufsprang. Drinnen war ein Karton, eingewikkelt in einen alten Overall. Chee machte den Deckel auf und schaute hinein. Der Fetisch, der den Tano-Kriegszwilling verkörperte, lächelte ihn mit seinem unheilvollen, böswilligen Lächeln an. Chee nahm die Maske von Talking God aus dem Karton von Highhawks Büro, packte den Fetisch sorgfältig darin ein, stellte den leeren Karton in den Kofferraum und schloß ihn ab.

Zwei junge Männer, beide einen Aktenkoffer in der Hand, standen neben einem Auto in der Nähe und sahen zu, wie er in den Mustang einbrach. Chee nickte ihnen zu. »Mußte nur eben den Fetisch rausholen«, sagte er und ging zurück zum Museum. Er stellte den Karton an der Garderobe ab und ging zurück in die Ausstellung.

Dort hatte das FBI die Sache in die Hand genommen. Ohne daß sein Karton überprüft wurde, ging Chee zu seinem Hotel.

Zurück in seinem Zimmer, kam er allmählich ins reine mit dem Vortag, als wieder das Telefon klingelte.

»Jim?«

Es war Mary Landons Stimme.

»Ja, Mary«, sagte er. »Ich bin's.«

»Bist du nicht verletzt? In den Nachrichten haben sie gesagt, daß du nicht verletzt worden bist.«

»Nein. Überhaupt nicht.«

»Ich komme nach Washington. Um dich zu sehen«, sagte sie. »Ich habe dich gestern angerufen. Auf dem Polizeirevier von Shiprock. Sie sagten, du wärest in Washington und gaben mir dein Hotel. Ich wollte dich anrufen und kommen. Und dann gestern abend ... Es war furchtbar.«

Jim Chee hatte Schwierigkeiten, seine Gefühle zu analysieren. Sie waren ziemlich turbulent und gemischt.

»Mary. Warum willst du mich sehen?« Er machte eine Pause und überlegte, wie er es ausdrücken sollte. »Ich habe deinen Brief bekommen«, sagte er.

»Das ist es ja«, erwiderte sie. »Ich hätte es nicht in einem Brief sagen sollen. Das gehört zu den Dingen, die man persönlich sagen muß. Es war falsch. Ja, ich war dumm. Ich weiß, wie du dich fühlst. Und wie ich mich fühle.«

»Wie fühlst du dich bei der Vorstellung, in der Reservation zu leben? Daß die Reservation dein Zuhause ist?«

»Oh, Jim«, sagte sie. »Laß uns nicht...« Sie sprach den Satz nicht zu Ende.

»Nicht wieder damit anfangen? Aber das ist immer unser Problem gewesen. Ich will, daß du kommst und bei mir lebst. Du weißt, wie ich bin. Mein Volk ist ein Teil von mir. Und du willst, daß ich raus in die Welt gehe und bei dir lebe. Und das ist ja nur fair. Aber ich kann damit nicht fertigwerden.«

Ein Augenblick verging, bevor sie wieder sprach, und ihre Stimme klang ein bißchen anders. »Ich wollte, ich hätte es dir nicht in einem Brief gesagt. Das ist alles. Das war grausam. Ich habe nicht nachgedacht. Oder vielmehr, ich habe nachgedacht. Ich habe gedacht, es würde zu sehr weh tun, dich so zu sehen, und ich wäre am Ende wieder ganz durcheinander. Aber ich hätte es dir persönlich sagen sollen.«

Danach gab es nicht mehr viel zu sagen, und sie verabschiedeten sich. Chee wusch sich das Gesicht und sah aus seinem Fenster in das gegenüberliegende Büro auf der anderen Seite der schmalen Straße. Der Mann, auf dessen Büro Chees Fenster ging, schaute hinunter auf die vorbeifahrenden Autos, wie immer mit korrekt sitzender Krawatte und Weste. Der Mann und Chee schauten einander an, als Janet Pete an seine halb offene Tür klopfte und hereinkam.

Er bot ihr den Stuhl an, und sie nahm ihn.

»Du siehst nicht gerade so aus, als wäre dir nach viel Reden zumute«, sagte sie. »Möchtest du nur gleich die Rechnung erledigen und dann raus zum Flughafen fahren?«

»Keine Eile«, sagte er. Sie war eigentlich keine wirklich schöne Frau, dachte er. Sie hatte nicht das weiche, seidenartige Wesen, nicht die dunkelblaue, blaßgelbe weibliche Schönheit von Mary Landon. Dafür strahlte sie eine starke und echte Würde aus. Ein Klassemädchen. Sie war stolz, und damit identifizierte er sich. Sie waren Freunde geworden. Er mochte sie. Oder zumindest glaubte er das. Ganz sicher bemitleidete er sie. Und er wollte etwas für sie tun. Was hier in Washington mit ihr geschah, war das reine Elend. Er haßte es.

»Und bevor wir gehen«, fügte Chee hinzu, »gibt es noch etwas, das ich dir geben will.«

Chee stand vom Bett auf und ließ die Kofferschlösser aufspringen. Er nahm einen Wäschesack vom Hotel heraus, in den er seine Überraschung eingewickelt hatte, und holte daraus den Fetisch hervor.

Er reichte ihn ihr. »Der Tano-Kriegsgott«, sagte er. »Einer von den Zwillingen.«

Mit großen Augen blickte Janet erst auf den Fetisch, dann auf Chee. Sie machte keine Anstalten, die Figur anzunehmen.

»Ich dachte, er sollte nicht so weit weg von Zuhause sein«, sagte Chee. »Er hat irgendwo einen Zwilling und ein paar Menschen, die ihn vermissen. Ich hatte den Eindruck, das Smithsonian hat jede Menge anderer Götter, die anderen Völkern gestohlen wurden, und sie könnten ruhig die Kopie behalten, die Highhawk gemacht hat, und ohne den hier auskommen. Ich dachte, der hier gehört in sein *kiva*, oder wo die Tanos ihn aufbewahren.«

»Willst du ihn mir etwa geben?« fragte Janet ihn und musterte immer noch sein Gesicht.

»Auf diese Weise kommt er wieder nach Hause«, sagte Chee. »Du kannst ihn John McDermott übergeben, und John gibt ihn weiter an – wie war gleich sein Name – Eldon Tamana, stimmt's? Den Tano-Rechtsanwalt. Und Tamana bringt ihn nach Hause.«

Janet Pete sagte nichts. Sie blickte hinunter auf ihre Hände, dann schaute sie wieder zu ihm auf.

»Oder«, fügte Chee sanft hinzu, »was immer du sonst möchtest.«

Janet streckte ihre Hände aus. Chee legte den Kriegsgott hinein.

»Ich glaube, wir sollten jetzt gehen«, sagte Chee und schloß seinen Koffer wieder ab. »Ich finde, für einen kleinen Navajo vom Lande bin ich lange genug in dieser Stadt gewesen.«

Janet Pete wickelte den Kriegsgott wieder in den Wäschesack. »Ich auch«, sagte sie. »Ich bin Monate und Monate und Monate hier gewesen. So lange, daß es mir wie ein ganzes Leben vorkommt.« Sie legte ihre Hand auf Chees Ärmel.

»Ich werde diesen kleinen Burschen selber nach Hause bringen«, sagte sie.

Der Autor dankt Caroline L. Rose, Martin Burke, Don Ortner, Jo Allyn Archambault und anderen Direktoren, Konservatoren sowie sämtlichen hilfreichen Geistern am Smithsonian's National Museum of Natural History für ihre Hinweise und für mancherlei Einblicke, die sie mir in das Geschehen hinter den Kulissen eines großen Museums gaben.

Alle Gestalten in diesem Buch, mit Ausnahme von Bernard St. Germain und Ernie Bulow, sind Produkte meiner Phantasie. Einige Funktionsbezeichnungen entsprechen mehr oder weniger der Wirklichkeit, doch sind die Menschen, die diese Funktionen ausüben, frei erfunden.